Der Krokodilmann

Impressum:
ISBN: 978-3-902672-21-6
2. Auflage
2010 echomedia verlag ges.m.b.h.
A-1070 Wien, Schottenfeldgasse 24

Produktion: Ilse Helmreich
Produktionsassistenz: Brigitte Lang
Layout: Elisabeth Waidhofer
Lektorat: Regina Moshammer
Coverillustration: Daniela Fruhwirth
Druck: CPI Moravia Books, Korneuburg

Chris Lohner

Der Krokodilmann

Roman

echomedia

Vorwort

Mit dieser Geschichte erhebe ich keinen Anspruch auf historische Treue! Es ist lediglich mein Wunsch, durch meine intensiven Recherchen die Atmosphäre im Alten Ägypten unter Ramses II. spürbar zu machen.
Die Götter Ägyptens werden Ihnen dabei zur Seite stehen.

Paris, London, Dublin, die Bahamas und Mexiko gibt es immer noch.
Der Rest ist – fast – erfunden.

Viel Vergnügen!
Chris Lohner

Für Maria und Hannelore

Ein Brief von mir an mich

Hallo Du,
sag, geht es Dir nicht gut? Irgendwie hatte ich in letzter Zeit gehofft, Du könntest ja doch auf ein würdiges Alter zusteuern, nach all den Eskapaden – eine recht freundliche Umschreibung Deiner reichlich bunten Vergangenheit, nicht wahr? Und jetzt das! Ist ja keine Autobiographie, meinst Du? Aber Du steckst drin in diesem Roman, mit Haut und Haar, mit Herz und Hirn, mach mir nichts vor. Das ist für meinen Geschmack enthüllend genug, entblößend eigentlich. Und alle Männer, die meinen, sich im Roman wiederzuerkennen, werden sich aufregen, und alle, die's nicht tun, erst recht. Dagegen hilft Deine unheilige Flucht nach Ägypten nichts, auch nicht Dein Verwirrspiel mit Vergangenheit und Gegenwart, Traum und Wirklichkeit. Aber was reg ich mich auf. Unverbesserlich bist Du. Daran ändern alle Männer und alle Krokodile dieser Welt nichts. Unmöglich bist Du. Das haben Deine Leserinnen und Leser jetzt auch noch schriftlich. Dir macht es offenbar nichts aus und Du gönnst ihnen sogar ihren Spaß daran.
Was soll ich nur von Dir halten und von mir? Bessere Dich gefälligst. Oder noch besser: Bleib so!

Ratlos, aber herzlich
Chris

Wir glauben, Erfahrungen zu machen,
aber die Erfahrungen machen uns.

Eugène Ionesco

Träumen wir unser Leben oder leben wir unsere Träume?

Ich weiß es nicht.

Ich weiß nur: Der Traum, der mich so sehr beschäftigt, muss zu einer anderen Wirklichkeit gehören. Gibt es doch Hinweise, dass alles tatsächlich geschehen ist.

Zunächst werde ich den Ort der unglaublichen Ereignisse beschreiben.

Nein, vorher noch: Wie es überhaupt dazu kam, dass ich nach Mexiko geflogen bin.

Das ist eine lange Geschichte.

Ich war erschöpft. Körperlich und seelisch. Und man sah es mir an.

Ich selbst sah es ganz deutlich im Spiegel. Musste ich mich doch schon aus beruflichen Gründen immer wieder kritisch und genau betrachten.

Ich war damals zwanzig Jahre alt. Und ich war Fotomodell. Arbeitete in ganz Europa. Und man nannte mich oft scherzhaft Audrey. Wegen meiner angeblichen Ähnlichkeit mit Audrey Hepburn.

Tatsächlich heiße ich Anna.

Heute bin ich neununddreißig Jahre alt und arbeite als freie Journalistin und Moderatorin beim Fernsehen.

Ich wollte diese Geschichte schon vor einiger Zeit aufschreiben und habe lange darüber nachgedacht, ob ich das Erlebte auf Papier festhalten soll oder nicht. Das geschriebene Wort ist so endgültig! Und ich hatte Scheu davor, unbekannten Menschen von diesen seltsamen Ereignissen zu erzählen.

Denn bis jetzt habe ich nicht einmal mit meinen engsten Freunden darüber gesprochen.

Jetzt aber, da ich endlich den Mut dazu habe, alles aufzuschreiben, kann ich mich nicht mehr davonstehlen oder schweigen, wenn man mich nach meiner Reise nach Mexiko fragt. Ab jetzt gibt es alles schwarz auf weiß. Nicht für immer, aber doch für eine geraume Zeit. Bücher sind ja irgendwann einmal vergriffen und die Welt hat sie vergessen. Bis auf wenige Ausnahmen.

Für eine Weile sind diese Zeilen am Leben. Für jene, die sie lesen.

Aber zurück zum Anlass meiner bedeutungsvollen Reise. Und zu meinem Kummer, der Ursache meiner seelischen Erschöpfung.

Ich hatte einen geliebten Menschen verloren. Meine beste Freundin Annabelle. Sie hatte eine Modelagentur in Paris.

Unsere erste Begegnung stand unter keinem guten Stern! Ich war gerade neunzehn Jahre alt geworden und aus meiner kleinen Stadt nach Paris gekommen, um in der Metropole der Mode mein Glück zu versuchen. Zu Hause war ich bereits eines der am meisten beschäftigten Models. Auf jedem

Magazin, auf jeder Plakatwand war mein Gesicht zu sehen. Für Mode, Werbung, als Anregung, dieses oder jenes zu kaufen, es haben zu müssen.

Mein Zuhause wurde mir zu eng. Ich wollte weg. Anfang März machte ich mich auf den Weg. Ich setzte mir selbst ein Limit. Ich kaufte gerade so viele französische Francs, wie ich meiner Meinung nach brauchte, um zwei Monate in Paris ohne Job überleben zu können. Sollte die Summe verbraucht sein und ich noch keinen Job haben, dann würde mein Schicksal in Sachen Paris besiegelt sein. Es hätte Heimreise bedeutet, aber das wollte ich keinesfalls. Schon aus Prestigegründen, was auch immer ich damals darunter verstand.

Mein wichtigstes Gepäckstück war mein Fotobuch mit den besten Fotos, die ich von mir hatte, ein unentbehrliches „Dokument" für Models! Und so fuhr ich mit meinem kleinen schwarzen Peugeot – ich liebe schwarze Autos – nach Paris. Annabelles Agentur war damals für Models die beste Adresse in ganz Europa, das wusste ich.

Meine Eltern waren von meiner Reise nicht sehr begeistert. Mein Führerschein war erst ein Jahr alt und dementsprechend waren auch meine Erfahrungen. Und meine erste Überlandfahrt hatte mich lediglich dreihundert Kilometer weit gebracht. Paris war da schon etwas anderes. Zwischen meiner Heimatstadt und dem Ziel meiner Reise war immerhin eine Distanz von mehr als tausend Kilometern zurückzulegen. Mich störte das gar nicht, unternehmungslustig wie ich war. Und ahnungslos dazu.

Denn wer keine Gefahren kennt, der traut sich eben alles zu und ist weitaus weniger vorsichtig als die „Erfahrenen".

Ich fuhr also relativ früh am Morgen los, mit vielen guten Ratschlägen seitens meiner Mutter: „Sobald du müde bist, musst du eine Pause machen, versprich mir das! Und sobald du angekommen bist, ruf sofort an! Also, sei vorsichtig! Pass auf dich auf!"

Sie küsste mich und dann musste ich nahezu schwören, auch mehrmals zu übernachten. Nun gut, übernachtet hab ich nur einmal in irgendeinem Dorfgasthof! Die nächste Runde sollte mich dann endlich nach Paris bringen. In die Stadt meiner Träume, die ich nur aus Filmen, von Fotos und jetzt auch intensiver durch meinen Reiseführer kannte.

Ich war zwar ziemlich müde, als ich in Paris ankam, aber zugleich überwältigt! Alles war größer, schöner und aufregender, als ich es mir vorgestellt hatte! Ich weiß nicht mehr, wie ich in dem unglaublichen Verkehr zurechtgekommen bin, jedenfalls landete ich irgendwo in einem Hotel, das mir von außen gefiel, und beschloss, mich vorerst dort niederzulassen.

Leider hatte ich mich, was die französischen Francs damals betraf, ein wenig verrechnet! So billig, wie ich glaubte, war das Zimmer dann doch nicht!

Egal, ich war endlich in Paris! Mein erster Anruf galt meinen Eltern. Sie waren beruhigt, dass ich zumindest mal angekommen war.

Ich schlief die erste Nacht in Paris wie ein Murmeltier! Und bis Mittag!

Als ich mich einigermaßen orientiert hatte, rief ich in Annabelles Agentur an, um einen Vorstellungstermin auszumachen.

„Kommen Sie am Dienstag in zwei Wochen vorbei. Siebzehn Uhr! Adieu, Anna."

Zwei Wochen! Und das mir, wo ich doch schon vor Ungeduld und Aufregung fast platzte!

Aber so war das eben! Um das Beste daraus zu machen, beschloss ich, Paris zu erkunden. Zunächst einmal via Stadtplan. Ich ging mit dem Finger in St. Germain spazieren, besuchte den Montmartre, den berühmten Friedhof Père Lachaise und vieles mehr. Ich machte mir eine Liste für meine private Sightseeing-Tour und verbrachte damit die nächsten zwei Wochen. Bei meinen Exkursionen habe ich keinen einzigen Menschen kennengelernt! Die Pariser waren offenbar nicht sehr kontaktfreudig, so viel wurde mir klar.

Als ich zwischendurch meine Finanzen überprüfte, beschloss ich, das doch recht teure Hotel zu verlassen, und machte mich auf die Suche nach einem geeigneten Zimmer. Täglich las ich sämtliche Annoncen in verschiedenen Zeitungen und dann fand ich am dritten Tag nach meiner Ankunft ein ganz passables Zimmer, wie mir schien. Wie sich herausstellte, eine ziemlich skurrile Angelegenheit! Aber davon später!

Und dann: Endlich Dienstag! Der für mich so wichtige Termin!

Ich war ziemlich aufgeregt und fürchtete mich sogar davor, womöglich den strengen Anforderungen für eine Aufnahme in den Olymp der Mode nicht zu entsprechen.

Ich war noch sehr jung und ziemlich unerfahren, was die sogenannte große weite Welt betraf! Für Paris als Model allerdings relativ alt! Waren ja bereits Dreizehnjährige schon groß im Geschäft! Aber es war einen Versuch wert, wie ich meinte.

Annabelles Agentur befand sich in der Rue Tronchet, in einem noblen Viertel hinter der Madeleine, im achten Arrondissement, in einem wunderschönen alten Haus im ersten Stock.

Mein Herz klopfte mir bis zum Hals, als ich das Büro von Annabelle betrat.

Ich hatte ja zwei Wochen lang auf diesen Termin gewartet und jetzt sollte ich die Chefin höchstpersönlich kennenlernen!

Ich presste mein Fotobuch fest an mich, als würde es mir Halt geben können! Die Wände des Vorraums waren voll mit Titelseiten von „Vogue“, „Cosmopolitan“, „Elle“ und so weiter, mit wunderschönen Mädchen als Covergirls. Ich kam mir sofort total mickrig vor.

In einer Ecke befand sich eine Art Theke. Dahinter eine sehr elegante Dame, offenbar die Sekretärin. Sie fragte mich nach meinem Namen und deutete mir dann, zu warten. Sie musterte mich von Kopf bis Fuß, abfällig, wie mir schien, griff zum Telefon, um mich anzumelden.

In diesem Moment hat sich mein Selbstbewusstsein verabschiedet.

Die große Glastür zum Herzen der Agentur ging auf und ich durfte eintreten.

Eine kleine, dunkelhaarige Frau – vielleicht Mitte dreißig, für meine Begriffe damals leicht rundlich, nachdem ich selbst nur 48 Kilo bei einer Größe von 1,70 Metern hatte – kam auf mich zu, erfasste meine ganze Person mit geschultem Blick, wie mir schien, und reichte mir die Hand. Sie trug ein schlichtes schwarzes Kleid ohne Ärmel, hatte ein freundliches, offenes Gesicht mit sehr wachen Augen, völlig ungeschminkt. Ihre Haare waren glatt nach hinten gekämmt und zu einem kleinen Knoten gewunden.

„Bonjour, Anna. Ich bin Annabelle. Sie sprechen doch Französisch oder ist Ihnen Englisch lieber? Wollen wir also mal sehen!"

„Nein, nein!", stotterte ich, „Französisch ist schon o. k.!"

Zum Glück hatte ich in der Schule neben Englisch auch Französisch gelernt.

Zusätzliches Glück: Ich lerne leicht fremde Sprachen, dafür kann ich aber überhaupt nicht rechnen!

Insgeheim war ich über Annabelle erstaunt. So hatte ich mir die Chefin der größten Modelagentur in Europa überhaupt nicht vorgestellt! Eigentlich hatte ich mir ja gar keine Vorstellung von ihr gemacht. Vielleicht die vage Idee, auch sie würde wie ein Model aussehen.

Nur: Weshalb eigentlich? Sie war ja schließlich eine Geschäftsfrau, offensichtlich sogar eine sehr tüchtige, sonst hätte ihre Agentur niemals diesen Status erreicht.

Das Modelbusiness ist eines der härtesten. Geht es doch um sehr viel Geld, das Kunden bereit sind, auszugeben, um die Beste oder den Besten für ihr Produkt zu buchen. Reine Geschäftssache! Beinhartes Kalkül.

Ich überreichte Annabelle also mein Fotobuch und während sie darin blätterte, ließ ich ihr Gesicht nicht aus den Augen.

Ich will mir die Details ersparen. Jedenfalls, und das war schrecklich genug, fand Annabelle meine Fotos provinziell und damit war mein Fotobuch wertlos geworden.

„Also, ma chère, diese Fotos sind für Paris unbrauchbar, zu brav, zu bieder, zu provinziell. Wir brauchen ein völlig neues Buch und eine neue Sedcard."

Sedcard, das war damals quasi die Visitenkarte eines Models, mit drei bis vier der besten Fotos darauf, mit Angaben über Körpermaße, Konfektionsgröße, Farbe der Augen, der Haare etc. Das Ganze mindestens im A5-Format.

„Wissen Sie, Ihr Buch ist schlecht. Und Sie wissen sicherlich, dass Sie für den Laufsteg zu klein sind, aber Sie haben einen sehr guten Kopf, ein tolles Gesicht."

Dann machte sie eine Pause, betrachtete mich nachdenklich und sagte: „Die Kamera wird Sie lieben! Ma chère, Sie sehen aus wie Audrey Hepburn, nur dass Ihre Augen blau sind. Ja, ich probiere es mit Ihnen. Allerdings müssen Sie dringend neue Fotos machen und das kostet. Haben Sie Geld? Und wo wohnen Sie in Paris? Wie sind Sie zu erreichen? Sind Sie mobil?"

Es war mir peinlich, zu antworten. Vor allem auf die Frage nach meiner Adresse. Ich hatte mit Hilfe einer Annonce, wie schon erwähnt, ein winziges möbliertes Zimmer in der Nähe vom Gare de l'Est, im zehnten Arrondissement, in einer Seitenstraße vom Boulevard Strasbourg gefunden, und das war, wie ich sofort bemerkt hatte, keine besonders gute Adresse! Aber es war damals das beste Angebot, das zu meinen Finanzen passte, nachdem ich die drei kostspieligen Nächte in dem Hotel verbracht hatte.

Meine neue Behausung bestand aus einem Raum und einem winzigen Bad mit Dusche und Waschbecken. Interessanterweise gab es einen offenen Kamin und davor stand – ich traute meinen Augen nicht – ein

Bidet! Das Bett befand sich an der Wand neben dem einzigen Fenster, es war schmal, die Matratze leicht durchgelegen; dafür war die Bettwäsche sauber und die Beleuchtung in Ordnung. Es gab einen Tisch und einen Sessel. Das war alles. Der Schrank war derart in der getäfelten Wand eingebaut, dass ich ihn zunächst nicht bemerkte. Küche hatte ich keine. Der Boden machte mir etwas zu schaffen. Es war ein ziemlich abgetretener Teppichboden, und ich achtete sehr darauf, ihn niemals mit nackten Füßen zu berühren. Alles in allem kein Luxusquartier!

Sollte ich genug Buchungen bekommen und in Paris bleiben, dann würde ich mich sofort nach einer netten kleinen Wohnung umsehen, das schwor ich mir.

Abgesehen von dieser „Luxusausstattung", mit der ich schon irgendwie zurechtkommen würde, hatte ich anfangs große Angst, überhaupt das Haus zu betreten. Müll lag beim Eingang und seltsame Typen lungerten dort herum.

Wie ich später erfuhr, nannten die Pariser die Gegend „das Araberviertel", und obwohl ich keiner Nation auf dieser Welt ablehnend gegenüberstehe – im Gegenteil, ich liebe Menschen, egal welcher Hautfarbe und Nation –, so war mir doch die geballte Anwesenheit arabischer Menschen zuerst nicht geheuer.

Das lag natürlich an meinem Beruf und meinem Aussehen! Meine Aufmachung als Model war vor allem für Männer, deren Frauen kaum die Wohnungen verließen und meistens verschleiert waren, eine Provokation. Das war an den abwertenden Blicken ganz deutlich zu erkennen. Ich, in beruflicher Kriegsbemalung, dünn, aber sehr wohl mit weiblichen Rundungen, in hautengen Jeans und knappen Oberteilen, passte einfach nicht in ihre Welt.

Trotzdem: Als ich auszog, sagte Ahmed, mein Nachbar, der aus Algier kam und mit dem ich nach relativ kurzer Zeit guten Kontakt hatte und der somit auch um meinen Beruf wusste: „Wir alle hier haben Sie sehr gern. Na ja, Sie sehen manchmal wirklich seltsam aus, aber das ist wohl die Mode hier. Doch abgesehen davon: Wir können in Ihre Seele schauen und die ist rein und unschuldig."

Da war ich schon ziemlich perplex. Das hatte noch niemand zu mir gesagt und schon gar kein Mann mittleren Alters aus Nordafrika!

Ich beantwortete also zögernd und mit leiser Stimme Annabelles Frage nach meiner Adresse: „Es tut mir leid, ich habe in aller Eile nichts Besseres gefunden als ein kleines Zimmer beim Gare de l'Est. Leider gibt es dort auch kein Telefon" – Handys hatte man damals noch nicht –, „wenn es recht ist, so werde ich Sie anrufen, um zu erfahren, was sich tut!"

Annabelle verzog keine Miene und sagte nur: „Also, ma chère Anna. Das müssen wir ändern. Ein Freund von mir wird sich darum kümmern. Vorläufig müssen Sie halt noch dort bleiben. Aber es wird sicherlich nicht lange dauern, bis wir das Passende für Sie gefunden haben. Außerdem werde ich Robert Kane anrufen, damit er mit Ihnen neue Fotos macht. Melden Sie sich bei mir. Adieu."

Und damit war mein Besuch bei Annabelle beendet. Ich war sehr glücklich, „es geschafft" zu haben, wie mir schien. Na, immerhin hatte sie mich nicht abgewiesen. Jetzt lag es an mir, ganz tolle Fotos zu machen.

Ich lebte damals sehr sparsam in Paris. Meistens von Baguette und Käse. Ab und zu leistete ich mir eine Flasche billigen Rotwein, aber zur Feier des Tages beschloss ich, eine kleine Flasche Champagner im Supermarkt zu kaufen. – Leider lauwarm!

Ich bat Ahmed, meinen Nachbarn, um Eiswürfel, um den Champagner auch wirklich genießen zu können. Ich selbst hatte ja keinen Eisschrank, er schon. Ich sagte ihm natürlich nicht, wofür, denn ich wusste, dass er keinen Alkohol trank. Allerdings erzählte ich ihm, dass ich vielleicht bald Arbeit hätte. Er freute sich mit mir und seine Frau, die ich nur selten sah, auch.

Der Champagner machte mich müde und sehr bald schlief ich ein.

Am nächsten Tag rief ich bei Annabelle an. Natürlich nicht vor zehn Uhr. Kein Mensch arbeitet in Paris vor zehn Uhr in einer Modelagentur! Zumindest damals nicht. Ich konnte es kaum erwarten, bis es endlich zehn Uhr war, und ging dann in das Bistro vis-à-vis, um zu telefonieren.

„Hier ist Anna. Kann ich, bitte, Annabelle sprechen."

„Einen Moment bitte."

Das war offenbar die Dame aus dem Vorzimmer.

„Hallo Anna!", das war Annabelles Stimme, „komm doch bitte in mein Büro, wir haben einiges zu besprechen."

Sie duzte mich! Das ist in Paris nicht selbstverständlich, im Allgemeinen in meiner Branche auf der ganzen Welt aber durchaus üblich. Aber in Paris? Vielleicht ein gutes Zeichen?

„Bin sofort da! Bis gleich, danke!"

Sofort hieß damals: mindestens vierzig Minuten mit dem Auto. Ich kannte mich zwar schon einigermaßen in Paris aus, aber der Verkehr machte mir immer noch zu schaffen. Einer Lawine gleich wälzten sich die Autos durch die Straßen, und das von früh bis spät. Die einzige, lebenswichtige Verkehrsregel, die ich bald lernte: Rechts hat immer Vorfahrt, egal, woher man kommt. Selbst rund um den Arc de Triomphe galt: Wer von rechts kommt, hat recht! Anfangs schaute ich einfach immer nur geradeaus und fuhr dann todesmutig los. Meinen Stadtplan als unentbehrliches Dokument neben mir.

Ich erreichte also nach etwa vierzig Minuten Annabelles Büro.

Es stellte sich heraus, dass der Fotograf, Robert Kane, der von mir neue Fotos machen sollte, nachmittags Zeit hatte und mir auch mit seiner Gage entgegenkommen würde.

Annabelle war sehr beschäftigt, relativ kurz angebunden: „Nimm ein paar Sachen von dir mit. Vielleicht auch ein Kleid und einen Badeanzug. Hier ist die Adresse. Das ist in der Nähe der Börse. Robert weiß Bescheid. Nachher kommst du, bitte, wieder hierher.“

Und damit war ich entlassen.

Na, super! Jetzt musste ich nochmals nach Hause in den zehnten Bezirk, denn natürlich hatte ich das Gewünschte nicht dabei. Dann wieder zurück in den Achten, wo ich ja gerade war, denn hier befand sich auch die Börse. Trotzdem war ich sehr beflügelt und freute mich auf das Shooting.

Zu Hause angekommen, packte ich ein paar Sachen in meine große Tasche, schminkte mich sorgfältig, sah mir den Stadtplan genau an, damit ich keine Zeit mit Suchen vergeuden musste, und fuhr wieder los.

Und – ich fand das Studio auf Anhieb!

Das ist keine Selbstverständlichkeit in dieser Stadt! Das Atelier lag im Hof eines alten Hauses und Robert Kane erwartete mich schon.

Er war ein großer, schlanker Mann mit dichtem schwarzem Haar und lustigen Augen und sprach mit amerikanischem Akzent.

„Hi, nice to meet you, Anna! Oder sollen wir lieber Französisch reden?"

„Ganz wie Sie wollen!" Und so blieben wir bei Englisch.

Das Studio war prachtvoll! Es hatte riesige Atelierfenster und war sehr geräumig. Die üblichen Papierrollen in verschiedenen Farben waren an der Decke mit Ketten an Rollen befestigt und konnten, je nach Bedarf, wie Rollos heruntergelassen werden, um als Hintergrund für Fotos zu dienen. Es gab ein altes plüschiges Sofa und einen sehr modernen Schreibtisch und einen riesigen altmodischen Standspiegel in einem Holzrahmen. In einem Nebenzimmer befanden sich die Schminkplätze und die Garderobe für die Models.

Robert Kane war ein sehr netter, unkomplizierter Mann. Wir plauderten eine Weile über Amerika, über Paris und meine und seine Arbeit. Quasi ein Aufwärmgespräch. Dann prüfte er mein Make-up und fand es in Ordnung.

„Wir fangen mit den Köpfen an. Setz dich mal auf diesen Hocker."

Er hatte die Rolle mit dem weißen Papier heruntergelassen und den Hocker darauf in die Mitte gestellt. Ich nahm Platz, so wie ich war, in Jeans und T-Shirt, vor mir die Kamera, und los ging's.

Und es war wie immer: Sobald ich die Kamera sah, agierte ich wie ein Zirkuspferd in der Arena. Ich lachte, schmollte, spielte den Clown, grinste wie ein kleines Kind, dazwischen jeweils das „Klick" der Kamera; ich senkte lasziv den Kopf, dann Augenaufschlag, ich drehte mich zur Seite, schaute frech über die Schulter, runzelte die Nase beim Lachen, blickte ernst und traurig, verträumt und böse.

Ich fuhr mir durch die Haare, schob meine Stirnfransen zur Seite, hielt mir die Hand vor den Mund, kicherte, zeigte Zähne und setzte mich mit todernstem Gesicht frontal zur Kamera.

Robert, wie ich ihn inzwischen nannte, richtete immer wieder die Scheinwerfer dorthin, wo er sie haben wollte, und gab seine Befehle: „Nein, mehr nach rechts. So ist es gut! Lachen, nein, nicht so viel. Fang nochmals an. Ja, so! Dreh dich zur Seite. Wirf den Kopf nach hinten!" Es machte mir riesigen Spaß! Ich war damals Model mit Leib und Seele und ich hatte zwei Wochen lang keinen einzigen Fototermin gehabt. Ich genoss dieses Shooting!

Selbst Philip, mein Freund, den ich in meiner Heimatstadt zurückgelassen hatte, hatte meinen Plan, nach Paris zu gehen, unterstützt, wenn auch nicht mit großer Freude: „Ich will von dir niemals hören, dass ich dich in deiner Karriere behindert habe. Tu, was du tun musst, und dann sehen wir weiter. Kann dich ja besuchen, ist ja nicht aus der Welt", hatte er noch vor sich hin gebrummt.

Er war damals schon achtundzwanzig Jahre alt und wesentlich reifer und gescheiter als ich und hatte, wie man so sagt, den Überblick.

Ich fotografierte mit Robert bis spät in die Nacht, mal in Jeans, mal im Kleid, mal im Badeanzug.

Ich sprang vor der Kamera hin und her, drehte mich, setzte mich auf den Boden, sprang wieder auf, hüpfte nach links mit großen Schritten, lief geradeaus auf die Kamera zu, sprang in die Luft … Immer in Bewegung! Und Robert fotografierte und fotografierte mit seiner Kamera mit Motor. Es ging ja alles blitzschnell und nur damit konnte er die Bewegungen einfangen.

Irgendwann fiel mir erschrocken ein, dass ich ja Annabelle anrufen sollte. Jetzt war es schon viel zu spät, um noch zu ihr zu fahren.

Robert erledigte das für mich. Er rief sie zu Hause an und es war in Ordnung. Ich sollte mich am nächsten Tag melden.

Müde und erschöpft, aber auch glücklich, fuhr ich dann nach Hause. Robert wollte Annabelle Bescheid geben, wenn die „Kontakte" fertig wären. Kontakte, das sind alle Fotos in winziger Ausführung, neben- und untereinander auf Fotobögen, die bei einer Session gemacht werden, um dann das eine oder andere auszusuchen, das am besten gefällt. Das wird dann vergrößert. Robert hatte sowohl in Schwarz-Weiß als auch in Farbe fotografiert.

Normalerweise dauerte es damals eine Weile, bis man die Resultate begutachten konnte. In meinem Fall ging das aber ziemlich schnell. Offenbar hatte Annabelle Robert um rasche Erledigung gebeten.

Und so kam es, dass ich bereits am nächsten Tag, das heißt gegen Abend, zusammen mit Annabelle und Robert in der Agentur die Kontakte ansehen konnte.

Und da verstand ich, was Annabelle mit „provinziell“ gemeint hatte: Ich erkannte die internationale „Handschrift“ eines Starfotografen, sah mein Gesicht zum ersten Mal in einem völlig anderen Licht, im wahrsten Sinne des Wortes. Ich selbst war begeistert, aber ich behielt meine Emotionen für mich.

Glücklicherweise gefielen auch Annabelle die Fotos von Robert Kane! Mit professionellem Blick suchte sie einige Kontakte aus, klebte kleine rote Punkte darauf und bat Robert, so schnell wie möglich in die Endphase zu gehen. Also: Rasch her mit den neuen Fotos!

Und wieder einmal war ich entlassen! Noch kannte ich niemand in Paris, außer Ahmed und seine Frau. Ich hatte noch keine Freunde und so war ich mit meiner Freude allein. Ich beschloss, diesmal nicht nach Hause zu gehen, sondern noch ein wenig auf den Champs-Élysées zu flanieren und im Drugstore oben links beim Arc einen Kaffee zu trinken.

Ich ging gern auf dieser Prachtstraße spazieren. Leute schauen, so nannte ich das.

Einmal sah ich sogar Sean Connery, wie er allein und eilig die Champs hinunterging, in Richtung

Place de la Concorde. Jung wie ich war, hat er mich natürlich sehr beeindruckt. Selbstverständlich war ich sogar der Meinung, er hätte einen Blick auf mich riskiert. Na ja, man darf ja träumen!

Nachdem ich das Ritual meines Spaziergangs mit abschließendem Besuch im Drugstore beendet hatte, ging ich den ganzen langen Weg wieder zurück zu meinem Auto, das ich vor Annabelles Agentur abgestellt hatte. Es war bereits sehr spät und ich war sehr müde, aber hungrig. Schnell eine Crêpe, die ich mit nach Hause nahm. Abwechselnd zu Baguettes und Käse gehörte diese Köstlichkeit auch zu meinen abendlichen Menüs. Wird ja an jeder Ecke in Paris verkauft. Gefüllt mit den verschiedensten Marmeladen oder auch Saurem. Einfach köstlich!

Wie jetzt schon gewohnt, rief ich Annabelle am nächsten Tag wieder an. Allerdings später als sonst, weil ich sehr lange geschlafen hatte. Die Aufregung hatte mich offenbar sehr müde gemacht!

„Robert bringt heute Abend die Abzüge vorbei, wenn du willst, kannst du auch kommen. Ich habe eine Überraschung für dich!“ Annabelles Stimme klang freundlich. „Aber abgesehen davon, vielleicht auch eine kleine Wohnung, im Sechzehnten.“

Wow, eine Wohnung! Noch dazu im Sechzehnten! Ich wusste mittlerweile, dass dieser Bezirk zu den guten Adressen gehörte.

„Das ist ja toll, Annabelle! Natürlich komme ich gern gegen Abend vorbei!“ Und dann fragte ich ganz vorsichtig, weil ich es fast nicht glauben konnte: „Wann kann ich mir die Wohnung ansehen, und vor allem: Werde ich sie mir leisten können?“

„Komm zuerst in mein Büro und dann erzähle ich dir mehr. Bis bald.“

Und weg war sie. Eine Überraschung, eine Wohnung … Vor Neugierde und Aufregung platzte ich fast. Konnte es kaum erwarten. Aber ich musste mich gedulden, war es doch erst früher Nachmittag.

Wie also die Zeit totschlagen? Eigentlich eine schreckliche Redewendung! Na, wie auch immer: Ich fuhr in den Jardin des Tuileries am Ende der Champs, um ein wenig frische Luft zu schnappen und spazieren zu gehen. Die Luft war mild, die Kühle der letzten Tage hatte sich in eine freundliche Sanftheit verwandelt. Es war sehr angenehm auf der kleinen Bank in der Sonne. Und ich konnte ungestört vor mich hin träumen. Ich fühlte mich wohl. Es ging mir gut.

Ich weiß nicht mehr, wie lange ich bereits auf der Bank saß, jedenfalls riss mich eine Stimme aus meinen Träumen. Sie gehörte einem jungen Mann mittlerer Größe, mit schulterlangem blondem Haar.

Er sagte auf Französisch: „Pardon, aber ich beobachte Sie schon eine ganze Weile. Sie sind offenbar in Gedanken ganz weit weg. Darf ich Sie nach Paris zurückholen, bei einem Glas Wein?“

„Nein, vielen Dank, aber ich habe schon eine Verabredung."

„Schade, aber hier ist meine Karte, rufen Sie mich doch bitte einmal an! Sie haben einen sehr charmanten Akzent, aber ich kann nicht erkennen, woher Sie sind."

„Vielen Dank für Ihre Karte. Vielleicht melde ich mich. Adieu!"

Und ich stand auf und ließ den jungen Mann stehen.

Als ich außer Sichtweite war, schaute ich mir die Visitenkarte genauer an. Der junge Mann hieß Boris und war Visagist beim Fernsehen.

Zumindest stand das auf seiner Karte. Na, vielleicht rufe ich ihn mal an, dachte ich.

Jetzt war es langsam Zeit, in Richtung Agentur zu marschieren.

Robert war schon da und ich war sehr gespannt auf die Fotos, auf die Überraschung und überhaupt.

Die Fotos waren großartig! Annabelle hatte schon eines für ihr Headsheet ausgewählt. Das war das große Plakat, auf dem alle Models, die sie vertrat, abgebildet waren. Es hing an der Wand vis-à-vis von ihrem Schreibtisch. Bald sollte ich auch dort zu sehen sein! Juhu!

Und dann verkündete Annabelle strahlend das Folgende: „Ma chère, nachdem Robert deine Fotos fertig hatte, kam der Artdirector von Lancôme vorbei, um einiges mit ihm zu besprechen. Er sah deine

Fotos auf dem Schreibtisch und hat sich nach dir erkundigt. Er will die nächste Kampagne für die neue Tagescreme mit deinem Gesicht machen! Was sagst du dazu?“

Mir blieb der Mund offen stehen. Muss ziemlich blöd dreingeschaut haben.

Und Annabelle weiter: „Weißt du, was das für dich bedeutet, Anna? Das ist deine erste Buchung. Und dein Foto wird in der ‚Vogue‘ und in sämtlichen Hochglanzmagazinen zu sehen sein. Das ist der Beginn deiner Karriere in Paris. Ich gratuliere dir!“

Sie lächelte mich an und auch Robert grinste über das ganze Gesicht. Ich wusste vor lauter Freude nicht, was ich sagen sollte. Ich stotterte irgendetwas wie: Das ist ja wunderbar, ich kann es gar nicht fassen, bin so glücklich, danke, danke und so weiter.

Annabelle holte drei Gläser, öffnete eine Flasche Champagner, kalt natürlich!, und gratulierte mir nochmals. Ich war wie in Trance.

Und so kehrte ich auch in mein „wunderbares“ Zimmer zurück.

Ahmed musste meine Freude über sich ergehen lassen. Ich erzählte von dem glücklichen Zufall, von meiner vielleicht neuen Wohnung und er wünschte mir Glück.

„Möge der Himmel dich beschützen, meine Kleine!“, sagte er in seinem kehligen Französisch und strich mir über den Kopf.

„Auch Sie, Ahmed, auch Sie und Ihre Familie! Sie waren für kurze Zeit mein einziger Freund. Ich werde Sie nie vergessen!"

Und nach dieser sentimentalen Attacke meinerseits zog ich mich in mein schäbiges, seltsames Zimmer zurück.

Der nächste Tag sollte die nächste Aufregung bringen! Ich konnte die neue Wohnung besichtigen! Und sie gefiel mir auf Anhieb. Das Haus lag in einer ruhigen Straße, in der Rue des Bauches, in der Nähe der Maison de l'O.R.T.F., das ist die französische Rundfunk- und Fernsehstation. Die Wohnung war in der letzten Etage, in der es nur zwei Wohnungen gab. Und eine davon sollte meine werden! Sie war nicht besonders groß, vielleicht fünfzig Quadratmeter, aber sehr gut angelegt und möbliert. Daran würde ich einiges ändern. Vorläufig sollte es genügen, so wie es war. Was mir besonders gut gefiel: Sie hatte zwei kleine Balkone! Einen vor dem Wohnzimmer und der andere war von einem winzigen Schlafzimmer aus zu begehen. Das war großartig! Ein Traum wurde wahr! Und zu allem Glück: Ich konnte mir die Wohnung leisten, vor allem im Hinblick auf meinen neuen Job für Lancôme, der sehr gut bezahlt wurde.

Am liebsten wäre ich sofort eingezogen, aber es waren noch etliche Formalitäten zu erledigen. Jedenfalls war ich am dritten Tag nach der Besichtigung stolze Mieterin einer eigenen kleinen Wohnung in Paris!

Am vierten Tag zog ich ein. Viel hatte ich ja nicht zu übersiedeln und so war auch das bald erledigt.

Ahmed und seine Frau begleiteten mich zu meinem Auto und halfen mir, meine Kleinigkeiten zu verstauen. Es war ein rührender Abschied.

Wir alle weinten und ich versprach, die Familie auch einmal zu besuchen.

Über den Verlust der alten Gegend war ich keineswegs traurig, aber das sagte ich natürlich nicht.

Jetzt ging es Schlag auf Schlag! Robert Kane war der Fotograf der Kosmetikserie und ich war eine ganze Woche lang mit ihm unterwegs. Mal im Studio, mal im Park, mal in einem eleganten Restaurant und so weiter.

Geschminkt wurde ich von einem professionellen Visagisten des Kosmetikkonzerns, und obwohl ich das ja nicht so gern hatte, weil ich von zu Hause gewohnt war, mich selbst zu schminken, so gefiel mir das äußerst gut, was der Mann aus meinem Gesicht gemacht hatte.

Ich sah tatsächlich aus wie Audrey Hepburn in dem Film „Frühstück bei Tiffany". Vermutlich war das auch die Absicht!

Und noch bevor die Woche vorbei war, rief mich Annabelle in meiner neuen Wohnung an – dort gab es ein Telefon – und teilte mir mit, dass sie bereits weitere Aufträge von anderen Firmen für mich hatte.

„Ma chère Anna, dein Typ ist im Moment sehr gefragt! Du bist zur rechten Zeit am rechten Ort! Ich könnte dich jeden Tag zweimal vermitteln!"

Muss nicht erwähnt werden, dass ich mich rasend freute.

Zum Wohnen und Einrichten kam ich allerdings kaum, und so blieb die Wohnung für lange Zeit so, wie ich sie übernommen hatte. Lediglich ein paar Blumentöpfe mit bunten Blumen, die ich zwischen meinen Engagements irgendwo ergatterte, zierten meine Balkone.

Ja, und das Foto, das auch Annabelle, für ihr Headsheet, ausgesucht hatte, das hatte ich in Übergröße von Robert bekommen und an der einzigen freien Wand in meinem Wohn-Ess-Zimmer befestigt. Sah toll aus! Man hätte es Eitelkeit nennen können, aber es war mehr als das: Für mich hatte dieses Foto eine ganz besondere Bedeutung! Es war mein Schlüssel zu Paris!

Ich arbeitete in der Folge sehr viel. Musste auch oft zu Modeaufnahmen ins Ausland. Nach Griechenland, Bali, auf die Bahamas ...

Außer meinen Kollegen und Kolleginnen, außer dem jeweiligen Fotografen und den verschiedenen dazugehörigen Teams lernte ich kaum jemand kennen. Ich hatte keine Freunde! Und wenn ich mich mit jemand aus dem Job anfreundete, so mussten wir uns nach getaner Arbeit meistens trennen. Cindy flog zurück nach New York, Ella nach Italien, George ging wieder nach London und ich zurück nach Paris.

Philip, mein Freund in der Ferne, meldete sich auch immer weniger. Einmal besuchte er mich und fand mein Leben, also mich, grässlich: „Außer Mode, Make-up, Terminkalender und deinem Aussehen hast du nichts mehr anderes im Kopf!" Ja, das waren seine Worte.

Und irgendwie hatte er ja recht! Aber schließlich war das mein Kapital und man zahlte mir ziemlich viel dafür, dass ich auf mich schaute, mich pflegte, mein Erscheinungsbild in Ordnung war. Eine aufwendige Sache!

Keine Zeit für Theater, Konzerte, Ausstellungen, so wie ich das aus meiner Heimatstadt gewohnt war.

Das Leben in Paris war weitaus hektischer, anstrengender und schneller. Keine Spaziergänge mehr im Jardin des Tuileries, kein Schlendern über die Champs-Élysées. Kein einziger Besuch bei Ahmed und seiner Familie, obwohl ich oft an sie dachte. Insgeheim hatte ich diesbezüglich sogar ein schlechtes Gewissen.

Aber in Paris musste man am Ball bleiben. Die Konkurrenz war groß.

Bei allem Erfolg war ich sehr einsam in Paris.

Annabelle musste das bemerkt haben und eines Abends lud sie mich in ein kleines Bistro zum Essen ein. Wir redeten und redeten. Und wir entdeckten, dass wir einander sehr ähnlich waren.

Es war der Beginn einer innigen und wunderschönen Freundschaft. Und es war in dieser Branche nicht üblich, dass sich eine Agentin mit einem ihrer Schützlinge anfreundete. Jeder ging normalerweise seiner Wege, so war ich das inzwischen ja auch gewohnt, obwohl es mir manchmal leid tat.

Annabelle erzählte mir von ihrem kleinen Dorf im Süden Frankreichs, in dem sie aufgewachsen war: Ihr Vater hatte dort einen Buchladen, ihre Mutter spielte Geige, manchmal auch vor Publikum im benachbarten Dijon.

Annabelle selbst wollte unbedingt Balletttänzerin werden und so schickten ihre Eltern ihr einziges Kind mit sechs Jahren nach Paris. Hier lebte Annabelle bei der Schwester ihrer Mutter und bekam neben der Schule an der Ecole de Danse de l'Opéra ihren ersten Ballettunterricht.

Nach einem Jahr fuhr Annabelle wieder nach Hause. Nicht geeignet, hieß es lakonisch in dem Bericht an die Eltern.

Annabelle war zunächst todtraurig. Im Kreise ihrer Familie und ihrer Freunde hatte sie den Schmerz über ihren ersten Misserfolg jedoch bald überwunden. Sie beendete die Schule mit der Matura, „kehrte nach Paris zurück", wie sie scherzend sagte, und studierte Jus. Ihr erster großer Job war bei einer angesehenen Anwaltsfirma in Paris.

Und dann begann sie sich für die Modewelt zu interessieren. Agierte hinter den Kulissen als Managerin bei einem Couturier in der Rue du Faubourg Saint-Honoré.

Den Job als Juristin hatte sie gekündigt. In ihrer neuen Funktion war sie offenbar sehr tüchtig; man schätzte ihre Meinung, ihre Intuition, ihr Organisationstalent und vieles mehr.

Und eines Tages beschloss sie, eine Agentur für Models zu eröffnen. Jene Agentur, die europaweit zur besten wurde und die mich nach Paris gelockt hatte.

Als wir einander schon besser kannten, lud ich sie zum Abendessen in mein kleines Appartement ein. Wir erzählten einander voneinander, lachten viel und verbrachten einen sehr vergnüglichen Abend. Bis zu dem Moment, in dem ich sie fragte, ob sie denn nie daran gedacht hätte, zu heiraten. Ihr Gesicht verriet mir, dass ich ein heikles Thema angeschnitten hatte.

Sie seufzte tief und nach einer Weile antwortete sie, mit sehr ernstem Gesicht und leiser Stimme, wie aus einer anderen Welt: „Weißt du, Anna, das ist eine lange und traurige Geschichte. Ich hatte einmal eine große Liebe! Er hieß Munji, war aus Marokko und lebte in Paris. Hier habe ich ihn auch kennengelernt. Er war aus sehr reichem Haus, aus einer sehr alten und angesehenen Familie aus Casablanca und studierte Medizin. Wir waren rasend ineinander verliebt und es war uns beiden völlig klar, dass wir zusammengehörten, für immer.

Auch meine Eltern mochten ihn sehr und natürlich wollten wir heiraten. Wir hatten ein sehr intensives und glückliches Jahr miteinander verbracht, als Munjis Eltern nach Paris kamen und er mich ihnen als ‚seine große Liebe' vorstellte. Sie waren sehr höflich zu mir, aber auch sehr distanziert. Ich wusste es sofort: Sie mochten mich nicht. Ich war in ihren Augen nicht standesgemäß. Für sie kam offenbar nur eine Marokkanerin aus bestem Haus in Betracht und nicht irgendeine kleine Französin aus irgendeinem kleinen Dorf.

Naiverweise glaubte ich, wir könnten auch ohne Zustimmung von Munjis Eltern heiraten. Aber das war nicht ganz so einfach, wie ich mir das vorgestellt hatte. Er war noch mitten in seinem Studium und auf die Unterstützung seiner Familie angewiesen. Und letzten Endes, und das war wohl ausschlaggebend, war es in seiner Kultur und in seinen Kreisen nahezu unmöglich, sich gegen das Familienoberhaupt, gegen seinen Vater, aufzulehnen. Also fuhr Munji nach Casablanca, um noch einmal mit seinem Vater zu reden, ihn vorsichtig zu überreden, seine Einwilligung zu einer Heirat mit mir zu geben. Ich weiß, er beschwor ihn, flehte ihn an, sprach von unserer großen Liebe. Es half nichts. Er hat mir danach einen langen, herzzerreißenden Brief geschrieben. Ich habe ihn heute noch.

Munji kam nie mehr zurück. Er starb an dem Tag, an dem er den Brief an mich abgeschickt hatte. Er ist mit seinem Motorrad gegen einen Baum gerast. Ich weiß, er hat sich umgebracht. Ich wollte auch sterben, aber es ist mir nicht gelungen. Ich habe es mit einer ganzen Schachtel Schlaftabletten versucht, aber man hat mich noch vor der tödlichen Wirkung gefunden.

Lange Zeit war ich der traurigste Mensch, den du dir vorstellen kannst."

Und hier unterbrach Annabelle ihre Geschichte. Tränen rannen über ihre Wangen. Als sie sich etwas beruhigt hatte, sagte sie: „Das alles ist lange her, aber ich habe Munji nie vergessen. Und wenn ich zu Bett gehe, so drücke ich immer noch das kleine Kissen an mich, das ihm gehört hat."

Und damit war es auch um meine Haltung geschehen. Ich saß weinend neben meiner Freundin und hielt noch eine Weile ihre Hand, bevor sie schweigend meine Wohnung verließ. Ich blieb sehr nachdenklich zurück. Über Munji haben wir nie wieder gesprochen.

Annabelle und ich unternahmen sehr viel miteinander. So fuhr ich unter anderem auch einmal mit ihr in das kleine Dorf in der Nähe von Dijon, um ihre Eltern kennenzulernen. Zwei zauberhafte

Menschen, fröhlich, gebildet, humorvoll und auch sehr musisch.

Wir verbrachten ein sehr entspanntes und erholsames Wochenende in ihrem typisch französischen Landhaus. Ich fühlte mich dort sofort sehr wohl! Wir alle hatten viel Spaß miteinander, lachten viel und diskutierten bis spät in die Nacht.

Bevor wir wieder in Richtung Paris aufbrachen, musste ich Annabelles Eltern noch versprechen, wiederzukommen.

„Kommen Sie, sooft Sie wollen, und bringen Sie Annabelle mit. Wir sehen sie ohnehin viel zu selten! Adieu, bis bald also!“

Eine schöne Idee, sehr verlockend, aber leider auch ein wenig umständlich und zeitraubend. Bis Dijon konnte man ja mit dem TGV fahren, das ging sehr schnell, aber dann war es unmöglich, ohne Auto das Dorf zu erreichen. Man musste lange vor der geplanten Reise ein Taxi bestellen. Mietautos waren rar. Und mit dem Auto am Wochenende nach Paris zurückzukehren, grenzte an Irrsinn, wie ich bald merkte. – Stundenlanges Stillstehen im Stau an den diversen Einfahrten nach Paris ist absolut nervtötend. Wer das je erlebt hat, weiß, wovon ich rede.

Ich gehörte also mittlerweile zum kleinen, aber sehr feinen Freundeskreis von Annabelle: Da war Pierre, ein Philosoph, der einen Trödelladen in St. Germain besaß, Lilo, eine Malerin, die pro Jahr nur ein Bild verkaufte, Ivry, ein wunderbarer Musiker, der auf der ganzen Welt Konzerte gab, und Claude, der Bücherwurm, der sich in seinem Antiquariat von seinen Büchern nicht trennen wollte!

Das war, wie man so sagt, der „harte Kern" von Annabelles Freundeskreis und ich wurde von allen liebevoll aufgenommen.

Annabelle war meine engste Vertraute geworden. Ich konnte mit ihr alles besprechen. Meine Ängste, meine Sorgen, meine Unsicherheiten, die mich mit meinen neunzehn Jahren immer wieder plagten.

Was meinen Job betraf: Da war Annabelle mit mir genauso streng und kritisch wie mit allen anderen Models. Ihr konnte man nichts vormachen. Angaben über Körper- und Kleidergröße wurden von ihr höchstpersönlich überprüft. Annabelle hat immer nachgemessen.

Es war also klüger, keine falschen Angaben zu machen, etwas, das in dieser Branche durchaus üblich war. Annabelle kannte da kein Pardon und konnte Beruf und Privates sehr gut trennen, und mir war das auch recht so.

Ach, wir erlebten so viel miteinander! Viel Schönes, Lustiges, Interessantes! Die Zeit verging wie im Flug!

Ich arbeitete sehr viel und erfolgreich. Die Fotografen kannten mich, arbeiteten gern mit mir und ich auch gern mit den meisten von ihnen.

Mein Lieblingsfotograf aber blieb Robert Kane. Mit ihm machte ich immer die besten Fotos! Er war mir von allen der Vertrauteste. Ich flirtete zwar, solange ich als Model arbeitete, immer nur mit der Kamera, den Menschen dahinter vergaß ich während des Shootings. Nur vorher und nachher war es nicht unwesentlich, auch gut miteinander auszukommen. Es gab auch Fotografen, die mir nicht besonders sympathisch waren, und ich bildete mir ein, dass man das auch auf den Fotos sah.

Annabelle gab mir recht und machte dahingehend ihre Notizen, wie übrigens bei allen meinen Kollegen. Jeder von uns hatte so seine Vorlieben und Abneigungen und wir sprachen miteinander auch darüber. Wir waren einander keineswegs spinnefeind oder waren eifersüchtig auf die Jobs der anderen. Es war für jeden genug zu tun. Man musste sich nur anstrengen, gut zu bleiben, das heißt, immer besser zu werden. Das fiel mir nicht schwer.

Ich war mittlerweile fast zwanzig und voller Energie und Tatendrang. Erfolg beflügelt!

Meine Eltern, die mich einmal in Paris besuchten, konnten gar nicht fassen, wie ich mich entwickelt hatte, was ich verdiente und wo ich überall in der Weltgeschichte herumflog.

Sogar mein Vater, der seit Beginn meiner Modelkarriere eine Abneigung gegen diesen Beruf hatte – verdiente ich ja schon zu Hause mehr als er –, zeigte ein wenig Freude.

Das fiel ihm nicht leicht und ich wusste es zu schätzen. Im Gegensatz zu meiner Mutter ist er ein sehr introvertierter Mann, der kaum Gefühle zeigt und sich meist hinter seinen Büchern versteckt. Ein typischer Gelehrter! Ich habe mich oft gefragt, wie meine humorvolle und immer zu Späßen aufgelegte Mutter damit zurechtkam. Irgendwie schaffte sie das. Schließlich hatte sie ihn ja auch geheiratet und sehr viel anders wird mein Vater auch als junger Mann nicht gewesen sein. Sie liebte ihn eben. So ist das offensichtlich mit der Liebe!

Und die war für mich ja noch ziemlich rätselhaft. – Heute weiß auch ich, was große Liebe wirklich ist und vermag. Aber damals?

Ich war relativ ahnungslos! Vor Philip hatte ich meinen ersten Freund – mit sechzehn. Natürlich war ich in ihn verliebt, aber nicht so sehr die Verliebtheit, vielmehr die Neugier trieb mich mit ihm ins Bett. Wollte ich doch endlich das Geheimnis „der schönsten Nebensache der Welt" ergründen. Nun, wie soll ich das beschreiben? Sagen wir mal, es gefiel mir gar nicht.

Das änderte sich auch mit Philip nicht wesentlich. Ja, doch, vielleicht ein wenig!

Aber Spaß, Spaß hat es keinen gemacht. Ich dachte mir damals, es gehört halt einfach dazu. Diesbezüglich fehlte mir Philip in Paris ganz und gar nicht. Vielmehr vermisste ich den vertrauten Umgang mit ihm, dem Freund, der er ja war.

Sex war also kein Thema für mich in Paris! Erstens arbeitete ich sehr viel und war abends meistens ziemlich erschöpft und zweitens genügte mir der Umgang mit meinen neuen Freunden. Ich diskutierte gern mit Annabelles Freunden, wir führten interessante Gespräche und hatten auch viel Spaß miteinander. Irgendwie war das für mich sehr befriedigend.

Aber eines Tages, im Wonnemonat Mai, sollte sich das blitzartig ändern. Ich kam in die Agentur und dort sah ich zum ersten Mal Peter.

Er war Engländer und jener Mann, bei dem Annabelle in London die Sedcards und Headsheets drucken ließ. Die erste Adresse für diese Dinge.

Peter musterte mich sofort von Kopf bis Fuß und selbst während er mit Annabelle sprach, wanderten seine Augen immer wieder zu mir.

Seltsamerweise spürte ich ein kleines Kribbeln, während er mich ziemlich frech ansah. War mir vorher noch nie passiert.

Verstohlen betrachtete ich nun meinerseits den Herrn aus London. Er war vermutlich so an die dreißig Jahre alt, sah ein wenig aus wie der polnische Regisseur Roman Polanski, den ich ja von Fotos kannte.

Also, sagen wir mal: keine Schönheit. Aber da war etwas, das mich sofort faszinierte. Umgekehrt dürfte es ihm ebenso ergangen sein, und ich denke, es war nicht nur mein Aussehen. Er hatte ja ständig mit Models und deren Fotos zu tun. Ich war also nicht die erste „Schönheit“, die er traf. Annabelle warf mir einen amüsierten Blick zu. Sie hatte blitzschnell die Situation erfasst und nickte lächelnd in meine Richtung. Was wusste sie, was ich nicht wusste? Nun, das erfuhr ich später.

Nachdem auch ich einiges mit Annabelle besprochen und Peter gelangweilt in seinen Unterlagen geblättert hatte, verabschiedete ich mich.

Peter war sofort an meiner Seite: „Ich möchte Sie ein Stück begleiten, if you don’t mind!“

„Also, eigentlich bin ich auf dem Weg nach Hause. Ich muss noch Verschiedenes für morgen vorbereiten.“

„Okay, dann begleite ich Sie eben nach Hause. Taxi or car?“

„Ich bin mit meinem Auto hier. Und Sie?“

„Ich fahre in Paris entweder mit dem Taxi oder der Metro. Ich will hier nicht fahren. Ich werde mich niemals an den Rechtsverkehr gewöhnen. Wo steht Ihr Wagen?“

Irgendwie ferngesteuert ging ich mit ihm zu meinem Auto, Peter stieg ein und ich fuhr, immer noch ferngesteuert, nach Hause.

Und dann stand Peter plötzlich in meiner Wohnung. Es war das erste Mal, dass ich einen, ja, fremden Mann in meine Wohnung ließ. Offenbar hatte ich das meinen Hormonen zu verdanken, die plötzlich verrückt spielten. In kaum messbarer Zeit lag ich mit Peter im Bett! Und wie soll ich es beschreiben? Es war wundervoll!

Dieser Mann wusste, was einer Frau gefällt. Seine Hände, seine Lippen waren überall! Zärtlich und sanft!

Seine leidenschaftlichen Küsse verwandelten einen Teil meines Körpers in einen Aggregatzustand, den ich vorher noch nie erlebt hatte. Ich meinerseits wurde überhaupt nicht aktiv und ließ die Dinge einfach geschehen. Ich war wie in Trance. Und wie gelähmt.

Und dann geschah etwas Wunderbares, Einmaliges! Es rieselte unbeschreiblich warm und wohlig durch meinen ganzen Körper. Mir blieb die Luft weg und der Raum rund um mich herum drehte sich. Mein Mund öffnete sich automatisch und ich stieß einen kleinen Schrei aus. Ich hatte meinen ersten Orgasmus! Ein großartiges Gefühl, das ich in meinem Leben nie mehr missen wollte! Und ein Engländer in Paris hatte das geschafft! Verständlich, dass ich ihm sofort verfallen war.

Als wir beide dann nach dem Duschen – gemeinsam! – auf meinem kleinen Balkon vor meinem Esszimmer saßen, meinte Peter grinsend: „Das war wohl neu für dich? Oder bist du sehr bequem und lässt dich immer bedienen?“

Ich fühlte, wie mir die Röte ins Gesicht stieg, und sagte zögernd: „Ja, das war neu für mich. Ich bin in Sachen Liebe noch nicht sehr geübt. Aber ich lasse mir gern von dir alles zeigen.“

Also, ich muss damals ziemlich verrückt gewesen sein, so mit einem Mann zu reden. Aber Peter war natürlich sehr geschmeichelt! Wie überhaupt Männer im Allgemeinen hocherfreut und geschmeichelt sind, wenn sie eine Frau zum Höhepunkt bringen. Aber das habe ich damals noch nicht gewusst.

Peter flog am nächsten Tag nach London zurück. Ich schwebte immer noch auf Wolken, als ich ins Studio zu Robert fuhr. Er kannte mich mittlerweile so gut, dass ihm meine Veränderung auffiel.

„Du siehst aus, als wärst du verliebt! Stimmt's?

„Na ja, ein wenig schon. Ich weiß nur noch nicht, was ich davon halten soll! Ich glaube, ich bin leicht verblödet. Hoffentlich sieht man das nicht!"

„Willst du darüber reden? Du strahlst ja wie ein Weihnachtsbaum. Du wirst sehen, die Fotos werden ganz toll."

„Ich kann dir jetzt noch nichts sagen. Vielleicht später, okay!?

„Okay!"

Ich war mir nicht sicher, was ich von meinem Sexerlebnis halten sollte.

War das, was mir passiert war, das, was man heute einen „One-Night-Stand" nennt?

Würde Peter sich wieder melden? Er hatte es versprochen. Ich hatte zwar seine Telefonnummer in London, nur wollte ich keineswegs diejenige sein, die als Erste anrief. Ich war ziemlich verwirrt!

Und so erzählte ich die Geschichte Annabelle. Das war mir zwar etwas peinlich, aber ich war ja auch neugierig, was sie über den Herrn zu sagen hatte. Besonders erfreulich war es nicht.

„Ich wollte dich nicht beeinflussen, schließlich bist du erwachsen, aber Peter hat nun mal den Ruf, sich auf jedes neue Model zu stürzen. Kann sein, dass es mit dir etwas anderes ist. Allerdings, ganz ehrlich, ma chère, ich bezweifle es."

Na, super! Ganz schön blöde Gans, ich! Und ausgerechnet mit ihm hatte mir der Sex auch noch großen Spaß gemacht! Kein Wunder, dass Peter in Sachen Sex so behände, im wahrsten Sinne des Wortes, war. Bei seinem offensichtlichen Dauertraining!

Ich schwor mir, ihn nie wiederzusehen. Aber ich war erst neunzehn, und so kam es, wie es kommen musste! Peter muss unglaubliche Antennen gehabt haben, denn er rief noch am selben Abend an, an dem ich das Gespräch über ihn mit Annabelle geführt hatte.

„Darling, mich hat es ganz schön erwischt. Ich kenn mich ja selbst nicht mehr! I miss you! Komm doch am Wochenende nach London. Das Ticket für dich hinterlege ich am Flughafen. Ich hole dich Samstag Früh ab."

Was sollte ich dazu sagen? Zunächst sagte ich mal gar nichts.

„Bist du noch da Anna? Kannst du mich hören! Please, darling, bitte, komm nach London! Gib uns eine Chance!"

Und das tat ich dann auch. Ich flog zu Peter nach London. Annabelle, meine weise Freundin, sagte zu mir: „Mach es ruhig! Verpasste Gelegenheiten sind etwas sehr Trauriges! Aber pass auf dich auf! Ruf mich an, wenn du wieder da bist! Bonne chance!"

Peter holte mich auf dem Flughafen Heathrow ab. Mit einem Rolls-Royce! Das beeindruckte mich natürlich sehr! Aber abgesehen davon machte sich in mir wieder das schon bekannte Kribbeln breit, als er mich küsste und an sich drückte. Was war es, das mich so zu ihm hinzog? Der wunderbare Sex allein konnte es ja wohl nicht sein.

Na, wie auch immer: Schließlich war ich schon sehr gespannt auf Weiteres. Es war ja auch meine erste Reise nach London.

Wir fuhren ziemlich lange, bis wir die Stadt erreichten! Sie war ganz anders als Paris, irgendwie kam mir alles lockerer, ja fast schlampig und beiläufig vor, falls man das überhaupt von einer Stadt sagen kann.

Und der Linksverkehr! Jetzt verstand ich, warum Peter in Paris nicht Auto fahren wollte!

Auf dem Weg in die Stadt machte er eine kleine Tour mit mir, zeigte mir die verschiedenen Gebäude: den Buckingham Palace, den Tower, The Houses of Parliament und anderes.

Am Leicester Square hielt er vor einem schmalen, aber hübschen alten Haus, öffnete die Garage und sagte: „So, da sind wir. Hier wohne ich. Das ist mein Haus und ich hoffe, dass es dir gefällt!“

Er küsste mich und wir stiegen aus. Über insgesamt vier Etagen erstreckten sich Peters Wohnräume.

Sein Haus gefiel mir auf Anhieb! Es deckte sich absolut mit meinem Geschmack. Wertvolle alte Möbel gemischt mit Modernem und gutem Kitsch – den gibt es! –, viele Bücher und Blumen machten das Haus sehr gemütlich.

Es kam, wie es kommen musste: Wir landeten in kürzester Zeit in seinem Bett. Und es war wundervoll!

Diesmal allerdings lag ich nicht wie ein toter Fisch in seinen Armen. Im Gegenteil: Er inspirierte mich zu Dingen, die ich noch niemals getan hatte. Ich liebkoste seinen ganzen Körper und es bereitete mir große Freude, zu sehen, wie er auf mich reagierte!

Er wartete auf meinen Höhepunkt, um danach auch seinen zuzulassen!

Es war großartig! Selig lächelten wir einander an, als wir erschöpft nebeneinander lagen! Er war mindestens so verliebt in mich wie ich in ihn, das spürte ich!

Wir verbrachten ein wunderschönes Wochenende! Er las mir Liebesgedichte von Elizabeth Barrett Browning vor:

How do I love thee? Let me count the ways …

Hätte ich ihm gar nicht zugetraut. Danach schenkte er mir das Büchlein „Sonnets from the Portuguese“, aus dem er mir vorgelesen hatte, weil mir das Gedicht so gut gefiel.

Ich habe es heute noch und blättere immer wieder mal darin.

Peter kochte für uns, mit Jim Morrison von den Doors als Begleitmusik!

Wir blieben den ganzen Samstag zu Hause. Er erzählte mir von sich und ich erfuhr endlich mehr über ihn.

Peter kam aus armen Verhältnissen. Wie die Beatles stammte er aus Liverpool und wollte unter keinen Umständen dort sein Leben verbringen. Er ging nach London, um zu studieren. Er wurde Grafiker und war so talentiert, dass man sehr bald auf ihn aufmerksam wurde und die angesehensten Werbeagenturen sich für ihn interessierten. Er aber wollte frei sein und gründete seine eigene Firma. Unter anderem produzierte er mittlerweile die Sedcards der berühmtesten Models und arbeitete mit den größten Agenturen weltweit zusammen. Er hatte es geschafft und war mit seinen fast dreißig Jahren ein reicher Mann!

Das war mir relativ egal. Ich verdiente ja mein eigenes Geld und das nicht zu knapp! Was ich an ihm mochte, ja liebte, waren sein Humor, sein bubenhaftes Auftreten, seine kleinen Verrücktheiten. Er konnte sich wie ein kleiner Junge benehmen, um danach sofort wieder in die Rolle des Beschützers zu schlüpfen.

An diesem Wochenende fanden wir heraus, dass uns dieselben Sachen interessierten, dass wir einander aber auch gut ergänzten und vor allem über dieselben Dinge lachen konnten. – Das halte ich überhaupt für sehr wichtig!

Peter hatte die Rolle eines Mannes übernommen, der einer relativ unerfahrenen Frau die Schönheiten der Liebe und des Lebens zeigte, und das machte ihm ungeheuren Spaß.

„Du bist die erste Frau, die ich getroffen habe, die eine derartige Naivität und Unschuld ausstrahlt, dass man sich dem nicht entziehen kann. Und außerdem bist du auch noch wirklich lustig! Unter den Models, die ich kenne, bist du absolut eine Ausnahme!"

Ich fühlte mich sehr wohl mit ihm und es machte mich fast traurig, dass ich so bald wieder nach Paris zurück musste.

Den Sonntagvormittag verbrachten wir nach einem ausführlichen Frühstück im Hyde Park, saßen in der Sonne im Gras und schmiedeten Pläne für ein weiteres Treffen. Peter musste in zehn Tagen ohnehin wieder nach Paris.

„Wirst du es so lange aushalten ohne mich?" Er lachte.

Ich hatte bereits jetzt schon Sehnsucht nach ihm, obwohl er noch neben mir saß, und sagte: „Ruf mich halt so oft wie möglich an, dann werd ich das schon schaffen!"

Am Abend brachte er mich zum Flughafen und einige Stunden später war ich wieder in Paris.

Als ich in meiner Handtasche nach dem Schlüssel zu meiner Wohnung kramte, fiel mir ein kleiner Zettel auf. Darauf stand schlicht und einfach: „I love you!"

Ich sagte zu mir selbst: „Ja, Peter, ich dich auch. Ich dich auch!"

Etwas später ging ich selig und doch ein wenig wehmütig schlafen.

Seltsamerweise träumte ich nicht von Peter, sondern von Philip! Ich nehme an, dass sich mein schlechtes Gewissen in meinem Traum bemerkbar machte.

Ich hatte ja vorgehabt, Philip von meinem Ausflug nach London zu erzählen. Er hatte sich lange nicht gemeldet, aber ich war ja auch schwer zu erreichen.

Glücklicherweise kam meine Mutter meinem Entschluss, Philip anzurufen, zuvor. Sie erzählte mir, dass Philip eine neue Freundin hätte. Das erklärte auch sein Schweigen. So ein Feigling! Nun, mir war das ja nur recht, aber das konnte er nicht wissen! Mein schlechtes Gewissen löste sich somit in Luft auf!

Und um ehrlich zu sein: Er war schon längst aus meinem Herzen als Lover verschwunden.

Interessant, wie sich unangenehme Dinge oft von selbst erledigen. Wie sagt man in England: Things are falling into place. Wie bei einem Puzzle, und erst dann sieht man das komplette Bild.

Peter und ich hatten es wirklich fein miteinander! Mal flog ich nach London, mal blieb er bei mir in meinem kleinen Appartement in Paris. Ich hatte es mittlerweile auch schon so eingerichtet, dass es recht gemütlich und kuschelig war. Unser Liebesnest! Es war eine wunderbare Zeit und ich wünschte mir, sie möge nie enden!

Annabelle war zwar ziemlich erstaunt, wie sich die Dinge entwickelt hatten, aber sie freute sich mit mir und für mich.

Peter und ich waren nun schon fünf Monate zusammen, als Annabelle nur uns beide zu einem Abendessen in ihr Appartement einlud: eine sehr elegante Wohnung in einer Seitenstraße der Champs-Élysées!

Ich war ja schon einige Male bei ihr zu Gast gewesen, im Kreise ihrer Freunde, aber dass sie extra für Peter und mich höchstpersönlich kochte, das empfand ich absolut als Auszeichnung.

Es war ein zauberhafter Abend! Annabelle war eine hervorragende Gastgeberin und konnte unglaublich charmant sein! Ich genoss das sehr!

Bevor wir uns verabschiedeten, flüsterte sie mir zu: „Es ist ein wahres Vergnügen, euch beide miteinander zu sehen! Ihr seid ein zauberhaftes Paar! Hätte nie gedacht, dass Peter sich so verändern würde. Kannte ihn ja bisher nur als oberflächlichen Ladies' Man! Schön ist das!"

Also, Annabelles Zustimmung hatte ich auf jeden Fall, und das war mir auch wichtig! Ich wollte, dass meine beste Freundin, den Mann, den ich liebte, akzeptierte. Das hat mit meinem ungebrochenen Harmoniebedürfnis zu tun.

Es war knapp vor Weihnachten, als ich für eine Badereise auf die Bahamas gebucht wurde. Das Shooting sollte zehn Tage dauern und ich würde erst zwei Tage vor Weihnachten wieder in Paris sein.

Ich hatte eine lange Diskussion mit meiner Mutter, weil ich ihr erklären musste, warum ich lieber in Paris oder in London mit Peter Weihnachten verbringen wollte. Letzten Endes hat sie ihre verliebte Tochter verstanden. Ich musste ihr aber versprechen, im Januar wenigstens mal auf ein Wochenende bei ihnen vorbeizuschauen.

Das konnte ich auch leicht versprechen, weil damals zwischen Weihnachten und Mitte Januar in der Modelbranche so gut wie nichts zu tun war. – Wie das heute ist, das weiß ich nicht. Es alles ist so weit weg von mir und ich habe zu dieser Welt auch keinen Kontakt mehr.

Annabelle hatte vor, zu Weihnachten zu ihren Eltern zu fahren, und ich war natürlich auch herzlich eingeladen. Angesichts der neuen Situation in meinem Leben war ich „entschuldigt"!

Vor meiner Reise auf die Bahamas hatte ich ein paar Tage frei; Peter ebenfalls. Und nachdem mein Flug über Dublin führte, beschlossen wir, einander in Dublin zu treffen.

Übliches Ritual: Peter holte mich vom Flughafen ab! Es war wie immer: Wir fielen gewissermaßen übereinander her!

Peter hatte eine Suite im alten, ehrwürdigen Hotel Clarence gebucht – jenes Hotel, das später in den neunziger Jahren von Bono von der Rockgruppe U2 gekauft wurde.

Ich liebe dieses Hotel! Es strahlt den Charme vergangener Zeiten aus, bietet aber den Luxus von heute! Die Lage im Bezirk Temple Bar ist ebenfalls superb. In den engen Gassen dieses Kulturviertels von Dublin mit dem alten Kopfsteinpflaster ist noch der Hauch des Mittelalters zu spüren.

Von unserem Appartement aus konnten wir auf den Fluss Liffey schauen. Er lag vor uns wie ein schwarzes Samtband, das um einen Strauß mit vielen bunten Lichtern gewunden war. Auch Dublin hatte sich im Übermaß weihnachtlich geschmückt, so wie jede andere Stadt im Advent! Die Luft war kühl und angenehm. Ausnahmsweise regnete es einmal nicht.

Im Laufe meines Lebens habe ich Irland, das Land der Dichter, immer wieder besucht, weil mich die Landschaft und die Menschen faszinieren. Auf so viel Lebensfreude traf ich selten woanders. In jedem Pub findet sich bald jemand, der ein Lied anstimmt oder zu tanzen beginnt. Das klingt wie ein Klischee, ist aber Tatsache. Ich habe das mehr als einmal erlebt!

Natürlich gingen Peter und ich auch kurz auf ein Guinness, bevor wir im Hotel eincheckten, das gehört in Irland einfach dazu.

Wir hatten nur knapp drei Tage miteinander, bevor ich auf die Bahamas musste. Man kann sich also vorstellen, dass wir nicht besonders viel Sightseeing betrieben.

Wir besuchten lediglich einmal den Merrion Square, wo die Figur von Oscar Wilde auf einem Stein hingegossen liegt. Kein sehr schmeichelhaftes Denkmal!

Er hat leider in der falschen Zeit gelebt, als man Homosexuelle noch verfolgte und bestrafte. Heute wäre das alles anders. Selbst damals, in Paris, war das kein Thema. Viele meiner männlichen Kollegen bevorzugten das eigene Geschlecht und niemand verdammte sie dafür. Sie alle konnten ihr Leben ungehindert leben.

Wir spazierten zu Bewley's Café, einem der ältesten Kaffeehäuser Dublins, gleich neben der Bronzestatue von James Joyce, schlenderten durch die Grafton Street, um dann wieder in unserem Hotel zu landen.

Diesmal hatte ich Peter ein Buch mitgebracht, das sehr gut zu unserem Ausflug passte: „Dubliners" von James Joyce.

Wir waren beide Leseratten, wie sich im Laufe der Zeit herausstellte, und eine unserer gemeinsamen Vergnügungen war es, einander vorzulesen. So manches Buch lasen wir gemeinsam. Einmal las Peter mir vor und dann ich ihm.

So etwas ist wunderschön. Ich habe das immer sehr genossen.

Ich las also für Peter die Geschichte „Erde" von James Joyce.

Darin gibt es ein Lied, das die Hauptperson, Maria, singt: „Im Traum sah ich mich".

Und das geht so:

Im Traum sah ich mich im Marmorsaal,
Vasallen und Diener um mich,
Und der Stolz und die Hoffnung der ganzen Zahl
Im weiten Palast war nur ich,
Meine Schätze, sie waren unzählbar,
Meine Ahnen königlich,
Doch das höchste Glück des Traumes war,
Dass ich sah, du liebtest mich.

Ja, und so war es auch. Wir liebten einander voller Leidenschaft und Hingabe. Wenn ich heute daran denke, mich schmerzlich erinnere, so weiß ich: Peter war meine große Liebe!

Natürlich hatten wir auch gelegentlich unsere kleinen Differenzen, aber sie waren belanglos. So ertrug es Peter zum Beispiel nicht, wenn ich zu viel von Robert Kane erzählte. Aber schließlich war er der Fotograf, mit dem ich am meisten arbeitete. Und ich mochte ihn sehr. Als Mensch, nicht im Speziellen als Mann. Aber Peter hat das trotzdem gestört.

„Warum bist du dann überhaupt bei mir. Du erzählst mir seit zehn Minuten von diesem Kane. Vielleicht ist er der Mann deines Lebens? Solltest du vielleicht einmal probieren oder hast du das schon getan?"

Peter war eifersüchtig!

Also, mehr als schwören konnte ich wirklich nicht, dass ich mit Robert weder ein Verhältnis hatte, noch im Geringsten daran dachte, ihn zu meinem Liebhaber zu machen.

„Peter, du bist der Mann, den ich liebe und basta!", antwortete ich manchmal schon fast zornig.

Einerseits interessant, dass ein Mann, der mit seinen dreißig Jahren schon so viele Frauen beglückt hatte, so eifersüchtig sein konnte! Andererseits wusste er ja, wie leicht Frauen zu verführen waren.

Schließlich hatte er ja auch nicht lange gebraucht, um in meinem Bett zu landen.

Seine Eifersucht machte sich auch vor meinen Fotoreisen bemerkbar. Jedes Mal wollte Peter ganz genau wissen, wer von meinen männlichen Kollegen mit von der Partie war.

„Du weißt doch Peter, dass die meisten meiner Kollegen an Frauen nicht interessiert sind. Was soll das dann, bitte?"

„Darling, es gibt aber auch einige andere, was ist mit denen? George zum Beispiel, das ist doch ein Weiberheld!"

„Mein lieber Peter! Du machst mich noch wahnsinnig! Wie oft habe ich dir schon gesagt, dass ich am liebsten mit meinen schwulen Kollegen unterwegs bin. Sie sind lieb, aufmerksam und freundlich und klopfen nächtens nicht an meine Tür. Ich habe dir schon hundert Mal gesagt, dass mir die anderen sehr auf die Nerven gehen, weil sie ständig ihre Männlichkeit unter Beweis stellen wollen. Also, lass mich mit deiner blöden Eifersucht in Ruhe. It's you, whom I love and nobody else, du Nervensäge!"

„Wollts ja nur wieder einmal wissen!", brummte er dann meistens mit einem schelmischen Grinsen als Draufgabe.

Ja, das war wohl das einzige Thema, das gelegentlich einen Misston aufkommen ließ. Ansonsten war einfach alles wunderbar und einmalig und so schön, dass ich Angst hatte, es könnte irgendetwas Grässliches passieren. So viel Glück? Gab es denn das für immer?

Ich wünschte es mir jedenfalls.

Am Tag meiner Abreise nach Nassau brachte Peter mich noch zum Flughafen und flog danach selbst nach London.

Diesmal fiel mir der Abschied besonders schwer. Ich hatte ein seltsames Gefühl, eine bestimmte Unruhe in mir, die ich mir nicht erklären konnte. Vermutlich lag es daran, dass die Adventzeit so sentimental besetzt ist.

Peter lachte mich aus und sagte: „My darling Anna, ich rufe dich jeden Tag an! Also, reg dich nicht auf! Es sind ja nur zehn Tage und dann haben wir einander wieder, okay?!“

Und damit trennten wir uns voneinander.

Unser Modelteam bestand aus vier Mädchen – inklusive meiner Person – und zwei Männern. Sie waren mir alle vertraut und ich hatte mit jedem von ihnen schon mindestens einmal gearbeitet. Es würde also ein angenehmes Shooting werden!

Von Nassau ging's weiter über eine Brücke auf Paradise Island, wo neben dem berühmten Kasino auch unser Hotel lag: ein Bungalowdorf am Strand. Bevor man die Insel betrat, gab es am Brückenkopf so etwas wie eine Zollkontrolle.

Erstes Meeting mit dem Fotografen, der aus New York gekommen war.

Seine Name: Steven McGuire, offenbar irischer Abstammung. Ein sympathischer Mann, dessen Fotos ich schon immer bewundert hatte. Es war das erste Mal, dass ich mit ihm arbeiten würde. War schon sehr gespannt!

Es war klar, dass wir jeden Tag um vier Uhr Früh aufstehen mussten. Das Shooting begann dann nach dem Frühstück um fünf Uhr und dauerte bis elf Uhr. Das war in den Tropen nicht anders möglich. Ab diesem Zeitpunkt war die Sonne für Fotos bereits zu grell. Erst am Nachmittag, so um sechzehn Uhr, konnte weitergearbeitet werden.

Es war eine angenehme Arbeit, ohne großen Stress. Lediglich die Tagwache machte mir zu schaffen. – Ich bin ein Nachtmensch und das hat sich bis heute nicht geändert. Vier Uhr Früh! Das war schon gewöhnungsbedürftig. Aber Job ist Job und so war das eben.

Peter rief ab dem zweiten Tag jeden Tag an, genau zur richtigen Zeit, nämlich um vier Uhr Früh! Er war sozusagen mein Weckruf, my darling Peter!

Ich glaube mich zu erinnern, dass es sieben Stunden Zeitunterschied zu London waren oder so ähnlich. Ich merke mir leider keine Zahlen. Peter, der ja auch sehr viel in der Weltgeschichte rumflog und sich auch in meinem Job gut auskannte, hatte nach einem vergeblichen Anruf von der Rezeption die Auskunft erhalten, dass wir täglich bereits um fünf Uhr Früh das Hotel verließen, um zu arbeiten. Daher also seine pünktlichen Anrufe nahezu in der Nacht.

London lag im Nebel, wie er mir erzählte, und er hatte eine Menge Arbeit vor sich. Jeder wollte noch vor Weihnachten irgendetwas auf die Schnelle von ihm.

„Übermorgen fahre ich nach Bath. Das Tourismusoffice braucht eine neue Werbekampagne, um die ich mich kümmern soll. Also, falls du nichts von mir hörst, mach dir bitte keine Sorgen. Ich weiß nicht, ob ich dich von dort aus anrufen kann. Love you! Take care!"

Und weg war er.

Das war drei Tage, bevor meine Fotoreise zu Ende war. Dann flogen wir zurück nach Paris. Steven, der Fotograf, flog nach New York.

Natürlich hätte ich gern noch jeden Tag mit Peter gesprochen, aber das war halt nicht möglich. Er hatte es ja angekündigt.

Als ich in meiner Wohnung ankam, hatte ich eine Nachricht auf meinem Anrufbeantworter, von einem gewissen Allan. Ich wusste zunächst nicht, wer das war. Er bat mich um einen Rückruf. Es war eine Nummer in London. Seltsam! Vielleicht ein Freund von Peter wegen Weihnachten? Dann fiel es mir wieder ein. Natürlich! Peter und ich sind einmal mit ihm chinesisch essen gewesen! Na ja, Zahlen und Namen! Nicht meine Stärke.

Ich war ziemlich müde nach dem langen Flug und hatte auch mit dem kalten Wetter und der Zeitverschiebung ein Problem. Vielleicht sollte ich mich zuerst mal ausschlafen. Aber es ließ mir keine Ruhe, dass ein Freund von Peter und nicht er selbst angerufen hatte.

Ich rief also Allan an. Er hob sofort ab: „Hi Anna! Du erinnerst dich an mich? Ich bin ein Freund von Peter, wir waren einmal zusammen essen. Also: Ich muss dir etwas sagen, aber, bitte, reg dich nicht auf: Peter hat einen Unfall gehabt!"

Ich erstarrte. Als ich mich einigermaßen gefangen hatte, stotterte ich: „Ist er … Ist er …"

Ich brachte das Wort nicht heraus.

„Nein, Anna, er ist verletzt und liegt im Spital. Vielleicht solltest du herkommen. Er liegt im Royal London Hospital."

„Was ist passiert? Ich, ich komme sofort, sobald ich einen Flug habe. Was ist passiert?"

„Ich kann es dir nicht genau sagen, aber es war ein Autounfall. Er musste dem Gegenverkehr ausweichen, weil jemand auf der falschen Seite gefahren ist, und er ist in einem Graben gelandet. Mehr weiß ich nicht! Ruf mich an, sobald du weißt, wann du ankommst. Ich hole dich ab."

Ich war so durcheinander, dass ich mich nicht konzentrieren konnte. Schließlich gelang es mir doch, einen Flug nach London zu buchen. Eigentlich musste ich nur umbuchen, denn ich hatte ja schon ein Ticket für den nächsten Tag, an dem ich nach London hatte fliegen wollen, um mit Peter

Weihnachten zu verbringen. Und jetzt: Peter im Spital!

Bevor ich meine Wohnung, knapp zwei Stunden nach meiner Ankunft aus Nassau, wieder verließ, rief ich noch schnell Annabelle an und erzählte ihr, was geschehen war. Sie versuchte mich zu beruhigen: „Jetzt warte mal ab. Vielleicht ist es gar nicht so schlimm und Peter hat nur ein paar Kratzer abbekommen. Vielleicht hat man ihn sicherheitshalber deshalb ins Spital gebracht. Mach dir jetzt keine Sorgen. Ruf mich aus London an, sobald du mehr weißt. Ich bin auf jeden Fall heute noch hier zu erreichen und ab morgen bei meinen Eltern. Die Telefonnummer hast du. Bitte, pass auf dich auf, meine Liebe! Meine Gedanken sind mit dir und ich wünsche Peter alles Gute!"

Als ich in London ankam, stand Allan schon da, um mich abzuholen. Ich erkannte ihn sofort. Gesichter merke ich mir ja zum Glück!

Wir fuhren sofort zum Spital. Ich zitterte vor Kälte und noch mehr vor Aufregung. Was würde mich erwarten?

Peter lag allein in einem Zimmer. Sein Kopf, sein Hals und sein Oberkörper waren verbunden. Es sah aus, als wäre er eingegipst. Er konnte nur die Augen bewegen. Der Rest schien bewegungslos.

Ich musste mich bemühen, um nicht sofort loszuheulen.

„Hallo, mein Liebling! Du hast mir einen furchtbaren Schrecken eingejagt. Was ist geschehen? Was bedeuten diese ganzen Verbände? Wie geht es dir?"

Peter konnte kaum sprechen und sagte ganz langsam: „Ich bin gar nicht bis Bath gekommen. Ein Geisterfahrer hat mich auf dem Highway in einen Graben gedrängt. Mehr weiß ich nicht. Angeblich hat mich ein Hubschrauber hierhergebracht. Die Ärzte sagen, es könnte meine Halswirbelsäule verletzt sein … Ich …"

Hier brach er ab. Es war zu anstrengend für ihn.

„Peter, Liebling! Ich bleibe jetzt hier bei dir. Die sollen mir ein Bett reinstellen. Ich will in deiner Nähe sein. Außerdem ist morgen Weihnachten und da will ich einfach bei dir sein, sowieso. Das war ja ausgemacht!"

Man hatte in diesem Spital Verständnis für unsere Lage und ich durfte bei Peter bleiben. Bis nach den Feiertagen.

Ich las ihm vor, erzählte von der Reise, versuchte ihn aufzumuntern und ließ ihn schlafen, sobald seine Augen zufielen. Ich wollte nicht, dass er sah, wie groß meine Sorge um ihn war. Womöglich war er gelähmt und konnte nie wieder gehen! Die Resultate der Untersuchungen waren noch nicht ausgewertet.

Ich rief Annabelle an, verständigte meine Eltern, hatte nur Kontakt mit Allan, der Verschiedenes besorgte, das ich ihm aufschrieb. Bücher, Blumen, eine Weihnachtskerze und manch anderes.

Ja, ich verbrachte Weihnachten gemeinsam mit Peter, aber anders, als wir beide uns das vorgestellt hatten.

Am dritten Tag nach meiner Ankunft kam die Hiobsbotschaft: Querschnittslähmung! Peter hatte eine Wirbelkörperfraktur durch den Unfall erlitten! Ich verfluchte in Gedanken den Geisterfahrer! Ich wünschte ihm die Hölle!

Peter war relativ gefasst, als man ihm mitteilte, dass er vermutlich sein Leben im Rollstuhl verbringen würde. Tränen rannen über sein Gesicht, als er mich ansah und sagte: „Fahr nach Hause, Anna. Es hat keinen Sinn mehr, dass du hierbleibst. Unser gemeinsames Leben ist zu Ende. Bitte, geh!"

„Ich gehe nicht!", schrie ich ihn an „Bist du verrückt? Ich bleibe bei dir. Mir ist das egal, ob du im Rollstuhl sitzt oder nicht. Ich liebe dich und bleibe bei dir. Wir werden das schon irgendwie gemeinsam schaffen!"

„Nein. Ich will nicht, dass du bleibst. Ich liebe dich auch, aber lass mich jetzt allein. Vielleicht geschieht noch ein Wunder, aber jetzt bitte, geh!"

Und so blieb mir nichts anderes übrig, als das Spital zu verlassen. London zu verlassen. Peter wollte nicht einmal, dass ich in der Stadt blieb.

Völlig fertig und unglaublich traurig flog ich nach Paris zurück. Ich vergrub mich in meiner Wohnung, tagelang. Zu Silvester betrank ich mich und ging heulend ins Bett. Ich haderte mit Gott und der Welt!

War den Menschen denn kein anhaltendes Glück gegönnt! Was hatte ich Böses getan? Warum Peter und ich? Das Selbstmitleid hatte voll Besitz von mir ergriffen.

Annabelle, die mich zweimal anrief, versuchte mich zu trösten, aber es gelang ihr nicht. Ich war zornig, auf die Welt, auf alles und jeden!

Als Annabelle nach Paris zurückkam, erschrak sie, als sie mich sah.

„Du siehst ja schrecklich aus! Bitte, Anna, reiß dich zusammen. Peter würde das nicht sehr schätzen, wenn er sehen könnte, was du mit dir anstellst. Bitte, ma chère! Ich verstehe dich ja, besser, als du glaubst. Aber weißt du, Peter ist am Leben und wer weiß, vielleicht schafft es die Medizin, ihn wieder auf die Beine zu bringen. Sei geduldig! Ja, ich weiß schon, das ist nicht deine Stärke. Aber um Peters willen, bitte, sei vernünftig!"

Ich stand vor ihr mit hängenden Schultern, roten Augen, vollkommen verheult: „Ich liebe ihn doch so sehr und jetzt soll alles aus sein!?"

„Nichts ist aus, denk doch mal nach! Dein Leben geht weiter und vielleicht sogar mit Peter. Weißt du was, du kommst jetzt ein paar Tage zu mir. Ich lass dich jetzt nicht allein in deinem Appartement. Keine Widerrede. Ich hole jetzt mit dir das Nötigste aus deiner Wohnung und dann fahren wir zu mir nach Hause!"

Und so geschah es auch. Ich blieb fast eine Woche bei Annabelle in ihrem Gästezimmer. Die Agentur war ohnehin bis zum Heiligendreikönigstag geschlossen.

Annabelle hatte ein fixes Programm für mich ausgeheckt und ich hatte gar keine Zeit, vor mich hin zu grübeln. Kino, Theater, Ausstellungen, Abendessen mit ihr und ihren Freunden. Lange Gespräche.

Und mein ständiges Verlangen, Peter anzurufen, kommentierte sie nur mit den Worten: „Lass ihn jetzt einfach in Ruhe. Er wird sich bei dir melden, wenn er es möchte, da bin ich ganz sicher."

Peter meldete sich wochenlang nicht. Heimlich, hinter Annabelles Rücken, versuchte ich, mit Allen Kontakt aufzunehmen. Ich rief ihn an. Aber alles, was er zu sagen hatte, war: „Es tut mir so leid, Anna, aber ich kann dir nichts Neues berichten. Ich kann dir auch nicht helfen. Selbst wenn ich es wollte. Bitte, versteh das!"

Das war alles. Ich habe Allan nie wieder angerufen.

Und dann, eines Tages, Ende Januar, erhielt ich einen Brief von Peter, den er Allan diktiert hatte, weil er selbst nicht schreiben konnte. Auch seine Hände waren bewegungslos geblieben.

Anna!

Ich kann dir nicht einmal selbst schreiben, weil ich meine Hände nicht gebrauchen kann. Allan schreibt diesen Brief für mich. Ich kann mich nicht einmal selbst umbringen! Selbst darum müsste ich jemand anders bitten!

Ich bin zu Hause, in meiner Wohnung. Ich habe eine Nurse, die sich um mich kümmert, solange bis ich eine Wohnung gefunden habe, in der ich mit dem Rollstuhl zurechtkomme. Du kennst mein Haus. Treppauf, treppab. Nichts für einen Krüppel!

Ich werde versuchen, mein Leben in irgendeiner Form wieder neu zu gestalten.

Und jetzt, Anna, meine Bitte an dich:

Ich will dich nie wiedersehen und ich will auch nichts mehr von dir hören!

Du bist jung und die Welt steht dir offen. Lebe dein Leben, aber ohne mich. Ich könnte deinen Anblick nicht ertragen! Du bist das Schönste und Beste, das mir im Leben passiert ist, bevor ich den Unfall hatte. Ich kann nie mehr dein Mann sein, dich nie mehr halten und liebkosen. Dein Anblick würde mich ein Leben lang schmerzlich an die schönste Zeit meines Lebens, an die Zeit mit dir, erinnern. Ich weiß, das könnte ich nicht ertragen.

Behalte mich so in Erinnerung, wie ich vorher war. Ich habe kein Recht mehr, dich zu lieben! Verzeih mir, aber ich kann nicht anders.

Und, bitte, respektiere meinen Wunsch. Es ist mir todernst damit.

Peter

Ich schrie, tobte, weinte, als ich den Brief in Händen hielt. Ich fuhr so rasch ich konnte in die Agentur, ja, ich raste durch die Straßen. Annabelle nahm sich sofort Zeit für mich. Ich muss wie eine Furie ausgesehen haben, die zu allem fähig war. Zitternd am ganzen Körper, tränenüberströmt und total zerzaust.

Zum Glück konnte einer ihrer zahlreichen Mitarbeiter die Sache für sie erledigen, bei der ich sie durch mein plötzliches Erscheinen gestört hatte.

Sie nahm mich am Arm und sagte: „Komm, lass uns von hier weggehen. Lass uns einen Spaziergang machen und um Gottes willen beruhige dich!"

Ich ging neben Annabelle in Richtung Oper und ich weinte dabei lautlos vor mich hin. Schließlich landeten wir in einem kleinen Café, abseits der eleganten Straße. Annabelle bestellte einen Kaffee und für mich eine kleine Flasche Perrier.

Schon etwas ruhiger und weniger zitternd hielt ich ihr den Brief hin.

Sie las ihn schweigend, seufzte dann und sagte nach einer langen Pause: „Ich kann dich nicht trösten. Ich kann dir nur einen Satz mitgeben. Vielleicht hilft er dir: Weine nicht, dass es vorbei, freue dich, dass es gewesen. Damit habe ich mich damals auch getröstet. Du weißt schon."

Annabelle vermied es, Munjis Namen zu nennen. Ich wusste, was sie meinte.

„Weißt du, Anna, es gibt viele Menschen, die das, was du und ich erlebt haben, in ihrem ganzen Leben niemals erfahren, niemals erleben werden. Das ist die echte Traurigkeit. Vielleicht wirst du das mit der Zeit auch selbst erkennen.

Bewahre dir deine schönen Erinnerungen, sie gehören zu dir. Auch dein Schmerz gehört zu dir. Alles, was in deinem Leben geschieht, das formt dich, macht aus dir das, was du bist und sein wirst. Vergiss das nicht. Du bist stark, ich weiß das. Und ich werde stets an deiner Seite sein, wenn du mich brauchst.

Ich bin deine Freundin und ich bin sehr froh darüber, dich zur Freundin zu haben. Du bist ein so erfrischender Mensch, so voller Leben. Du steckst mich mit deiner Energie und Neugier stets von neuem an. Bewahre dir das, trotz deiner Trauer. Ich bitte dich darum!“

In meinem grenzenlosen Kummer taten mir Annabelles Worte gut: „Ich werde deine Freundschaft immer zu schätzen wissen. Ich habe dich sehr lieb, Annabelle. Ich danke dir für deine Worte. Ich werde mich bemühen, wieder meine Mitte zu finden. Ich weiß, Peter würde das auch so wollen. Ich werde seinen Wunsch respektieren, auch wenn es mir sehr, sehr schwer fällt. Aber eines weiß ich jetzt schon: Ich werde nie mehr wieder so lieben können.“

Annabelle, die schon mehr vom Leben gesehen hatte als ich, sagte nichts. Und das war auch gut so. Jeder Widerspruch ihrerseits wäre zwecklos gewesen. Ich hätte ihr kein Wort geglaubt.

So schweigend, wie wir das Café betreten hatten, so schweigend verließen wir es auch wieder.

Annabelle verabschiedete sich, als wir bei meinem Auto angelangt waren, mit den Worten: „Ma chère, kann ich dich jetzt allein lassen? Ehrliche Antwort!"

„Ja, Annabelle. Es geht schon. Ich melde mich morgen. Merci, mon amie!"

Wir umarmten einander innig und dann fuhr ich nach Hause. Ich grübelte noch lange vor mich hin und beschloss, mich nur mehr in Arbeit zu vergraben. Aber dafür durfte ich nicht verheult und übernächtig aussehen. Disziplin auf höchster Stufe war angesagt.

Wie mir wirklich zumute war, das ging niemand etwas an. Außer meine Freundin, aber ihr musste ich nicht viel sagen. Sie wusste Bescheid.

Insgeheim und völlig irrational hegte ich die Hoffnung, dass die Mediziner bald entdecken würden, wie man Querschnittsgelähmte heilen konnte, und damit Peter. Aber das habe ich niemals ausgesprochen, aus Angst, ich würde es „wegreden", wie ich glaubte. Ich bin nämlich ein wenig abergläubisch!

Zunächst hieß es mein Versprechen gegenüber meinen Eltern einzuhalten. Ich beschloss, sie am

Wochenende zu besuchen. Allerdings hatte ich vorher noch ein kurzes Telefongespräch mit meiner Mutter: „Bitte, Mutti, erwähne Peter nicht! Ich würde nur zum heulenden Elend werden und das möchte ich euch und mir nicht antun.“

Meine Mutter ist eine großartige Frau, voller Wärme, Humor und Güte. Sie verstand meinen Schmerz und respektierte meinen Wunsch: „Mach dir keine Sorgen. Ich werde sicherlich nicht damit anfangen und Papa, du weißt ja, würde in hundert Jahren nicht darüber reden.“

Und so war es dann auch.

Ich verbrachte ein sehr ruhiges Wochenende mit meinen Eltern. Wir spielten sogar Scrabble, eines meiner Lieblingsspiele! Und wie schon in meiner Kindheit, versuchten wir, meine Mutter und ich, meinen Vater gewinnen zu lassen, was beim Scrabble gar nicht so leicht ist.

Mein Vater ließ es sich fast nie anmerken, aber wir wussten: Er war kein guter Verlierer! Und bevor wir deswegen seine schlechte Laune ertragen sollten, ließen wir ihn gewinnen. War ja nur ein Spiel!

Nachdem es schon Ende Januar war und ich Anfang Februar, nämlich am siebenten, Geburtstag hatte, meinte meine Mutter: „Willst du nicht länger hierbleiben und dich ein wenig ausruhen? Ich finde, du könntest ein wenig Ferien vertragen und wir könnten deinen zwanzigsten Geburtstag gemeinsam feiern. Was sagst du dazu?"

„Weißt du Mutti, das ist sehr lieb von dir. Und du hast schon recht, ich könnte ein wenig Urlaub vertragen. Aber im Moment ist es einfach für mich besser, mich in meine Arbeit zu stürzen. Bitte, versteh das und sei nicht böse!"

Und wie immer: Meine Mutter verstand.

Ich habe großes Glück, so eine Mutter zu haben! Dafür bin ich auch wirklich sehr dankbar!

Annabelle und sie waren damals die wichtigsten Menschen für mich!

Sie hätten unterschiedlicher nicht sein können und doch hatten sie eines gemeinsam: das große Verständnis und ihre Liebe für mich! Das war schon ein Geschenk des Himmels!

Ich fuhr also wieder zurück nach Paris. Annabelle hatte inzwischen sehr viele Termine für mich angenommen.

Normalerweise fragte sie mich vor einer Buchung: „Sag Anna, willst du das machen, oder soll ich das absagen?"

Doch dieses Mal fragte sie nicht. Sie wusste, dass ich am liebsten Tag und Nacht arbeiten wollte. Und so kam es, dass ich tatsächlich fast bis Ostern ausgebucht war, und das waren immerhin einige Wochen! Und das bedeutete auch guten Verdienst. Aber das war mir damals alles egal.

Annabelle kannte meine Beziehung zum schnöden Mammon und kümmerte sich liebevoll und sehr professionell darum, dass meine Gagen, abzüglich ihrer Prozente, versteht sich, auch gut angelegt wurden. Ich selbst hatte ja von diesen Dingen keine Ahnung.

Das ist auch heute noch so. Ich bin so etwas wie ein „Sparbuchmensch". Alle anderen Möglichkeiten, Geld arbeiten zu lassen, waren mir immer unheimlich.

Ich gebe Geld gern aus, wenn ich es habe. Ich habe vor allem immer großen Spaß daran, Menschen, die ich liebe, zu beschenken. Schon beim Kauf eines Geschenks male ich mir das Gesicht „meines Opfers" beim Auswickeln des Pakets aus. Und das ist für mich immer sehr genüsslich! Und ich selbst liebe es auch, beschenkt zu werden. Aber das hat wohl jeder gern!

Meine nächste Gelegenheit zu feiern, wäre der siebente Februar gewesen, aber danach war mir ohnehin nicht zumute. Mein Geburtstag fiel auf einen Donnerstag und ich musste zu einem Shooting. Und am Abend hatte Annabelle auch noch einen Termin eingetragen, den sie, wie sie sagte, noch bestätigen musste.

Meine Eltern würden mir schon am Vorabend gratulieren. Das taten sie immer! Und sie waren auch die Einzigen, denn mehr Verwandtschaft hatte ich nicht. Meine Großeltern beiderseits waren relativ jung gestorben.

Ich war recht arglos, als ich dann am Abend meines Geburtstags nach dem Shooting für Hüte zu einem Besprechungstermin mit einem Artdirector in Annabelles Agentur gerufen wurde. Ziemlich lustlos und müde kam ich dort an.

Und welche Überraschung! Alle waren da: Lilo, Pierre, Claude und Ivry, Annabelles engste Freunde, die ja auch meine geworden waren!

Sie standen „gebündelt" neben Annabelle und sangen „Happy Birthday" mit ihrem köstlichen französischen Akzent. Und Ivry, der ausnahmsweise einmal länger in Paris weilte, hatte seine Geige mitgebracht. Es war die erste Stradivari, die ich in meinem Leben sah.

Als der Chor verstummt war, spielte Ivry für mich auf der Geige ein Stück von Mozart, weil er wusste, dass ich Mozart sehr liebte. Ich war sicherlich einer der wenigen Menschen, die von diesem berühmten Mann ein exklusives Ständchen bekamen.

Viele kleine Päckchen warteten auf mich – vorwiegend Bücher in Französisch und Englisch, weil ja alle wussten, wie gern ich las. Annabelle hatte etwas ganz Besonderes für mich: Ich bekam von ihr Ohrringe zum Durchstecken, kleine goldene Kugeln, die sie von ihrer Großmutter geerbt hatte. – Ich trage sie heute noch und sie sind so etwas wie ein Talisman für mich geworden.

Wir tranken Champagner und Annabelle hatte kleine Häppchen – heute heißt das: Fingerfood! – vorbereitet. Eine kleine Torte mit einer einzigen Kerze darauf war sozusagen die Krönung des Menüs.

Ich war wirklich gerührt und das erste Mal seit Wochen konnte ich auch wieder lachen. Ein echtes Lachen, nicht so wie im Studio, wo ich es höchst professionell jederzeit parat hatte. Schuld daran war Claude, der Buchhändler, der wieder einmal furchtbar jammerte, weil jemand sich für einen seiner kostbarsten Erstdrucke interessiert hatte.

„Ich hatte den Preis dafür so hoch angesetzt, dass ich mir dachte, das kauft der nie! Was soll ich sagen: Es war dem Herrn egal und ich konnte nicht mehr zurück!"

Und dabei schnitt Claude sehr komische Grimassen und spielte uns die Szene vor. Er hatte ein Gummigesicht wie Louis de Funès und ich musste sehr herzlich über ihn lachen.

Es war ein schöner Geburtstag, mein zwanzigster, und ich war gespannt, was das neue Lebensjahr mir bringen würde. Ich ahnte nichts von den Dingen, die mir noch bevorstanden.

Ich arbeitete wie verrückt, ging ab und zu mit Annabelle essen und manchmal sogar ins Kino auf den Champs-Élysées. Annabelle war nach einem Arbeitstag auch meistens sehr müde. Das war ja auch nur natürlich. Nur irgendwann fiel mir plötzlich auf, dass sie besonders blass und durchsichtig aussah.

Als ich sie darauf ansprach, meinte sie: „Ja, ich weiß auch nicht! Ich glaube, ich bin einfach urlaubsreif. Was hältst du davon, wenn wir in der Karwoche ans Meer fahren. Étretat oder so. Was sagst du dazu?"

„Keine schlechte Idee! Ja, warum nicht?"

Ich war sofort angetan. Ich wusste, dass Annabelle diesen Ort in der Normandie mit seinen steilen Klippen besonders liebte. Die bizarren Kreidefelsen, in unglaublichen Formationen, sind sehr berühmt! Viele Künstler haben sich durch die Jahrhunderte davon inspirieren lassen. Es ist eine faszinierende Landschaft.

Und weil ja die Pariser bei jeder Gelegenheit Paris in Richtung Atlantik verlassen, um auszuspannen, meinte ich: „Es ist zwar noch ein wenig Zeit bis Anfang April, aber vielleicht sollten wir vorsichtshalber jetzt schon Zimmer buchen, bevor alles besetzt ist. Einer deiner Leute könnte sich darum kümmern. Ich habe dort einmal fotografiert und im Hotel Le Corsaire gewohnt, das liegt direkt am Strand mit Blick aufs Meer. Was meinst du?"

„Ja, gute Idee!"

Und damit war unser erster gemeinsamer Urlaub beschlossene Sache!

Annabelles Eltern waren etwas enttäuscht. Sie hatten gehofft, Annabelle und mich zu Ostern zu sehen. Das Versprechen, dass wir beide zu Pfingsten zu Besuch kommen würden, beruhigte sie dann. Und das war ohnehin die bessere Idee, denn Annabelle hatte knapp vor Pfingsten Geburtstag und das konnten ihre Eltern dann mit ihr feiern. Wenn auch nicht am selben Tag!

Mittlerweile war es März geworden und eine kleine Brise Frühling lag in der Luft, so wie damals, als ich das erste Mal nach Paris gekommen war!

Damals? Das war ja genau vor einem Jahr! Mein Gott, und was war alles in diesem Jahr passiert!? Unglaublich! Es kam mir vor, als wäre ich schon immer hier gewesen. Irgendwie wurde Paris meine Stadt. – Und ist es bis heute geblieben.

Ich durchlebte im Geist noch einmal das vergangene Jahr und als ich in Gedanken bei meiner ersten Begegnung mit Peter angekommen war, da verkroch ich mich wieder einmal in meiner Wohnung und war für niemand zu sprechen.

Zum Glück war Annabelle in New York bei einem Casting für Modelnachwuchs.

Ich war sicher, sie hätte sehr mit mir geschimpft, dass ich mich wieder einmal gehen ließ. Aber es musste sein, ich konnte nicht anders.

Von meinem Heulanfall erzählte ich ihr nichts. Schon deshalb nicht, weil ich mir um sie Sorgen machte.

Nachdem wir nämlich unsere sehr entspannten Ferien in Étretat verbracht hatten, erlitt Annabelle in Paris einen Kreislaufkollaps. Und sie bekam plötzlich keine Luft mehr.

Und das nach unseren erholsamen Ferien! Das war schon seltsam!

Wir hatten immer lang geschlafen, spät gefrühstückt und uns eigentlich gut erholt, wie ich annahm. Die Spaziergänge am Strand, die Meeresluft, die gemütlichen Abendessen mit jeder Menge Fruits de mer hatten uns beiden gut getan, das empfand auch Annabelle.

Der Arzt, der Annabelle in Paris untersuchte, meinte, sie hätte die Luftveränderung schlecht verkraftet. Trotzdem solle sie doch einmal ein Blutbild machen lassen, der Ordnung halber.

Ich war ziemlich beunruhigt. Annabelle gefiel mir ganz und gar nicht. Sie war ständig sehr müde, lustlos und gelegentlich sogar grantig, etwas, das mir an ihr nie aufgefallen war. Sie war außerdem noch dünner geworden, aber seltsam genug, trotz ihres Gewichtsverlustes hatte sie ein Bäuchlein bekommen und klagte über Übelkeit. Also, schwanger konnte sie nicht sein! In dem einen Jahr, das ich mit Annabelle verbracht hatte, war nie von einem Freund oder einer Affäre die Rede gewesen. Ich hätte das gewusst. Was war da los?

„Bitte, Annabelle, du musst dich durchchecken lassen. Leg dich einfach drei Tage ins Spital und dann soll man dich genau untersuchen, damit man endlich weiß, was dir fehlt. Also, das mit der Luftveränderung kann's ja wohl nicht gewesen sein. Wir sind ja schon wieder eine Weile in Paris!"

Mein Ton war heftig und beschwörend. Ich hatte Angst, aber das sagte ich nicht.

„Anna, bitte, reg dich nicht so auf! Ich will ja selbst wissen, was los ist. Aber zuerst muss ich mit Jean, meinem Büroleiter, reden, damit er mich auch vertreten kann, falls ich ein Check-up mache."

„Ja, dann tu das, liebste Freundin. Die Welt geht nicht unter, wenn du mal drei Tage nicht im Office bist. Und Jean ist ein tüchtiger Bursche. Der wird das Kind schon schaukeln."

Ich versuchte witzig zu sein, es klang aber eher besorgt als witzig.

Es war knapp vor Pfingsten, noch vor Annabelles Geburtstag, als sie sich in die Obhut der Ärzte begab. Gerade so lange, dass wir danach gemütlich zu ihren Eltern fahren konnten. Dachte ich. Doch leider kam alles ganz anders.

Aus den drei Tagen wurde eine Woche, aus der einen Woche zwei. Annabelle verbrachte ihren Geburtstag im Spital. Anders als bei Peter, durfte ich nicht im Spital bleiben.

Ihren Geburtstag feierten wir alle, Lilo, Pierre, Jean, Claude und ich, mit ihr im Spital. Ivry war wieder einmal auf Konzerttournee.

Annabelle lag sehr blass und erschöpft in ihrem Bett. Wir blieben nicht lange und schlichen dann alle ziemlich deprimiert aus dem Zimmer.

Sie hatte jetzt, wie gesagt, schon zwei Wochen im Spital hinter sich, und noch immer wusste man nicht, was eigentlich mit ihr los war.

Und dann kam die Diagnose: Verdacht auf Eierstockkrebs!

Es war wie ein Faustschlag in meinen Magen. Bitte, nein, nein! Bitte nicht, nicht meine beste Freundin! Ich war am Boden zerstört.

Annabelle selbst trug es mit Fassung: „Liebes, es ist ja nur ein Verdacht. Vielleicht ist es nicht so schlimm, wie es sich anhört! Bitte, Anna, du regst dich immer gleich so auf! Warte es ab! Schließlich bin ich ja in guten Händen. Also, Kopf hoch!"

Was für eine verdrehte Welt! Sie war die Patientin und musste mich trösten! Ich beschloss, mich beim nächsten Besuch besser zu benehmen. Das war für mich nicht so leicht. – Ich bin ein ziemlich temperamentvolles Geschöpf, sehr spontan und im Gegensatz zu meiner besonnenen Annabelle ein Hitzkopf, um es ein wenig mild auszudrücken.

Ich arbeitete jeweils vor meinen täglichen Spitalsbesuchen und bat Jean, Annabelles Büroleiter, keine Buchungen für mich im Ausland anzunehmen. Er hatte die Agentur gut im Griff und Annabelle musste sich keine Sorgen machen, ich versicherte ihr das mehrmals.

Sie hatte ihr Imperium so gut aufgebaut, dass nichts schiefgehen konnte, und ihre Angestellten waren ihr sehr ergeben und loyal. Kunststück, ich habe selten jemand in ihrer Position erlebt, eigentlich nie, der mit seinem Team so großzügig, tolerant und verständnisvoll umgegangen ist wie sie.

Annabelles Eltern waren sehr bestürzt über die Situation und waren sofort nach Paris geeilt, um bei ihrer Tochter zu sein. Um sie kümmerte ich mich neben meiner Arbeit, so gut es ging.

Und wir alle hofften, dass sich die Lage zum Besseren wenden würde.

Es blieb bei der Hoffnung.

Annabelle hatte Krebs. Eierstockkrebs. Es war endgültig! – Es ist einer der bösartigsten Tumore, die man sich nur vorstellen kann. Bis heute!

Man hatte eine Gewebeprobe entnommen und der histologische Befund lieferte den endgültigen Beweis.

Ich war so verzweifelt, dass ich die ganze Welt in die Luft sprengen wollte. Ich tobte, heulte, haderte einmal mehr mit meinem Schicksal: Sollte ich denn alle geliebten Menschen verlieren? Und das innerhalb eines Jahres? Wieso Annabelle, wieso ich? Wieso, wieso, wieso?

Es gab keine Antwort darauf. So war eben unser Leben.

Ich empfand das alles als große Gemeinheit!

Ich habe im Laufe meines Lebens auch immer wieder absolut ekelhafte Menschen getroffen. Menschen, die sich nicht scheuten, andere zu ruinieren, zu schädigen, zu verletzen. Sie selbst blieben meist ungeschoren. War das gerecht?

Ich zitterte um Annabelle, sie aber war die Gelassenheit in Person. Ich verstehe das bis heute nicht.

Sie wusste, sie musste sich einer Operation unterziehen, das war die einzige Möglichkeit, das bösartige Tumorgewebe zu entfernen. Und das hieß in ihrem Fall: die Entfernung beider Eierstöcke, des Bauchnetzes und der Lymphknoten. So wurde mir das erklärt.

Der Tag der Operation war für mich die Hölle. Ich saß mit Annabelles Eltern im Warteraum vor dem Operationssaal und jedes Mal wenn die Tür aufging drohte mein Herz zu zerspringen.

Endlich war es so weit und Annabelle wurde auf einem Bett herausgefahren und in ihr Zimmer gebracht. Wir mussten sie in Ruhe lassen.

Bleich und mit geschlossenen Augen lag sie da, wie ein Kind, klein und durchsichtig. Am liebsten hätte ich losgeheult, doch die Anwesenheit der Eltern, die schon aufgeregt genug waren, erlaubte das nicht.

Annabelle blieb noch eine Woche im Spital und dann durfte sie nach Hause! Nicht in ihr Büro! Aber sie war ohnehin zu schwach, um wieder mit ihrer Arbeit zu beginnen.

Was mich am allermeisten beunruhigte, war der Umstand, dass man Annabelle nicht garantieren konnte, dass mit der Operation die Sache erledigt wäre. Der Krebs konnte jederzeit woanders ausbrechen. Sie hätte zu lange gewartet, hieß es.

Was hieß zu lange?

Und dann erfuhr ich es: Annabelle hatte die letzten fünf Jahre verabsäumt, sich einer gynäkologischen Untersuchung zu unterziehen. Wenigstens einmal im Jahr, oder zumindest alle zwei Jahre! Aber fünf Jahre! Das grenzte an Leichtsinn! Aber: Hätte man die Krankheit verhindern, früher entdecken können? Kaum, wie man mir erklärte! Diese heimtückische Krankheit ist meist erst dann festzustellen, wenn es schon zu spät ist.

Ich konnte ihr auch keine Vorwürfe machen, nicht in ihrem Zustand. Wozu auch? Es hätte ja nichts geändert.

Annabelles Eltern schlugen ihr vor, doch mit ihnen nach Hause zu fahren, in ihr kleines Dorf in der Nähe von Dijon, um sich zu erholen, sich auszuruhen. Ich hielt das auch für sinnvoll, obwohl wir beide dann voneinander getrennt sein würden. Aber schließlich gab es ja ein Telefon, und so versuchte auch ich, Annabelle zu überzeugen, dass es das Beste für sie wäre.

„Weißt du, Annabelle, das ist wirklich eine gute Idee! Du brauchst dich um nichts zu kümmern und kannst dich voll auf deine Genesung konzentrieren. Jean schupft in der Zwischenzeit deinen Laden und ich komme dich besuchen, sooft ich kann. Und telefonieren können wir ja sowieso jeden Tag. Also, du bist auch dort unten auf dem Laufenden. Und du kannst dich einfach fallen lassen und Kind spielen. Ich habe das auch sehr genossen, als ich meine Eltern besucht habe. Wirst sehen!“

Nach einigem Zögern stimmte Annabelle zu. Ihr Vater, den ich sehr mochte, sagte zu mir: „Hör mal Anna, ich werde dir das Leben leicht machen, zwischen Dijon und Paris.“

„Wie bitte? Das versteh ich nicht.“

„Also, Annabelle braucht ja ihren Wagen im Moment nicht. Und wenn sie bei uns ist, wir haben ja ein Auto. Ich werde Annabelle in meinem Wagen mitnehmen und meine Frau soll mit Annabelles Wagen hinter mir herfahren.“

Ich verstand immer noch nicht.

„In Dijon kann dann meine Frau bei mir einsteigen und wir lassen Annabelles Auto beim Bahnhof stehen. Und wenn du mit dem TGV ankommst, dann hast du gleich ein Auto, um weiterzufahren, und sparst dir die Mühe mit Taxi und so weiter. Annabelle soll dir den zweiten Schlüssel geben, und damit ist die Sache erledigt. Was sagst du dazu?“

Ich sagte nur: „Genial!“ und „Vielen Dank!“

Und so wurde es dann auch gemacht!

Es war ein wehmütiger Abschied von Annabelle, aber schließlich blieb sie ja in Frankreich und wanderte nicht in die Südsee aus!

Die Angst um sie begleitete mich ständig. Würde sie einen Rückfall haben? Würde das grässliche Tier, wie ich den Krebs insgeheim nannte, in ihr weitertoben? Es war mir einfach weh ums Herz.

Aber das Leben in Paris ging weiter, meine Arbeit ging weiter.

Ich bat Jean einmal mehr, keine Auslandsreisen für mich anzunehmen und falls möglich, mir die Wochenenden frei zu halten. Die waren nämlich für Annabelle reserviert.

Ich machte mir auch mit Annabelles Freunden aus, dass wir nicht alle zugleich bei ihr auftauchten. Wohldosiert hatte sie mehr von jedem Einzelnen. Wir wussten ja, wie schwach sie war und wie schnell sie alles ermüdete. Und so waren wir uns alle einig und wussten, was zu tun war.

Ich konnte und wollte meine Arbeit nicht vernachlässigen, denn ich lebte ja davon, und außerdem lenkte mich das auch ein wenig von meinem Kummer ab.

Und es wäre auch nicht im Sinne Annabelles gewesen.

Ich erfüllte also meine Aufträge und das waren nicht wenige. Ich spielte einmal mehr seit der traurigen Geschichte mit Peter, scheinbar vergnügt, das oft beneidete, elfengleiche Wesen vor der Kamera diverser Modefotografen. Für meinen Kummer und meine Sorge um meine Freundin war kein Platz in der heilen Welt der Mode und Werbung.

Fröhlichkeit und Unbeschwertheit sind nach wie vor, neben anderen Eigenschaften, in diesem Metier gefragt. Professionalität wird vorausgesetzt.

Robert, der natürlich Bescheid wusste, sagte eines Tages zu mir, als er das Licht für mich einrichtete: „Dein Gesicht hat sich verändert. Goodbye, babyface! Du bist viel reifer geworden und du hast einen Ausdruck bekommen, der dich noch viel interessanter macht."

„Na, vielen Dank, Robert! Aber das, was mich anscheinend reifer gemacht hat, auf das könnte ich gern verzichten."

Er meinte es nicht böse, das wusste ich. – Aber offenbar zeigen sich Kummer und Sorge manchmal in einer Art und Weise, dass andere dann von einem „Charakterkopf" reden. Das Leben ist schon seltsam!

Zunächst schien sich alles zum Besseren zu wenden. Und wir freuten uns schon alle darüber, dass Annabelle offenbar auf dem besten Weg war, den Krebs zu besiegen. Aber dann kam plötzlich die Wende! Annabelles Zustand verschlechterte sich rapide! Wochenlang bekam sie zu Hause Infusionen und letzten Endes nur mehr schmerzstillende Medikamente. Ich war sicher, es war Morphium. Es war der blanke Wahnsinn!

Sooft ich konnte, fuhr ich nach Dijon. Ich verbrachte viele Stunden an ihrem Bett, redete nächtelang mit ihr, versuchte sie zu trösten, sie von ihren Schmerzen abzulenken.

Ihre Eltern waren am Ende ihrer Kräfte. Sie taten mir unendlich leid! Ein Kind zu verlieren, ist wohl das Schlimmste, das es gibt.

Annabelle wurde immer schwächer, sie konnte kaum mehr sprechen. Als ich sie das letzte Mal sah, flüsterte sie mir zu: „Bitte, meine liebste Freundin, trauere nicht um mich. Ich hatte eine gute Zeit, vor allem auch mit dir. Aber ich bitte dich um eines: Vielleicht kannst du dich ab und zu bei meinen Eltern melden. Sie haben dich sehr gern und ich glaube, es würde ihnen helfen, mit dir in Kontakt zu bleiben."

„Bitte, bitte, nur jetzt nicht losheulen!!", sagte ich zu mir.

In einem Moment wie diesem war absolute Ehrlichkeit angesagt. Es hätte keinen Sinn gehabt, Annabelle zu trösten, sie zu beruhigen, „es würde schon wieder werden".

Ich versprach es ihr. Es war das letzte Mal, dass ich sie sah.

Als Annabelle endlich sterben durfte, war ich am Ende meiner Kräfte.

Sie wurde auf dem kleinen Friedhof in ihrem Heimatdorf begraben. Und nur wir, ihre Freunde und ihre Eltern, waren bei dem Begräbnis dabei. So hatte es Annabelle angeordnet.

Ich sah mittlerweile wie ein Gespenst aus und fühlte mich hundeelend! Zuerst Peter und dann Annabelle! Und das alles in nicht einmal einem Jahr! Schließlich befolgte ich den Rat unserer gemeinsamen Freunde und nahm keine Aufträge mehr an.

Es war Herbst geworden und ich hatte Sehnsucht nach Wärme, nach Sonne. Ich wollte auch weit weg von Paris, weg aus Frankreich. Ich wollte allein sein, nachdenken, reflektieren, meine Trauer ausleben. Und so fiel meine Wahl auf Mexiko. Ich entschied mich für ein Clubressort in Cancún auf der Halbinsel Yucatán, in der Nähe von Chichén Itzá, einer alten Mayastadt.

Ich weiß nicht mehr, wie lange ich geflogen bin. Noch bevor das Abendessen an Bord serviert wurde, schlief ich bereits, so erschöpft war ich. Knapp vor der Landung in Cancún weckte mich eine Stewardess.

Ich war in Mexiko!

Noch etwas groggy stolperte ich aus der Maschine, holte meinen Koffer vom Laufband, der ewig auf sich hatte warten lassen. Rund um mich herum ein unglaublicher Lärm! Lautes Rufen in einer Sprache, die ich nicht verstand, dazwischen Lachen, Fröhlichkeit, Kindergeschrei und immer wieder Ansagen auf Spanisch und Englisch, die aus dem

Lautsprecher dröhnten. Mir brummte der Kopf. Ich wollte so rasch wie möglich weg von hier.

Als ich durch den Zoll ging, sah ich, dass ich bereits erwartet wurde. Ein junger Mann mit pechschwarzem Haar und einem kleinen Bärtchen auf der Oberlippe stand, eingekeilt in der Menschenmenge, in der ersten Reihe hinter der Absperrung zu den ankommenden Passagieren. Auf einem weißen Karton stand in blauer Schrift mein Name.

Ich winkte ihm zu und er drängte sich durch die Menge in meine Richtung. Als wir einander endlich die Hand reichen konnten, begrüßte er mich strahlend, sagte irgendetwas zu mir, das ein wenig wie Englisch klang. Ich verstand kein Wort, nickte vorsichtig und lächelte ihn freundlich an. Er nahm meinen Koffer und wir verließen den Flughafen.

Sein Wagen stand links vom Ausgang. Ich ging ihm nach und stieß gegen eine warme Wand! Es war brüllend heiß, sogar noch am Abend. Die Luft war feucht und nahm mir kurz den Atem. Ein ziemlicher Kontrast zum nasskalten Wetter in Paris! – An sich liebe ich das tropische Klima, muss mich aber jedes Mal wieder von neuem daran gewöhnen. Mein „Chauffeur" verstaute den Koffer, ich setzte mich in den hinteren Teil des Wagens und wir fuhren los.

Er merkte sehr bald, dass mir nicht nach reden zumute war, und ließ mich in Ruhe. Ich verlor mich in meinen Gedanken.

Als wir nach etwa zwanzig Minuten endlich in dem Clubdorf ankamen, war es stockfinster. Nur ein paar Fackeln säumten links und rechts die Zufahrt zum Haupteingang. Der junge Mann half mir mit meinem Koffer und begleitete mich noch bis zur Rezeption. Ich gab ihm zwei Dollar und er verabschiedete sich.

Ein junges Mädchen überreichte mir den Schlüssel zu meinem Zimmer, nicht ohne mir vorher noch meinen Pass abzunehmen. Ein anderes junges Mädchen, in einem Strandhemdchen, führte mich zu meinem vorläufigen Zuhause. Im Dunkeln blieb ich ganz dicht hinter ihr.

Meine neue Bleibe befand sich im ersten Stock eines zweistöckigen Gebäudes. Ein Vorraum, ein großes Bad mit Dusche, ein kleines Wohnzimmer und ein Schlafzimmer mit einem großen Bett, das war also mein neues Appartement. Alles war im farbenfrohen Mayastil eingerichtet.

Holzstühle mit geflochtenen Sitzflächen, die typischen bunten Decken waren über das Bett geworfen. Viele Kerzen standen auf kleinen Tischchen. Tongefäße als Dekoration. Der Boden kühler Stein. Alles war schlicht und sauber. Es gefiel mir.

Und ich hatte offenbar auch einen Balkon! Als ich die Tür ins Freie öffnete, hatte der Mond die Landschaft mittlerweile so erhellt, dass ich vor mir eine riesige Lagune erkannte, in der sich der Mond glitzernd spiegelte.

„Hallo, mein alter Freund! Schön, dass du da bist!“

Ich sagte das laut und musste über mich selbst lachen. – Immer wieder ertappe ich mich dabei, dass ich mit dem Mond Zwiegespräche führe. Annabelle hat mich deshalb immer ausgelacht. Ach, Annabelle!

Ich betrachtete noch eine ganze Weile das glitzernde Wasser, das von Gebüschen umrahmt war. Die Luft war auch hier warm und feucht, aber doch fast angenehm „kühl“ im Vergleich zum Flughafen.

Ich liebe Wasser und kann stundenlang auf das Meer schauen. Am liebsten bei stürmischem Wetter, wenn es so richtig tobt und braust.

Die Lagune allerdings lag wie ein Spiegel vor mir, nur dass ich mich darin nicht sehen konnte.

In der Beschreibung des Clubdorfes hieß es, dass diese Lagune mit dem Meer verbunden wäre, aber das lag offenbar auf der Seite, die ich nicht sehen konnte.

Ich ließ den Koffer Koffer sein, duschte mich und legte mich nackt in das frische, kühle Bett. Nach wenigen Minuten schlief ich ein.

Am nächsten Tag erwachte ich sehr erfrischt und ausgeruht und beschloss, den Club zu erforschen.

Doch vorher musste ich den Koffer auspacken, eine Tätigkeit, die ich nicht mag. Noch weniger hatte es mich gefreut, in Paris zu packen.

Eigentlich hasse ich Kofferpacken bis heute! Ich musste das in meinem beruflichen Leben so oft machen, dass ich nahezu eine Koffereinpack-Phobie entwickelt habe. Reisen ohne Gepäck! Das wäre für mich der absolute Luxus! Aber ohne vorauseilendes Personal, das entsprechend ausgestattet ist, gehört dieser Wunsch in den Bereich der Illusion. Und Personal habe ich keines! Also tue ich, was zu tun ist.

Jetzt erst begann für mich einigermaßen die Entspannung, die Erholung, die Hingabe an den Moment. Das „Laisser-faire!"

Ich duschte mich, wusch mir die Haare und betrachtete mein Gesicht. Es war blass, ich sah müde aus, obwohl ich es nicht mehr war. Meine blauen Augen waren leicht gerötet. Na wunderbar! Aber ich wusste, das kam von der Air-Condition im Flugzeug und würde auch wieder vergehen. Vorerst aber her mit der großen Sonnenbrille!

Ich zog einen Bikini an, band mir ein buntes Tuch um die Hüften, setzte meinen alten, heiß geliebten Strohhut auf, den meine Mutter schon einmal fast weggeworfen hätte, nahm die Broschüre über das Clubdorf, die man mir am Abend gegeben hatte, und zog barfuß los.

Aber ich kam nicht sehr weit. Eine Gluthitze empfing mich und der Boden war so heiß, dass ich in mein Zimmer zurückging, um mir Sandalen anzuziehen. Aber jetzt nichts wie los!

Mein Weg führte mich zunächst an der Lagune entlang bis zum Swimmingpool. Es war ein sehr großer, rechteckiger Pool, umgeben von einer riesigen, aber gut angelegten Terrasse mit vielen Liegebetten, viele davon leer – vielleicht weil es zu heiß war –, mit Sonnenschirmen, dazwischen Palmen, kleinen Tischen und Sesseln. Teilweise mit Blick auf die Lagune. Im Hintergrund, an der schmäleren Seite des Pools, sah ich eine Bar, an der schon einige Menschen standen und plauderten. Bar? Schon am Morgen?

Wie spät war es eigentlich?

Ich besitze keine Uhr. Eine Marotte von mir.

Ich ging an die Bar. Ein Mann, so um die vierzig, ziemlich groß und schlank, mit einem etwas verwitterten Gesicht und sehr braun gebrannt, offenbar ein Gast wie ich, musterte mich von oben bis unten und sagte dann zu mir auf Französisch: „Sie sind wohl soeben erst angekommen? Darf ich Sie auf einen Drink einladen?"

„Nein, danke, das ist sehr nett, aber ich habe ja noch nicht einmal gefrühstückt! Wie spät ist es eigentlich?"

Der Mann lachte herzlich, zeigte dabei seine weißen, ganz leicht schiefen Zähne, die irgendwie gut zu ihm passten, und sagte: „Es ist drei Uhr Nachmittag! Das Frühstück haben Sie leider schon verpasst! Aber ich zeige Ihnen gern den Club und das Restaurant und wenn Sie möchten, leiste ich Ihnen beim Lunch Gesellschaft. Ich heiße übrigens Alain. Und Sie?"

„Anna, ich heiße Anna."

„Also gut, Anna, gehen wir."

Ich hatte nichts dagegen und folgte Alain ins Restaurant. Es war relativ weit vom Pool entfernt, etwa zehn Minuten zu gehen, lag dafür aber am Strand. Und so sah ich das erste Mal seit meiner Ankunft das türkise Wasser der Karibik. Es ist wirklich türkis und glasklar! Ich liebe die Karibik!

Ich kannte von meinen Fotoreisen auch andere Meere, zum Beispiel in Bali oder Thailand. – Aber keines lässt sich mit der Karibik vergleichen. Es ist für mich das sanfteste Meer, das es gibt! Es berührt die Haut wie Seide, umhüllt den Körper warm und beruhigend! Eine wunderbare Liebkosung der Natur.

Alain erzählte inzwischen von sich, und ich hörte gar nicht so richtig hin.

Das ist zwar ziemlich unhöflich, passiert mir aber immer wieder, wenn mein Gegenüber langweilig wird. Dann schalte ich einfach ab und mime nur das Zuhören. Vielen Menschen genügt das ohnehin, weil sie am liebsten von sich selbst erzählen und ganz glücklich sind, wenn sie jemand gefunden haben, der, ohne zu unterbrechen, zuhört. Dass ich eigentlich ziemlich gelangweilt dabei bin, fällt nicht auf.

„So, da sind wir! Ein schöner Platz, nicht wahr? Also, was darf ich Ihnen zu trinken holen?“

„Eigentlich am liebsten Wasser, bitte! Ich habe ja, wie gesagt, noch nichts gegessen.“

Ich setzte mich an einen kleinen Tisch unter einen Sonnenschirm direkt am Strand. Wundervoll! Ein sehr angenehmes, luftiges Restaurant! Ein Rundbau mit Strohdach. Bar und Buffet befanden sich im Inneren der Hütte. Ein Ventilator surrte von der Decke herunter und verteilte die relativ warme Luft in dem dunklen Raum. Auch hier kleine Tische, kaum besetzt. Zwei blonde Damen saßen in einer Ecke, lachten, prosteten einander zu und hatten es offensichtlich recht lustig. Ein junges Pärchen hing liebestrunken versunken auf einem gemeinsamen Sessel. Es sah aus, als würde er ihr demnächst das Ohr abbeißen. Ich wusste natürlich, dass das nicht so war, sondern eigentlich eine sehr angenehme Liebkosung! Paul, ein kurzer Pariser Flirt, hatte auch ein Faible für meine Ohren. Er hatte sogar einmal dabei einen kleinen Ohrring von mir verschluckt.

Alain unterbrach meine Betrachtungen in Sachen Ohren und Liebkosungen: „Gut, ich besorge das Wasser und Sie können ja inzwischen nachsehen, was das Buffet zu bieten hat.“

Gesagt, getan. Ein meterlanger Tisch, der sich vor lauter delikaten Speisen fast bog. Kunstvoll angerichtete Meeresfrüchte, Salate in bunten Farben, gegrillter Fisch, Früchte, Käse, Desserts … – alles in Hülle und Fülle. Teilweise gekühlt, versteht sich! Ich entschied mich zunächst für eine kalte Suppe. Danach würde ich mir vielleicht noch einen Fisch holen.

Im Allgemeinen aß ich ja nicht sehr viel, weil ich als Model natürlich sehr auf meine Linie bedacht war und die Kleidergröße 34/36 behalten wollte. Man sieht ja auf einem Foto immer viel dicker aus als in Wirklichkeit!

Und erst im Fernsehen! Bei meinem letzten Werbespot für Parfum kam ich mir richtig dick vor.

Monsieur Jacques, der Artdirector, der bei der Abnahme des Spots dabei war, lachte nur, als ich entsetzt meinte, ich sei ja richtig dick!

„Ma chère! Das ist lächerlich. Sie haben eben eine bestimmte Vorstellung von sich. Aber Sie wissen ja: Film und Fernsehen lassen jeden um mindestens fünf Kilo schwerer aussehen."

„Fünf Kilo? Das ist ja schrecklich!"

„Ma chère Anna! Glauben Sie mir! Sie sehen wunderbar aus! Diese Kampagne ist Ihnen für zwei Jahre sicher. Dafür werde ich schon sorgen."

Er tätschelte mein linkes Knie. Ich fand nichts dabei, war er doch mit einem Mann liiert und an Frauen gar nicht interessiert. Jeden anderen hätte ich zurechtgewiesen. Ich mochte keine Affären innerhalb meiner Branche. Weder mit Models noch mit Fotografen und schon gar nicht mit Kunden!

Das mit Peter war eine andere Geschichte.

Inzwischen kam Alain mit einer Karaffe voll Wasser zurück und betrachtete mein Menü.

„Kein Wunder, dass Sie so schlank sind. Ist das alles, was Sie essen?"

„Ja, so ist es. Und was ist mit Ihnen? Haben Sie schon gegessen?"

„Ja, vor einer Weile. Wir können ja nachher noch einen Espresso auf meiner Terrasse nehmen, wenn Sie wollen. Ich schaue direkt auf die Lagune. Eine wunderbare Aussicht!"

Ja, ja, schöne Aussichten, für ihn! Daher wehte also der Wind. War wohl auf Aufriss aus, der Herr.

Ich allerdings nicht und so lehnte ich das Angebot dankend ab.

Interessant, dass Alain plötzlich einfiel, er müsse noch ein dringendes geschäftliches Telefonat mit seinem Büro in Paris führen. Und zwar sofort. Wegen der Zeitverschiebung und weil doch schon Freitag war.

Na, dann aber rasch!

Nach meiner Berechnung war es bereits zehn Uhr abends in Paris, wenn die sieben Stunden plus stimmten und ich mich nicht irrte, was gut sein konnte, weil ich nicht gut im Rechnen bin. Und ich wusste natürlich auch, dass in Paris kein Mensch am Freitag um zehn Uhr abends in einem Büro anzutreffen ist.

Ich mimte großes Verständnis und der Herr war entschuldigt.

So, und jetzt endlich allein. Der Fisch war gegessen, die Rechnung unterschrieben und meine Exkursion konnte beginnen. Und dazu brauchte ich wirklich keinen Guide.

Ich schlenderte also durch die Anlage und irgendwie war es merkwürdig still. Lediglich die Zikaden waren zu hören und es kam mir vor, als würde die Luft surren. Vermutlich hielten die Menschen Siesta, es war ja auch wirklich glühend heiß. – Mir macht das nichts aus, ich liebe die Hitze, das feuchte Klima. Im Gegensatz zu Kälte und Dunkelheit, die ich schwer ertrage.

Ich studierte das kleine Heftchen, das ich mithatte. Es enthielt auch einen Plan des Dorfes und ich versuchte mich zu orientieren.

Ich ging den Strand entlang und folgte danach dem Wegweiser zum Fitnesscenter und dem Spa. Ich hatte zwar absolut keine Lust, mich körperlich zu betätigen, außer schwimmen natürlich, aber eine Massage würde ich mir schon gönnen. Es sah alles sehr ordentlich und gepflegt aus.

Ich beschloss, mir für sechs Uhr eine Stunde zu reservieren. Und es klappte. Als ich das Spa verlassen wollte, rief plötzlich jemand meinen Namen. Eine Frauenstimme. Ich war etwas erstaunt, wer in aller Welt konnte das sein?

Ich drehte mich um und da stand Fabienne, eine Fotografin aus Brüssel, mit der ich oft gearbeitet hatte.

„Hallo, Anna! Was für eine Überraschung. Ich war mir zuerst gar nicht sicher, ob du das bist unter dem großen Hut, aber irgendwie kam mir deine Art zu gehen bekannt vor! Wie geht es dir? Wie lange bleibst du? Ich bin mit meinem Mann hier und fliege in vier Tagen wieder zurück. Wir genießen das alles hier sehr. Lass uns gemeinsam zu Abend essen, d'accord?"

Eine Flut von Worten ergoss sich über mich. Ich musste lachen. Ja, das war Fabienne!

„Schön dich zu sehen, Fabienne! Ich bin erst gestern angekommen. Ist ja richtig heiß hier. Ja, das ist eine gute Idee. Lass uns zusammen essen. Ich habe um sechs Uhr eine Massage und ich denke, so um neun könnte passen. Ist dir das recht?"

„Ja, super. Wir treffen uns an der Bar beim Pool, okay?"

Und schon war sie wieder im kuscheligen Dunkel des Spa verschwunden.

Wusste gar nicht, dass sie einen Mann hatte. Wie er wohl war?

Es ist immer spannend für mich, die Partner von Menschen, die mir zuerst allein begegnen, kennenzulernen. Zunächst hat man ja jeweils ein ganz bestimmtes Bild von einem Menschen, wenn er allein auftritt. Interessanterweise verändert sich das dann oft, wenn der Partner dazukommt: manchmal zum Nachteil, manchmal zum Vorteil.

Aus der starken, selbstbewussten Frau wird plötzlich ein Kindchen, sobald der Ehemann oder Freund auftaucht. Habe ich schon oft erlebt. Und der forsche Typ, der einen solo angeflirtet hat, wird beim Erscheinen seiner besseren Hälfte nicht selten zum Weichei.

Menschen sind einfach interessant!

Ich spazierte also weiter, den Weg entlang, der von blühenden Bäumen und Sträuchern eingesäumt war. Es duftete nach Blumen, es knisterte und raschelte. Die Tierchen hielten also keinen Mittagsschlaf.

Als ich beim Pool ankam, lagen einige Menschen in der Sonne und ich beschloss, das ebenfalls zu tun. Vorher ging ich noch in mein Zimmer, um mir einen Krimi und meine Sonnencreme zu holen. – Am Strand oder Pool lese ich immer am liebsten Krimis.

Danach machte ich es mir unter einem Sonnenschirm gemütlich. Mit Blick auf die Lagune, die mir so gut gefiel. Nach Schwimmen war mir noch nicht. Ich war einfach noch zu faul.

Über der kleinen Hütte, in der man die Badetücher bekam, hing eine Uhr, und somit konnte ich auch meinen Massagetermin nicht versäumen.

Es ist schon seltsam: Immer wieder haben sich Annabelles Freunde darüber lustig gemacht, dass ich ohne Uhr durch die Weltgeschichte marschierte.

Und immer wieder habe ich ihnen versichert, dass es ja überall Uhren gäbe, man müsse nur die Augen offen halten.

Na bitte, auch in Mexiko hatte ich uhrenlos kein Problem.

Und so erschien ich auch pünktlich zur Massage und danach an der Bar, um Fabienne und ihren Mann zu treffen.

Ich hatte mir ihren Mann ganz anders vorgestellt! Fabienne war eine große, relativ kräftige Frau, lebenslustig, laut, leicht verrückt und voller Ideen. Ihr Mann hingegen war klein, sah aus wie ein Beamter aus dem Bilderbuch und sprach kaum ein Wort. Allerdings, und das war unübersehbar: Er betete seine Frau an! Das gefiel mir besonders gut! Offenbar eine funktionierende Beziehung. Wie schön!

Ich musste sofort an Peter und mich denken und versuchte, mir nichts anmerken zu lassen. Denn ganz tief drinnen in meiner Brust spürte ich schon wieder die große Wehmut, die sich breitmachen wollte.

Fabienne, die von Annabelles Tod wusste, aber nichts von Peter, vermied vorsorglich das Thema Annabelle. Ich war ihr dafür dankbar.

Der Abend verlief angenehm, small talking, aber vergnüglich.

Ich verabschiedete mich relativ bald nach dem Essen. Der Jetlag machte sich bemerkbar. Bevor ich zu Bett ging, schaute ich noch auf die Lagune, die mich so faszinierte! Der Mond wurde von einer Wolke halb verdeckt. Viele kleine Sterne funkelten zwischen den Wolken um die Wette.

Meine letzten Gedanken vor dem Einschlafen galten Peter und Annabelle. Wie schön wäre es gewesen, diesen Urlaub gemeinsam zu verbringen!

Ich versuchte, diese Gedanken zu verscheuchen, aber sie blieben bis zum Einschlafen bei mir.

Am nächsten Tag, beim Frühstück, sah ich jene Menschen, die ich am Vortag vermisst hatte. Eine bunte, lärmende Menge! Fröhlich, vergnügt, laut, zum Teil auch verschlafen und groggy! Von jedem etwas.

Ich gesellte mich zu Fabienne und Geert, ihrem Mann. Von weitem sah ich Alain, der offenbar wieder auf der Jagd war. Diesmal war es eine Japanerin, der er den Hof machte! Auch gut!

Auf dem Weg zum Strand ging vor mir ein junger Mann, mit langem blondem Haar. Irgendwie kam er mir sogar von hinten bekannt vor! Neugierig, wie ich war und bin, versuchte ich, ihn zu überholen, und es gelang mir. Zu meiner Überraschung war es Boris! Jener junge Mann, der mich damals im Jardin des Tuileries angesprochen hatte.

Er erkannte mich nicht sofort. Erst als ich meinen Hut vom Kopf nahm, erinnerte er sich an mich und sagte, offenbar verwirrt, den sinnlosen Satz: „Was machen Sie denn hier?“ Gesicht erstaunt.

Ich musste lachen.

„Na, raten Sie mal! Ich mache hier Ferien. So wie Sie. Aber Sie sind offenbar schon eine ganze Weile hier, so braungebrannt wie Sie sind."

„Ja, ich fliege heute Abend zurück. Ich war zwei Wochen hier und jetzt geht's dann wieder los. Wir drehen einen Fernsehfilm in Paris und da mache ich die Maske. Warum haben Sie mich nicht angerufen?"

Pause meinerseits, dann: „Ich war zu beschäftigt. Aber das kann ich ja nachholen, vielleicht. Übrigens wohne ich jetzt gleich hinter der Fernsehstation. Vielleicht sieht man sich mal."

Ich wollte mich zu nichts verpflichtet fühlen und redete einfach so rum.

Boris kapierte das sofort: „Na, dann noch einen schönen Urlaub, und wer weiß, vielleicht in Paris!"

Und damit bog er nach rechts ab, zu einer kleinen Hütte, in der Souvenirs verkauft wurden.

Ich beschloss, den Vormittag am Sandstrand zu verbringen und den Nachmittag am Pool! Was für ein Stress! Ich konnte es noch nicht fassen, dass ich keine Termine hatte, faul sein konnte, tun und lassen konnte, was ich wollte.

Über allem aber schwebte meine Traurigkeit in Gedanken an Peter und Annabelle, aber ich bemühte mich, wieder meine Mitte zu finden, so wie die beiden sich das für mich gewünscht hätten. Vielleicht würde es mir hier in Mexiko gelingen, weit weg von allem!

Am dritten Tag nach meiner Ankunft beschloss ich, an dem Ausflug nach Chichén Itzá teilzunehmen, der vom Club aus organisiert wurde.

Die alte Mayastadt war nicht sehr weit entfernt und ich konnte am Abend wieder zurück sein. Dieser Ort gehört zum Weltkulturerbe der Menschheit und ich wollte mir das nicht entgehen lassen. Wir waren etwa zwanzig Leute im Bus in Richtung „Chicken Pizza", wie ein Amerikaner, der sich für besonders witzig hielt, bemerkte.

Unser Reiseführer erklärte die einzelnen Tempel und Pyramiden, den heiligen Brunnen, in den man die Opfer warf, den Ballspielplatz, den Kriegertempel und das Schloss.

Ich persönlich hatte dort meine Probleme. Alles strahlte für mich Brutalität aus, war mir zu martialisch, zu frauenfeindlich, zu menschenfeindlich. Ich fühlte mich dort nicht wohl.

Und als ich ein wenig über die Geschichte der Mayas nachlas, erfuhr ich mehr über ihre grausamen Sitten und Gebräuche. Eine mir unvorstellbare Welt! Ich war nur froh, dass ich in dieser Zeit nicht hatte leben müssen.

Es gibt für mich Plätze auf dieser Welt, an denen ich mich sehr wohl fühle und oder eben nicht. Manche Orte scheinen mir vertraut, andere wiederum sind für mich furchterregend und bedrückend, und dazu gehört die alte Mayastadt.

Am Abend war ich so müde, dass ich nach einer ausführlichen Dusche beschloss, das Abendessen zu streichen, mich auf meinen Balkon zu setzen und einfach vor mich hin zu träumen.

Der vierte Tag begann für mich schon fast routinemäßig. Ich hatte mich bereits ganz gut eingelebt. Fabienne und ihr Mann mussten am Abend nach Belgien zurückfliegen und nachdem es ihr letzter Tag war, beschlossen wir drei, den Tag gemeinsam am Pool zu verbringen.

Wie immer positionierte ich meine Liege so, dass ich auf die Lagune schauen konnte. Heute wollte ich einmal nicht nur im Pool, sondern auch in der Lagune schwimmen.

Wir hatten es sehr gemütlich, wir lasen, lachten, tratschten miteinander und Geert brachte uns drei kühle Drinks, hellgrün, mit Orangenscheiben und einer Kirsche und mit kleinen Sonnenschirmen als Verzierung, die in den Orangenscheiben steckten.

Während meine belgischen Freunde sich im Pool erfrischten, machte ich mich bereit für meinen ersten „Schwumm" in der Lagune. Drei kleine Stufen führten von der Terrasse ins Wasser. Es war dunkel und weich und sehr angenehm. Ein leichter Wind wehte und das Wasser kräuselte sich ein wenig. Nachdem ich schon einige Tempi gemacht hatte, bemerkte ich plötzlich eine größere Unruhe am

Ufer. Die meisten Menschen auf der Terrasse, auch Fabienne und Geert, waren an den Rand der Lagune geeilt, deuteten auf irgendetwas und schrien durcheinander. Meine Ohren waren voll Wasser und ich konnte kaum etwas verstehen.

Und so rief ich: „Was ist denn los?"

Fabiennes Stimme war am lautesten und so hörte ich, wie sie mir zurief: „Komm sofort aus dem Wasser. In der Lagune sind Krokodile! Um Gottes willen, beeil dich!"

Mir blieb fast die Luft weg! Ich erschrak bis ins Herz! Ich war zwar noch nicht sehr weit vom Ufer entfernt, aber weit genug, um doch noch einige Meter schwimmen zu müssen, um wieder an Land zu kommen.

Krokodile! Entsetzlich! Wieso hatte mir das keiner vorher gesagt?

Ich schwamm um mein Leben. Und als ich mich einmal ganz kurz umdrehte, sah ich den Rücken eines Krokodils, nicht weit hinter mir, im Wasser.

Die Menschen am Ufer schrien weiter, fuchtelten mit den Händen in der Luft herum, deuteten auf das Krokodil und feuerten mich an, mich zu beeilen.

Ich schwamm und schwamm, keuchend und so schnell ich konnte, das Krokodil hinter mir her. Und dann: Endlich die Stufen!

Ich kroch, so rasch es meine Panik erlaubte, auf allen vieren aus dem Wasser.

Gott sei Dank: Geschafft!

Und dann passierte etwas Unglaubliches! Das Krokodil kam mir nach! Ans Ufer! Und kaum hatte das Tier den Boden berührt, verwandelte es sich – in einen Mann!

Ich war ausgerutscht und lag auf dem nassen Boden – zu seinen Füßen! War ich jetzt verrückt geworden? Träumte ich? Hatte ich zu viel Sonne erwischt? Gab es so etwas wie eine mexikanische Fata Morgana? Hatte ich Halluzinationen?

Nein, ich irrte mich nicht! Vor mir stand tatsächlich ein braungebrannter, relativ kleiner, aber drahtiger Mann! Ich verstand überhaupt nichts mehr! Was sollte das alles?

Ich schaute in die Menge, auf die Menschen, die am Rande des Ufers standen und so laut geschrien hatten.

Aber was war das? Die Menschen sahen aus, als wären sie mitten in ihren Bewegungen zu Stein erstarrt! Keiner rührte sich!

Und jetzt erst bemerkte ich es: Es war plötzlich totenstill geworden.

Der Mann reichte mir seine Hand, half mir auf die Beine, hob mich hoch und dann verlor ich das Bewusstsein.

Theben war in Aufruhr! Wie alle Jahre zu Beginn Achets, des Einsetzens der Nilflut, war der heilige Fluss über die Ufer getreten und hatte die armseligen Hütten in den Sumpfgebieten jener Menschen überschwemmt, die ohnehin nichts hatten außer sich selbst.

Und wie schon einige Male zuvor hinterließ der Nil nicht nur den so lebenswichtigen fruchtbaren Schlamm für die Felder, sondern brachte auch das gefährliche Fieber über die Stadt. Viele Menschen starben.

Die Ansteckungsgefahr war besonders groß, denn es war, wie immer um diese Zeit, heiß und schwül.

Neben der drohenden Gefahr durch die Hethiter, die Ramses II. im Alter von dreißig Jahren schwer zu schaffen machte und ihn sehr belastete, musste der Herrscher ein zweites Mal seit dem Beginn seiner Regentschaft im Lande Kemet, dem späteren Ägypten, ein Ausgehverbot über eine seiner Städte verhängen. Diesmal betraf es die uralte Königsstadt Theben.

Niemand durfte unter Androhung der Todesstrafe sein Haus verlassen!

Die Händler, Handwerker und Kaufleute stöhnten. Sie konnten ihren Geschäften nicht nachgehen und waren äußerst ungehalten. Aber es half nichts.

Wer sich nicht daran hielt, wurde von den Wachen gefangen genommen und in der Wüste ausgesetzt. Dort fraßen ihn die wilden Tiere.

Die Ärzte hatten alle Hände voll zu tun, konnten aber manchmal nur mehr die Schmerzen der Patienten erleichtern, bevor sie starben. Sie waren neben den Totengräbern die Einzigen, die durch die engen Straßen eilen durften.

Zeit für Totenzeremonien gab es nicht. Wegen der großen Hitze mussten die Verstorbenen sofort begraben werden, um eine Seuche zu verhindern. Wehklagend und weinend gaben ihnen die Angehörigen kleine Grabbeigaben für die Reise ins ewige Leben mit.

Im Hause Kebos' war man sehr besorgt, denn Kebos' Frau Imara war noch immer bewusstlos. Chons, Kebos' Vater, ein sehr berühmter und angesehener Arzt, hatte alles versucht, Imara zurückzuholen. Bis jetzt war es ihm nicht gelungen. Er mischte ein Getränk aus seltenen, kostbaren Kräutern und Mineralien und Kebos, der viel von seinem Vater gelernt hatte und ebenfalls einiges von der Herstellung verschiedener Mixturen und von deren Verabreichung verstand, sollte es ihr in kleinen Dosen einflößen. Er tat es mit großer Hingabe und voller Hoffnung.

Seit zehn Tagen weilte er an Imaras Bett und erflehte Gott Amuns Hilfe.

Die Frau auf dem Bett war – Anna!

Als Kebos für kurze Zeit den Raum verließ, öffnete Anna nach langer Zeit zum ersten Mal wieder die Augen. Ihr Kopf schmerzte und dröhnte, sie konnte sich kaum bewegen. Das Bett, auf dem sie lag, war hart und es war stockfinster.

Sie konnte nichts erkennen. Wo war sie und – wer war sie? Ihr Kopf war total leer. Sämtliche Erinnerungen waren ausgelöscht. Sie bemühte sich krampfhaft, irgendeinen Anhaltspunkt, einen kleinen Hinweis auf ihre eigene Person zu finden. Wer, um Gottes willen, war sie?

Sie wusste ja nicht einmal, wie sie aussah. Sie wollte ihre Hände begutachten, aber erahnte nur ihren Körper, der in ein Tuch eingehüllt war. Verwirrende Gerüche und Geräusche umgaben sie.

Sie fühlte sich wie ein Neugeborenes, das soeben auf die Welt gekommen war.

Sie begann zu weinen.

Kebos betrat den Raum und sah seine Frau wach, aber in Tränen aufgelöst. Er zündete die Öllampe an, damit er besser sehen konnte, aber es war trotzdem noch immer sehr dunkel.

„Oh geliebte Imara! Wie bin ich glücklich! Du hast das Fieber überstanden, aber bitte, weine nicht. Ich werde Dir eine leichte Speise zubereiten lassen, denn Du bist noch sehr schwach. Aber bitte, sei nicht betrübt, Du bist am Leben!“

Er gab Baina, Imaras persönlicher Dienerin, die am Fußende des Bettes auf einer geflochtenen Matte hockte, ein Zeichen, in die Küche zu gehen, um Bescheid zu sagen.

Baina war ein einfaches Mädchen aus dem Volk, das weder lesen noch schreiben konnte. Sie wurde von Imara immer liebevoll behandelt und war nicht nur deshalb ihrer Herrin sehr zugetan. Sie bewunderte auch ihre helle und zarte Haut, ihr schönes, ebenmäßiges Gesicht und ihre schlanke Gestalt. Sie liebte ihre Herrin. Sie machte sich sofort auf den Weg in die Küche.

Anna/Imara starrte den Mann, der sie so ansprach, ungläubig an und antwortete mit sehr leiser und unsicherer Stimme: „Ich kenne Sie nicht! Wer sind Sie?! Und wo bin ich? Wieso nennen Sie mich Imara? Ist das mein Name?"

Kebos verstand zunächst gar nichts. Seine Frau sprach zu ihm wie zu einem Fremden! Was bedeutete das? Dann traf es ihn wie ein Donnerschlag! Die Krankheit hatte offensichtlich Imaras Gedächtnis zerstört!

„Imara, ich bin's, Kebos! Dein Ehemann! Erkennst Du mich denn nicht? Bitte, Imara, sag, dass Du mich erkennst. Imara, Du bist meine Frau! Meine geliebte Frau! Und Du bist in unserem Haus in Theben!"

Seine Worte überschlugen sich nahezu.

Sie hieß also Imara!? Was war das für ein Name? Und in welchem Haus war sie? Sie betrachtete den Mann, der sich Kebos nannte und sie verzweifelt anflehte. Er trug ein helles, durchsichtiges Kleid mit kurzen Ärmeln über einem langen plissierten Rock. Er war nicht sehr groß, schlank, hatte olivfarbene Haut, kurze schwarze Haare, sehr dunkle, fast schwarze Augen, die sie liebevoll, aber auch verzweifelt ansahen. Er war ein hübscher und sympathischer Mann. Aber sie hatte ihn noch nie gesehen. Sie konnte sich an nichts erinnern. Nicht einmal an sich selbst. Sie fühlte sich elend!

Im Licht der Öllampe sah Imara ein wenig mehr von dem Raum, in dem sie sich befand. Das Zimmer war geräumig, das einzige Fenster sehr klein und hoch oben angebracht. Das Bett, auf dem sie lag, stand offenbar auf einem Podest. So viel sie sehen konnte, waren die Füße mit geschnitzten Löwenköpfen verziert.

Imara versuchte, sich aufzurichten, aber es gelang ihr nicht. Kebos half ihr dabei. Seine Berührung, obwohl die eines Fremden, war ihr nicht unangenehm. Sie versuchte, das Bett zu verlassen, aber auch das gelang nicht.

Sie begann wieder zu weinen.

Kebos tröstete und beruhigte sie: „Baina bringt Dir etwas zu essen, und danach, wenn Du Dich ausgeruht hast, kannst Du vielleicht auch schon das Bett verlassen. Ich bin so froh, meine Geliebte, dass Du am Leben geblieben bist. So viele Menschen sind an dem Fieber gestorben. Ich danke Amun, dass er Dich verschont hat!“

Gott Amun war für Kebos der wichtigste Gott, so wie für alle Thebaner. Ihn bat er um Hilfe und ihm brachte er seine Opfer dar, wenn er Sorgen hatte oder sich beim ihm bedankte. Denn Amun war groß und mächtig, schuf Götter und Menschen und ordnete wie Ptah die Welt. Auf dem Urhügel hatte er die erste Stadt, Theben, Kebos' Heimatstadt, gegründet, nach deren Vorbild alle anderen Städte gebaut wurden.

Während Imara ihre Tränen trocknete, kam Baina mit einer Tonschüssel und einer Wasserschale ins Zimmer. In der Tonschüssel war gekochter Fisch, mit etwas Samen vom Lotus zubereitet, raffiniert gewürzt. Es duftete sehr verlockend und Imara nahm einen Bissen mit den Fingern. Was anderes hatte sie nicht.

Es schmeckte köstlich und als Imara fertig war, reichte ihr Baina die Wasserschale zum Reinigen ihrer Finger.

Kebos hatte inzwischen aus einem Tonkrug für Imara einen kleinen Becher Wein eingeschenkt. Danach fiel sie in einen tiefen Schlaf.

Baina blieb bei ihr.

Kebos befahl ihr, sehr achtsam zu sein und ihn sofort zu holen, auch beim Einsatz ihres eigenen Lebens, sollte sich Imaras Zustand wieder verschlechtern. Denn er musste in das Haus seiner Eltern eilen, um ihnen die erfreuliche Botschaft zu überbringen, und die Ausgangssperre war noch nicht aufgehoben. Er konnte es wagen, auf der Straße gesehen zu werden, war er doch der medizinische Assistent seines Vaters. Unter anderen Umständen hätte er seinen Diener geschickt. Aber abgesehen davon wollte er so rasch wie möglich mit seinem Vater über den rätselhaften Zustand Imaras reden. Er hatte bestimmt eine Erklärung dafür! Kebos war sehr aufgeregt!

Chons, der Arzt, war weit über die Grenzen Ägyptens für seine Heilkunst berühmt. Er kannte über zweihundert Krankheiten und fast so viele Kräuter und auch Mineralien zur Herstellung verschiedener Rezepturen. Der Pharao selbst schätzte seine medizinischen Künste.

Er war auch ein wunderbarer Vater und Ehemann, der seine Frau Nefertari anbetete. Kebos liebte ihn über alles.

Imaras Eltern wurden von der Genesung ihrer Tochter nicht verständigt. Und das war auch nicht nötig. Sie waren so weit weg, dass man sie auch über ihre Erkrankung nicht unterrichtet hatte. Man wollte sie nicht beunruhigen, und wie es sich zeigte, war es eine gute Entscheidung. Sie lebten nilabwärts, in der alten Hauptstadt Memphis, die Pharao Menes einst hatte erbauen lassen.

Bis jetzt hatten Kebos und Imara erst einmal die lange, beschwerliche und nicht ungefährliche Reise auf dem Nil in Richtung Norden gemacht.

Als Kebos das Haus seiner Eltern erreichte – es war nicht weit von seinem eigenen entfernt –, hieß er den Diener seines Vaters, diesem seine Ankunft zu melden. Er betrat den wunderschönen Garten, der von außen nicht sichtbar war, und setzte sich auf eine Bank, um sich etwas zu beruhigen.

Es war das Besondere an Thebens luxuriösen Wohnhäusern der Oberschicht, dass sie von außen recht unscheinbar aussahen. Sie waren, wie alle Häuser, rechteckig und zweckmäßig aus getrockneten Schlammziegeln errichtet und mit einer Lehmschicht überzogen. Die vier Seiten umschlossen einen Innenhof, oft mit einem zauberhaften Garten. Der ganze Stolz seines begüterten Besitzers. Von außen sah man lediglich Mauern und die schmalen Schlitze der Fenster.

Während Kebos auf seinen Vater wartete, schweifte sein Blick ein wenig abwesend über den blauen und weißen Lotus. Er registrierte irritiert das Plätschern im Wasserbecken und sah ungeduldig und nervös den vielen bunten Fischen in jenem Teich zu, den sein Vater ihm zum zehnten Geburtstag geschenkt hatte. Er seufzte tief. Wie oft war der Nil seither über die Ufer getreten!

Inmitten seiner Grübeleien hörte Kebos hinter sich die sonore Stimme seines Vaters. Chons, sein Vater, umarmte ihn und nahm neben ihm auf der Bank Platz. Kebos berichtete zunächst voller Begeisterung seinem Vater von der Genesung Imaras.

Dankte ihm von Herzen für seine Fürsorge und die Mixtur, die offenbar geholfen hatte. Doch dann stockte sein Redefluss.

Sein Vater, ein eleganter, großer Mann, kahlgeschoren wie ein Priester, mit durchdringenden, jungen braunen Augen, schaute prüfend in das Gesicht seines Sohnes: „Was ist es, das Dir bei all Deiner Freude über Imaras Genesung am Herzen liegt? Ich spüre eine Unruhe in Dir, mein Sohn!"

„Vater, über all dem Glück, dass meine geliebte Frau nicht sterben musste, liegt ein dunkler Schatten."

„Ein dunkler Schatten? Sprich: Was ist es?!"

Zögernd antwortete Kebos: „Imara hat ihr Gedächtnis verloren! Sie weiß nicht, wer sie ist, wo sie ist, und sie erkennt mich nicht. Ihre Erinnerungen an Vergangenes scheinen wie ausgelöscht. Ich weiß nicht, was ich tun soll! Bitte, hilf mir!"

Chons war ein sehr weiser Mann und so fand er auch die richtigen Worte: „Du weißt, Kebos, sie war schon fast im Tal der Toten und ist wieder zu Dir zurückgekehrt. Glaube mir, das war nicht leicht für sie. Lass ihr Zeit, so viel Zeit, wie sie braucht, um wieder in diese Welt einzutauchen. Geduld sei Dein oberstes Gebot! Und bitte Gott Amun um seinen Rat. Hast Du schon seinen Altar besucht und ihm für die Genesung gedankt?"

„Ja, Vater, das habe ich. Ich werde Deinen Rat befolgen und mich in Geduld fassen. Bitte, sage vorläufig nichts zu Mutter darüber. Ich möchte nicht, dass sie sich beunruhigt. Sobald Imara das Bett verlassen kann und die Ausgangssperre aufgehoben ist, bitte ich Euch zu mir, um unser Mahl mit uns zu teilen. Ich danke Dir Vater."

Und mit diesen Worten verabschiedete sich Kebos, umarmte seinen Vater und verließ sein Elternhaus, ein wenig ruhiger als bei seiner Ankunft.

Als er bei seinem Haus ankam, teilte ihm Amun, sein persönlicher Vertrauter, der nach dem großen Gott benannt war, mit, dass Imara immer noch schlief: „Den Schlaf der Genesung, Herr! Wir sind alle sehr glücklich! Warten wir bis morgen und lassen wir sie schlafen! Wenn Ihr wollt, lasse ich ein Bad für Euch herrichten, Herr, denn die Straßen sind sehr staubig!"

Amun war schon sehr alt und niemand wusste, woher er kam. Das einfache Gesinde munkelte, dass er dem Nil entsprungen sei. Aber das war vermutlich nur Getratsche. Jedenfalls war Amun schon an Kebos' Seite gewesen, als dieser geboren worden war, und hatte ihn danach nie mehr verlassen. Kebos hörte auf seinen Rat.

„Ja, Amun, das ist eine gute Idee! Das wird mich auch entspannen und beruhigen! Es war ein aufregender Tag!"

Und damit zog er sich in seine Räume zurück, um sich seiner Kleidung zu entledigen.

Anders als in den Häusern der ärmeren Schichten Thebens gab es im Hause Kebos' sogar zwei Badezimmer mit Fließwasser, denn es hatte einen eigenen Brunnen. In jedem Bad befand sich jeweils auch eine Toilette, ein einfacher Holzsitz auf Ziegelsteinen, unter dem ein mit Sand gefülltes Gefäß stand. Ein Diener übergoss seinen Herrn mit Wasser, wenn dieser sich erfrischen wollte. Das Wasser floss dann durch ein Rohr in der Badezimmerwand nach außen. Dort wurde es aufgefangen und zur Bewässerung des Gartens verwendet.

Die ärmere Bevölkerung badete im Nil oder in verschiedenen Kanälen.

Kebos genoss das Ritual der Reinigung und begab sich dann zur Ruhe, nicht ohne vorher noch bei Imara vorbeizuschauen. Sie lag bleich, aber entspannt in ihren Kissen. Baina schlief am Fußende des Bettes, Baruti, Imaras Hund, neben ihr. Er hob nicht einmal den Kopf, als Kebos das Zimmer betrat. Er war ein ägyptischer Tesem, ein mittelgroßer Rüde, sandfarben, mit spitzen Ohren, spitzer Schnauze und einem Ringelschwanz. Ein freundliches, aufgewecktes Tier, dem Imara sehr zugetan war.

Kebos drückte seiner Frau einen Kuss auf die Stirn und verließ den Raum, in dem sie seit dem Fieber untergebracht war.

Einmal mehr war er allein in seinem großen Bett. Seine Sehnsucht nach Imara war groß. Schon beim bloßen Gedanken an ihren zarten Körper, ihren persönlichen Duft geriet sein Blut in Wallung. Sein Körper signalisierte ihm das Verlangen nach ihr mehr als deutlich.

Er entspannte sich auf die gewohnte Weise, so wie es schon seine Ahnen gemacht hatten. Daran würde sich auch bei zukünftigen Generationen nichts ändern. Es war keine Schande im Alten Ägypten, seinen eigenen Körper zu bedienen.

Am nächsten Morgen überraschte ihn Amun, der um den Gedächtnisverlust Imaras wusste, mit der Nachricht, dass Imara aufgestanden sei und bereits einen Becher Milch und ein Stück Kuchen aus Erdmandeln zu sich genommen habe.

„Aber", und hier machte Amun eine Pause, „etwas Merkwürdiges ist mit ihr geschehen. Abgesehen davon, dass sie mich nicht erkannte, sind ihre Augen plötzlich – blau! Ich bin sehr erschrocken, Herr, aber ich habe mir nichts anmerken lassen. Was hat das wohl zu bedeuten?"

Amun wusste es sehr wohl, sagte aber nichts zu Kebos darüber. Es war also so weit: Der verärgerte Gott Ra hatte während der Krankheit einen bösen Geist in den Körper seiner Herrin geschickt, der ihren einst sanften braunen Augen dieses seltsame Blau verliehen hatte. Amun war in großer Sorge und musste etwas unternehmen.

„Wo ist Imara jetzt? Ich muss sofort zu ihr!"

„Sie ist im Garten, Herr. Soll ich Euch begleiten?"

„Nein, danke Amun, ich gehe allein zu ihr."

Als er den Garten betrat, sah er Imara am Rande des Brunnens stehen. Baina hatte ihr offenbar beim Ankleiden und Schminken geholfen. Sie trug ein weißes, schmales, langes und durchsichtiges Kleid, das den Blick auf ihre Brüste und ihre Scham erlaubte. Imara hatte sich zunächst gewehrt, dieses Kleid anzuziehen, aber Baina hatte ihr versichert, dass dies durchaus Mode sei. Im Gegensatz zu den Männern, deren Scham bedeckt war, war es bei den Frauen im Alten Ägypten üblich, ihren Körper derart zu zeigen. Ja, es sollte die Schönheit der Frau und ihre Sexualität besonders hervorheben.

Das Usekh-Kollier lag wie ein großer Kragen um Imaras Hals und war mit Perlen besetzt. Die Blüten in ihren Haaren bildeten einen Kranz um ihren Kopf. Sie war barfuß, so wie das im Hause üblich war, und trug einen Fußring.

Zum Ausgehen gab es Schuhe aus Leder, aber noch konnte sie das Haus nicht verlassen.

Kebos war hingerissen! Sie war wunderhübsch! Was hatte er doch für eine schöne, bezaubernde Frau! Er rief Imaras Namen – und als sie sich umdrehte, erschrak er.

Es war, wie Amun gesagt hatte: Ihre sanften braunen Augen hatten sich in strahlend blaue Augen verwandelt, die ihn ungläubig und erstaunt ansahen.

Was war geschehen? Er konnte es sich nicht erklären.

Imara selbst hatte sich am Morgen das erste Mal in dem Silberspiegel gesehen, den ihr Kebos einmal geschenkt hatte: eine hübsche, junge Frau mit großen blauen Augen und fast schwarzen Haaren, die ihr blasses Gesicht wie ein kleiner Helm umschlossen.

Sie hatte verzweifelt nach einer Erinnerung an Vergangenes in ihrem Gesicht gesucht.

Aber da war nichts. Absolut nichts!

Und jetzt stand dieser Mann vor ihr, der sich Kebos nannte, und starrte sie ungläubig an.

„Ich grüße Sie, Kebos. Ich fühle mich heute schon viel besser, obwohl ich mich nach wie vor an nichts erinnere. Wenigstens Ihren Namen habe ich seit gestern behalten."

Sie lächelte ihn wehmütig an. Obwohl ihm ihr Gesicht zunächst fremd vorkam, fand er die blauen Augen zu ihrem dunklen Haar sehr reizvoll. Die schwarze Augenschminke unterstrich noch zusätzlich den Kontrast. Baina hatte ganze Arbeit geleistet.

Und letzten Endes: Auch mit ihren blauen Augen war Imara schließlich seine Frau! Er würde sich schon daran gewöhnen.

Kebos beschloss, seinen Vater auch diesbezüglich zu Rate zu ziehen.

Vielleicht waren es die Arzneien, die Imaras Augenfarbe verändert hatten? Vielleicht war es eine göttliche Fügung, ein Wink der Götter. Wer wusste das schon? Vielleicht der Hohepriester im großen Tempel von Theben? Schließlich wurden der Farbe Blau lebensspendende Eigenschaften nachgesagt! War Blau nicht die Farbe des Kosmos? Das tiefe Blau des Wassers die Farbe des Lebens? Und das Blau des Himmels die Farbe des Göttlichen? Wer kannte schon die Wege und Absichten des großen Gottes Amun?

„Imara, Liebes! Ich bin Dein Ehemann, auch wenn Du Dich an nichts erinnerst. Bitte, lass das ‚Sie' und verwende das vertraute ‚Du', wenn Du kannst, ich bitte Dich darum!"

Imara nickte zustimmend. Das würde ihr nicht schwerfallen und ihm Freude bereiten. Sie begann sich langsam an seinen Anblick zu gewöhnen. Bis jetzt waren ihr ja nur Kebos, Baina und der kleine Hund, der ein wenig wie ein Windspiel aussah und den Baina Baruti nannte, begegnet. Der kleine Kerl hatte zuerst am Saum ihres Kleides geschnüffelt, den Schwanz eingezogen und sich dann getrollt. Vielleicht haftete noch der Geruch des Fiebers an ihr? Doch wenn sie, wie Kebos sagte, in dieses Haus gehörte, dann müsste ja auch Baruti sie erkennen, so wie die anderen.

Auch der alte Mann, der ihr heute Morgen auf dem Weg in den Garten begegnet war, Amun mit Namen, war nicht sehr freundlich zu ihr gewesen. Nachdem er sie eine Weile angestarrt hatte, war er kopfschüttelnd im Haus verschwunden.

Sie konnte sich das alles nicht erklären und war darüber sehr unglücklich.

„Kebos, wenn Du wirklich mein Mann bist, so, bitte, hilf mir, mein Gedächtnis wiederzufinden. Ich bin sehr unglücklich darüber, dass ich nicht mehr weiß, wer ich bin, mich an Dich nicht erinnern kann und an überhaupt gar nichts rund um mich herum. Bitte, hilf mir!"

Sie sagte das so flehentlich und Tränen standen in ihren Augen, dass Kebos nicht anders konnte: Er nahm sie in seine Arme. Sie ließ es, leicht widerstrebend, geschehen. Er war ihr fremd, aber seine Umarmung hatte für sie etwas Tröstliches, Beruhigendes. Einen Lidschlag lang fühlte sie sich geborgen. Als Kebos Imara in den Armen hielt, spürte er wieder das heiße Verlangen nach seiner Frau.

Aber er unterdrückte seine Begierde, die Worte seines Vaters bedenkend: „Geduld sei Dein oberstes Gebot!"

Er durfte jetzt keine Fehler machen, wollte er sie in seine Welt zurückholen. Er dachte an die Zeit, als er um Imara geworben hatte, bevor sie seine Frau geworden war. Sollte sich das wiederholen?

Vielleicht war es der Wille der Götter. Kebos nahm sich vor, nichts unversucht zu lassen, behutsam vorzugehen und Imara keinesfalls zu bedrängen.

Es würde ihm nicht leichtfallen, das wusste er. Er war noch keine zwanzig Jahre alt und auch noch nicht lange verheiratet. Er war heißblütig, leidenschaftlich und hatte eine wunderschöne junge Frau, die erst siebzehn war und die er abgöttisch liebte und begehrte.

Sein Plan sah so aus: Er würde ihr zunächst das Haus zeigen, ihr die einzelnen Diener vorstellen, ihr von ihren Eltern erzählen. Vielleicht würde das ihrem Gedächtnis auf die Sprünge helfen. Vielleicht erkannte sie das eine oder andere Zimmer, irgendeinen Gegenstand, der sie in die Gegenwart zurückbrachte, zu ihm!

Noch konnten seine Eltern ihn nicht gemeinsam besuchen. Die Wächter kontrollierten nach wie vor die Straßen. Und so nützte Kebos den „Hausarrest", um Imara auf dem Weg in seine Welt behilflich zu sein, so gut er eben konnte.

„Komm, Imara! Komm mit mir! Ich möchte Dir gerne unser Haus zeigen! Vielleicht erinnert Dich irgendetwas an die Vergangenheit. Bist Du damit einverstanden?"

Imara nickte zustimmend. Was sollte sie auch anderes machen?

Es musste einen Weg geben, ihr Gedächtnis wiederzufinden. Vielleicht war das ein Anfang.

Die alte Königsstadt Theben, die „Hunderttorige", war von solchen Ausmaßen, dass kein Thebaner es schaffte, in seinem Leben die ganze Stadt zu erfassen. Ein Gewirr von Straßen, engen Durchgängen und Sackgassen erschwerte zusätzlich die Überschaubarkeit dieser großen Stadt. Je nach sozialem Stand blieben die Bewohner unter sich, in ihrem Viertel, dort kannten sie sich aus und dort befanden sich auch ihre Märkte, Werkstätten und Kneipen.

Nur der große Tempel von Karnak war allen Thebanern gleichermaßen bekannt und das wichtigste Zentrum für sie. Jeder von ihnen verließ gelegentlich seinen Wohnbezirk, um den Tempel aufzusuchen, um an den Festumzügen für die Götter teilzunehmen oder um einen Arzt im Tempel zu Rate zu ziehen, falls in der eigenen Nachbarschaft keiner zu finden war.

Im Allgemeinen bauten die Menschen ihre Häuser dorthin, wo gerade noch Platz war und wie es ihrem Stand entsprach. Aus Platzmangel wurden oft auf dem eigenen Haus noch weitere Stockwerke errichtet, ebenso auf Überresten alter Häuser neue gebaut, sodass diese dadurch etwas höher lagen.

Die Fellachen wohnten in Hütten im Sumpfgebiet des Nils und litten unter Insekten und Ungeziefer.

Die Oberschicht Thebens konnte sich Besseres leisten. So auch Kebos, seine Eltern und seine Freunde.

Kebos' Anwesen lag auf einem Hügel, weit über dem normalen Hochwasserstand des Nils. Vom flachen Dach des Haupthauses konnte man auf den Nil schauen und in das Totenreich, ins Tal der Könige, das auf der anderen Seite des heiligen Flusses lag. Drei Treppen führten von außen auf das Dach. Es war ein begehrter Platz während der heißen Jahreszeit: Man traf sich dort am Abend zum geselligen Beisammensein und wenn die Hitze unerträglich wurde, schlief man auch dort.

Im Unterschied zu seinem Elternhaus war Kebos' Anwesen größer und anders angelegt. Das Haupthaus stand mitten im Garten und dieser war von einer hohen Mauer umgeben. Um sich vor der heißen Sonne und neugierigen Blicken zu schützen, waren die Fenster des Hauses sehr klein und hoch oben in den Räumen angebracht, was eine dämmrige Atmosphäre erzeugte. Lüftungslöcher fingen den kühlen Nordwind ein, den göttlichen Atem Atums, des Gottes der Abendsonne.

Innerhalb der Mauer befanden sich verschiedene Nebengebäude, wie die Stallungen, ein kleiner Tempel, das Gästehaus, das Pförtnerhaus und die Wohnungen der Bediensteten, die ein eigenes Tor zur Straße hatten.

Im Haus der Diener war auch die Weberei untergebracht, in der das Leinen für die Tücher und die Kleider der Herrschaft hergestellt wurde. Das war in den Häusern der Oberschicht Tradition. Auch Kebos' Eltern legten großen Wert darauf, nur Leinen aus dem eigenen Haus zu verwenden.

Kebos verließ mit Imara den Garten und begab sich mit ihr in den kleinen Tempel, der Gott Amun gewidmet war. Vor der Steinstatue des Gottes waren kleine Schälchen aufgestellt, in denen sich frische, erlesene Speisen befanden.

Der Duft von zahlreichen Blüten, die überall verstreut lagen, erfüllte den dunklen Raum. Und es roch intensiv nach Weihrauch und Myrrhe.

Imara wurde fast schwindlig von den vielen verschiedenen Gerüchen: „Bitte, Kebos, ich muss wieder ins Freie. Mein Kopf dröhnt und die vielen Gerüche verwirren mich."

Kebos führte seine Frau wieder hinaus in den Garten, in die Sonne.

Auch hier duftete es nach Blumen und Blüten, aber es war ein angenehmerer Duft unter dem freien Himmel als in dem kleinen, dunklen Raum. Vögel sangen ihre Lieder in den Bäumen, Lauben und weinbewachsene Pergolen aus Papyrusstängeln spendeten Schatten.

Imara war von dem Garten bezaubert! Sie hatte von dem Anwesen noch nicht viel gesehen, aber sie fühlte, dass dieser Garten ihr Lieblingsplatz werden würde.

Was sie nicht sah, war jener Teil, der dem Gesinde vorbehalten war: Hinter einer hohen Wacholderhecke befanden sich der Gemüse- und Obstgarten. Verschiedene Sorten, wie Kürbisse, Zwiebeln, Lauch und Gurken, waren dort angebaut. Es gab auch Granatäpfel, Sykomorenfeigen und Datteln, die sowohl frisch als auch getrocknet verzehrt wurden. Ein Johannisbrotbaum stand nahe der Mauer. Das Küchenpersonal war dafür zuständig, pflegte und erntete, was der Garten hergab, um damit den Speiseplan der Familie zu bereichern. In einer Ecke des Gemüsegartens befand sich auch die Hütte mit der Vorratskammer.

Kebos setzte seine Besichtigungstour mit Imara fort. Er nahm sie an der Hand, sie ließ ihn gewähren und wieder strömte ein Gefühl der Begierde durch seinen Körper. Imara musste es gefühlt haben, denn sie schaute verlegen zu Boden und ihr Gesicht wurde von einer hellen Röte überzogen. Sie, die diesen Mann nicht kannte, ihn noch nie gesehen hatte, empfand ein seltsames, aber nicht unangenehmes Gefühl bei seiner Berührung.

Sie waren bereits im Haupthaus angelangt. Im Vorraum, rechts neben dem Eingang, führte eine Treppe nach unten in einen kleinen Raum, in dessen Boden eine Falltüre zum Keller angebracht war. Kebos erklärte, dass dort die wichtigsten und wertvollsten Güter aufbewahrt wurden.

Eine andere Treppe, schräg vis-à-vis vom Eingang, führte hinauf in den größten Raum des Hauses: in die Empfangshalle. Die Decke dort war höher, bestand aus Palmholz und Stroh und wurde von zwei Liliensäulen gestützt. Hier befanden sich Götterschreine und Nischen in den Wänden, vor denen geopfert wurde. In der Mitte war ein Podest aus Lehmziegeln angebracht, auf dem zwei aus Holz geschnitzte Stühle, mit Silber beschlagen, standen.

„Siehst Du, hier empfangen wir unsere Gäste. Kannst Du Dich an irgendetwas in diesem Raum erinnern? Bitte, versuche es! Erkennst Du die Tücher aus buntem Leinen an den Wänden oder irgendetwas anderes?"

Imara verneinte traurig. Es war ein wunderschöner Raum, aber sie sah ihn zum ersten Mal.

„Bevor ich Dir unsere gemeinsamen Gemächer zeige, bringe ich Dich noch in die Küche. Dort wird sich im Moment ein Großteil der Dienerschaft aufhalten, um unser Mahl zuzubereiten. Vielleicht erkennst Du dort jemand?"

Sie verließen das Haupthaus und gingen durch den Garten zur Küche. Sie war in einem eigenen Gebäude untergebracht. In einer Ecke befand sich ein Mahlstein, auf einer Seite ein kleiner Ofen zum Brotbacken und auf der gegenüberliegenden Seite gab es zwei gemauerte Feuerstellen zum Grillen und Kochen. In der Mitte stand ein großer Steintisch. Die Küche hatte kein Dach, weil ja das Essen auf offenem Feuer gekocht wurde. Es wäre zu gefährlich gewesen.

Es herrschte große Betriebsamkeit! Neben den vielen Menschen, die Imara nicht kannte, sah sie auch Baina, die sich offenbar höchstpersönlich um Imaras Speisen kümmerte. Baruti war an ihrer Seite.

Imara grüßte zaghaft die Menschen, die sie ungläubig anstarrten, dann aber den Gruß erwiderten. Sie wollte auch Baruti streicheln, aber er wich ihr aus und versteckte sich hinter Baina.

Da gab ihr Baina ein Stück von der Wachtel, die gerade zubereitet wurde: „Herrin, hier, gebt ihm dieses Stückchen! Baruti liebt Wachteln und er wird nicht widerstehen können. Er ist sicherlich noch verwirrt, weil Ihr so lange geschlafen habt und er mit Euch nicht spielen durfte!"

Imara nahm das kleine Stück zwischen die Finger und beugte sich zu Baruti hinunter. Er kam sehr langsam aus seinem Versteck hinter Baina hervor, wedelte ein wenig mit seinem Ringelschwanz, sein Hals wurde ganz lang und dann schnüffelte er vorsichtig an dem Teilchen und nahm es behutsam zwischen die Zähne, ohne Imaras Finger zu berühren. Genüsslich verschlang er den Leckerbissen. Offenbar auf den Geschmack gekommen, ging er nochmals auf Imara zu, dieses Mal wesentlich forscher und selbstbewusster, und tapste sie mit seiner rechten Vorderpfote an.

Das hieß eindeutig: „Mehr davon!"

Er legte die Stirn in Falten und schaute dabei mit seinen schwarzen Augen so drollig zu Imara hinauf, dass diese, das erste Mal seit ihrem Erwachen, herzlich lachen musste. Offenbar war es ein ansteckendes Lachen, denn plötzlich war die ganze Küche auch vom Lachen der Dienerschaft erfüllt! Es war eine bezaubernde kleine Szene, die fürs Erste das Eis gebrochen hatte.

Kebos spürte so etwas wie einen Anflug von Glück, einen Hoffnungsschimmer. „Bitte, Amun, schicke mir Imaras Seele im Herzen wieder für immer zurück!“, sagte er zu sich selbst.

Er nahm vorsichtig Imaras Hand – sie zögerte kurz, ließ es aber zu – und dann verließen sie beide Hand in Hand die Küche.

„Meine Liebe, jetzt zeige ich Dir unseren Festsaal, in dem wir unsere Gäste bewirten!“

Und Kebos ging mit Imara wieder zurück ins Haupthaus, in den großen Empfangsraum. Von dort führte er seine Frau in den Festsaal, mit geflochtenen Matten auf dem Boden, vielen kleinen Tischen aus Holz mit Tischplatten aus Kalzit-Alabaster und kunstvoll geschnitzten Holzsesseln. Sie waren im Halbkreis verteilt, sodass sich dadurch eine freie Fläche ergab.

„Hier speisen wir mit unseren Gästen. Wenn wir allein sein wollen, bleiben wir in unserem privaten Esszimmer, das ich Dir gleich zeigen werde.“

„Warum sind die Tische und Stühle nicht im ganzen Raum verteilt?“, fragte Imara interessiert. Sie fühlte sich trotz ihres Gedächtnisverlustes schon ein wenig sicherer an der Seite dieses Mannes, der sie so freundlich und liebevoll behandelte.

„Hier tanzen manchmal junge Mädchen zu Harfenklängen, um unsere Gäste zu unterhalten.“

Im Festsaal gab es zwei Türen. Kebos öffnete eine davon und deutete flüchtig in einen Raum, den er sein Studierzimmer nannte. Imara konnte nur einen kurzen Blick in dieses Zimmer werfen. Verschiedene Gerüche von Kräutern und unbekannten Essenzen erfüllten kurzfristig die Luft. Dieser Raum war offensichtlich nicht für sie gedacht.

Als Kebos die zweite Türe öffnete, war Imara überrascht von der Pracht, die sich ihr darbot. Die Wände waren kunstvoll bemalt und wunderschön. Unter einem blauen Himmel mit kleinen weißen Wölkchen prangten Blumen, bunte Vögel, Ranken und zierliche Girlanden. Pastellfarbene Tücher aus Leinen hingen an der schmäleren Seite des Raumes von der Decke und bewegten sich sachte beim geringsten Lufthauch. Vier wunderschön gefertigte Truhen aus Holz, mit glänzenden Edelsteinen und poliertem Silber verziert, standen an den Wänden. Sie waren mit weißem und buntem Leinen, schmalen Kleidern und Umhängen gefüllt: Imaras und Kebos' Gewänder, sorgfältig sortiert und von den Dienern in Ordnung gehalten. Frische Blumen waren kunstvoll in großen Tongefäßen angeordnet, in kleinen Schalen gloste Weihrauch und verbreitete seinen unverkennbaren Duft. In der Mitte des Raumes stand auf einem hohen Podest ein riesiges Bett, ein Himmelbett, von Moskitonetzen umhüllt.

„Das ist unser gemeinsames Schlafzimmer."

Es entstand eine peinliche Pause.

Kebos wagte es nicht, Imara anzuschauen. Sie hatte ihm ihre Hand entzogen und war ein wenig von ihm zurückgewichen.

„Ich ... ich“, stammelte sie, „ich möchte, bitte, in dem kleinen Zimmer bleiben, in dem ich so lange geschlafen habe. Wenn es möglich ist!“, fügte sie noch ganz leise hinzu, in der Hoffnung, ihr Wunsch würde respektiert. Schließlich war sie diesem Mann ausgeliefert und auf sein Wohlwollen angewiesen.

„Du kannst in Deinem Zimmer bleiben, solange Du willst!“, antwortete Kebos kurz. Der kleine Hoffnungsschimmer von vorhin verschwand im Nichts.

Etwas missmutig zeigte er Imara ihr eigenes Bad. Ihren eigenen Salbungsraum! Ein großer Steintisch war übersät von Kosmetiktöpfchen, Schminkpaletten, Pinzetten, silbernen Spiegeln, Körperpflegemitteln, wie rotem Natron, ägyptischem Salz und Honig. Weihrauch, Myrrhe und Alaun waren ebenso hier zu finden wie die Kyphi-Tabletten gegen schlechten Atem!

Imaras Augen wurden noch größer! Das war ihr Bad? Anders als dieses wirkte das Badezimmer von Kebos nahezu puritanisch, mit Waschbecken, Waschplatz und Toilette. Große Tücher waren allerdings in beiden zu finden.

Nach der Besichtigung der Bäder gingen beide schweigend durch das Schlafzimmer und dann noch durch das private Esszimmer wieder zurück in die Empfangshalle. Vom Esszimmer führten Stufen auch direkt in den Garten. Das machte es den Dienern einfacher, von der Küche aus zu servieren, wenn Kebos mit seiner Frau allein speisen wollte.

Imaras Zimmer, in dem sie seit dem Fieber untergebracht war, lag direkt neben dem Vorraum zur Empfangshalle, vis-à-vis der kleinen Treppe zum Keller. Wegen der großen Ansteckungsgefahr war sie in diesen isolierten Raum gebracht worden, der normalerweise leer stand.

Und dort wollte sie auch bis auf weiteres bleiben!

Kebos konnte es nicht fassen, aber einmal mehr fielen ihm die Worte seines Vaters ein: „Geduld sei Dein oberstes Gebot!“

Er durfte sie nicht bedrängen! Dabei kannte er ihr leidenschaftliches Wesen, wusste, wie er ihr Lust bereiten konnte und sie ihm! Er erinnerte sich schmerzlich an die Glücksgefühle, die sie ihm bescherte, wenn sie sein Geschlecht mit ihren Lippen liebkoste, und welche Freude er daran hatte, ihre Scham wie eine Blüte zu öffnen, um die kleine, so sensible Perle mit seiner Zunge zu umkreisen! Er glaubte fast, ihre kurzen, erregten Schreie zu hören, die ihn so beglückten, wenn sie ihren Höhepunkt erreichte!

Ach, wie lange war das her und wie lange würde er das alles noch vermissen müssen!

Imara sah, dass Kebos ungehalten war, aber sie konnte es nicht ändern.

Er tat ihr leid, denn es war ja nicht seine Schuld, dass sie ihr Gedächtnis verloren hatte. Aber wie konnte sie ihm helfen? Auf keinen Fall würde sie mit ihm, einem fremden Mann, das Bett teilen, auch wenn dieser behauptete, er wäre ihr Ehemann, und sie ihn sogar anziehend fand. Sie war verwirrt, verzweifelt und sehr unglücklich!

In der Empfangshalle trafen die beiden Amun, der seinen Herrn zur Seite nahm, nicht ohne vorher Imara ehrerbietig zu grüßen. Sein Gruß war nicht aufrichtig, aber es blieb ihm nichts anderes übrig, als sein Gesicht zu wahren.

Imara mit ihren blauen Augen bedeutete eine große Gefahr für alle. Er musste etwas unternehmen. Und er musste rasch handeln, sonst würde es vielleicht zu spät sein! Nur wie und wann?

„Herr, Euer Vater ist gekommen. Er wartet im Garten auf Euch. Er weiß Bescheid, was Eure Frau betrifft. Falls Ihr die Absicht habt, gemeinsam mit Eurem Vater zu speisen, lasst es mich, bitte, wissen, damit ich die Küche informieren kann."

„Danke Amun! Ich werde Vater fragen, was er vorhat, dann gebe ich dir Bescheid. Inzwischen sorge für kühle Getränke. Es ist heute wieder besonders heiß!"

Und damit verließ er Amun und ging mit Imara in den Garten zurück.

Amun eilte in die Küche, um sich um die Getränke zu kümmern.

Chons, Kebos' Vater, saß in einer der weinbewachsenen Pergolen aus Papyrusstängeln und las in einer der Schriften, die er mitgebracht hatte.

Für ihn, den gebildeten Arzt, eine Selbstverständlichkeit.

Für viele andere Menschen im Land ein kaum erreichbares Privileg. Denn Lesen und Schreiben war nur der Oberschicht vorbehalten. Den Kindern der ärmeren Schichten blieb dieses Wissen verschlossen. Sie mussten ihren Eltern bei der Arbeit auf den Feldern oder in den Handwerksbetrieben helfen und blieben ihr Leben lang Analphabeten. Auch deshalb, weil sich die Ägypter von der Geburt bis zum Tode immer in derselben Gesellschaftsschicht bewegten. „Mischehen" waren die Ausnahme und äußerst selten.

Kebos begrüßte seinen Vater, der die Schriften beiseitelegte und seinen Sohn umarmte. Imara blieb im Hintergrund, doch Chons holte sie an seine Seite. Er verzog keine Miene, als er Imaras blaue Augen sah. Auch er wusste um das Geheimnis dieser Veränderung, war selbst davon am meisten betroffen, wollte aber seinen Sohn nicht beunruhigen. Die Zeit würde kommen, in der Kebos die traurige Wahrheit erfahren musste.

„Meine liebe Imara! Ich weiß, Deine Erinnerungen sind ausgelöscht und Du erkennst mich nicht. Ich bin Chons, Dein Schwiegervater! Meine Frau, Deine Schwiegermutter, heißt Nefertari, und sobald das Ausgehverbot aufgehoben ist, wirst Du auch sie kennenlernen. Von neuem kennenlernen, muss es wohl heißen, meine Liebe! Ich weiß, wie unglücklich Du bist, aber Gott Amun wird Dir Deine Erinnerungen zurückgeben, da bin ich ganz sicher. Seine Wege sind verschlungen und nur er weiß, warum Dir das geschieht."

Chons wusste es allerdings auch, aber das konnte er nicht sagen. Er liebte seine Schwiegertochter. War sie doch seinem Sohn immer eine liebende und treue Frau gewesen. Und das würde eines Tages wieder so sein, hoffte er. Chons umarmte Imara.

Sie ließ es geschehen, hatte sie ihn doch sofort sympathisch gefunden! Wenn das wirklich ihre Familie war, so hatte sie großes Glück, dachte sie insgeheim.

Wer auch immer Gott Amun war: Wenn er so wichtig und mächtig war, wie alle sagten, warum half er ihr nicht in ihrem großen Kummer?

Was hatte dieser Gott mit ihr vor? Warum ließ er das geschehen? War er denn ein grausamer Gott? Welche Rolle hatte er ihr zugedacht und warum?

Fragen über Fragen, auf die sie keine Antwort wusste.

Kebos bat seinen Vater um eine kurze Unterredung unter vier Augen und sagte zu Imara: „Ich bitte Dich um Verständnis, aber ich habe einige medizinische Angelegenheiten mit meinem Vater zu besprechen, die Dich nur langweilen würden.

Bitte warte auf mich in dieser Pergola, bis ich wieder zurück bin."

Und, seinem Vater zugewandt: „Möchtest Du mit uns speisen oder wartet Mutter auf Dich?"

„Nein, Kebos, Deine Mutter wartet heute nicht auf mich. Sie hat sich in ihre Gemächer zurückgezogen, um mit Gott Amun Zwiesprache zu halten. Wegen der Ausgangssperre kann sie den Tempel nicht besuchen und bringt ihre Opfer im Hause dar. Dabei will sie nicht gestört werden, was ich verstehe. Ich werde also mit euch speisen."

Und damit ließen sie Imara allein.

Nach kurzer Zeit kam Baina mit den Getränken, Baruti an ihrer Seite hin und her hüpfend.

„Amun schickt mich, Herrin! Ist das recht so?"

„Ja, Baina. Ich danke dir. Bitte stell die Becher hier auf den Steintisch. Kebos und sein Vater werden gleich wieder hier sein. Und – Baina – gib bitte in der Küche Bescheid, dass Kebos' Vater", sie vermied die Bezeichnung Schwiegervater, „also, dass Kebos' Vater mit uns speisen wird. Beeil dich!"

Imara war über sich selbst erstaunt! Hatte sie nicht soeben wie die Herrin des Hauses agiert? Vielleicht begann ihr Unterbewusstsein langsam Signale an die Oberfläche zu senden? Es wäre zu schön!

Zu ihrer Freude blieb diesmal Baruti bei ihr. Sie hatte das lebhafte Tier bereits ins Herz geschlossen. Sie kraulte Baruti ganz leicht hinter dem linken Ohr, was ihm offenbar sehr gefiel, und dann legte er sich mit einem zufriedenen Seufzer zu ihren Füßen und schlief ein.

Imara dachte über sich und Kebos nach. Falls er wirklich ihr Ehemann war: Wo und wie hatten sie einander kennengelernt? Hatte sie ihn geliebt und liebte er sie? Wo waren die Gefühle für ihn? Waren sie für immer ausgelöscht, so wie alles andere in ihrem Gedächtnis?

Sie beschloss, Kebos zu bitten, ihr von der Zeit vor ihrem Fieber zu erzählen. Vielleicht gab es darin Anhaltspunkte für eine Wiederkehr ihrer verlorenen Bilder?

Sie musste sich bemühen, diesem Mann zu vertrauen. Sie hatte keine andere Wahl. Aber noch war es nicht so weit!

Ja, sie fand sein Aussehen anziehend, auch sein heiteres Wesen, sein bubenhaftes Auftreten, und auch seine Ernsthaftigkeit und Kompetenz gefielen ihr. Offenbar hatte sie keine schlechte Wahl getroffen, als sie ihn zum Mann genommen hatte!

Aber wie lange war das her? Wie alt war Kebos eigentlich? Und wie alt war sie selbst?

Auch musste sie herausfinden, wer ihre Eltern waren. Bis jetzt hatte sie Kebos mit keinem Wort erwähnt! Waren sie tot, waren sie am Leben? Waren sie angesehene Leute? Welchen Beruf hatte ihr Vater? Und vor allem: Falls sie lebten, wo waren sie? Sorgten sie sich denn nicht um ihre kranke

Tochter? Hatte sie Geschwister und falls ja, wer und wo waren diese?

Imaras Wangen hatten sich bei ihren Überlegungen leicht gerötet.

Sie war innerlich sehr aufgewühlt und so fand sie auch Kebos, als er mit seinem Vater zurück in die Pergola kam.

„Was ist passiert, Imara? Du glühst ja! Um Amuns willen, Du hast doch nicht wieder Fieber? Vater, bitte!"

Chons nahm Imaras Hand und sagte: „Nein, Kebos, Imara hat kein Fieber. Vermutlich hat sie sich nur angestrengt, ihre Erinnerungen zurückzuholen. Mach Dir keine Sorgen, Deine Frau ist wieder gesund. Glaube mir!"

Imara wusste, dass Chons recht hatte, und sagte zu Kebos: „Kebos, ich bitte Dich um einen Gefallen! Nimm Dir Zeit, mit mir über mein vergangenes Leben zu reden. Erzähle mir von früher! Es ist sehr wichtig für mich." Hier zögerte sie und fügte hinzu: „Für uns!"

„Nichts lieber als das, Imara! Nichts lieber als das!"

Und dabei strahlte Kebos über das ganze Gesicht.

„Lass uns damit nach dem Essen beginnen, wenn Vater uns wieder verlassen hat. Außer Du bist dann zu müde dafür. Bedenke, es ist der erste Tag Deiner Genesung!"

Ja, es war ihr erster Tag nach dem Fieber! Mehr noch! Es war ja überhaupt ihr allererster Tag in diesem Haus, und doch hatte sie seltsamerweise das Gefühl, als seien schon Wochen vergangen! Was geschah mit ihr? War das ein gutes Zeichen? Würde der Zustand der Dunkelheit über Vergangenem bald zu Ende sein?

Fragen, Fragen, Fragen!

Es war ein anstrengender Tag mit all den neuen Eindrücken und Bildern. Sie spürte plötzlich eine bleierne Müdigkeit. In ihrem Kopf schwirrten die Gedanken durcheinander, sie musste sich ausruhen, neue Kräfte sammeln.

„Ja, Kebos, Du hast recht! Dieser Tag war bis jetzt sehr aufregend und ermüdend für mich. Mein Kopf droht zu zerplatzen! Ich werde mich nach dem Mahl zurückziehen und mich ein wenig ausruhen. Ich muss die Eindrücke dieses Tages erst verarbeiten."

Inzwischen hatten Diener den großen Tisch in der Laube beim Teich gedeckt und Imara, Kebos und Chons setzten sich. Allerlei Köstlichkeiten warteten darauf, verspeist zu werden: gebratene Wachteln, gedünstete Feigen als Beilage, Taubenragout, frisch gebackenes Brot und als Nachspeise kleine, runde Honigkuchen. Alles war höchst appetitlich angerichtet, in kleinen Schalen aus Ton und in Fayencegefäßen. Und es gab für jeden eine eigene Fingerschale, um sich nach dem Mahl zu reinigen. In einem tönernen Krug wartete selbst gekelterter Wein darauf, genossen zu werden.

Imara wollte lieber Wasser, das sofort gebracht wurde.

Chons und Kebos aßen schweigend und es kam Imara vor, als wäre Chons besonders nachdenklich. Irgendetwas bedrückte ihn, das konnte sie spüren. Aber sie wagte es nicht, ihn darauf anzusprechen.

Vielleicht war er nur erschöpft, nachdem er so viele kranke Menschen betreut hatte.

Was Imara nicht wissen konnte: Das Gespräch zwischen Kebos und seinem Vater vor dem Mahl hatte sich einzig und allein um sie gedreht! Kebos wollte von Chons wissen, was es denn mit Imaras blauen Augen auf sich hätte. Er war sehr beunruhigt, befürchtete einen möglichen Fluch der Götter und bat seinen Vater, ihm zu sagen, ob Imara deshalb sterben müsse. Chons konnte ihm nicht die Wahrheit sagen, das musste er seiner Frau Nefertari überlassen. Es lag an ihr, ihrem Sohn die Wahrheit zu sagen, aber die Zeit dafür war noch nicht gekommen.

Und so bemühte sich Chons, seinen Sohn zu beruhigen: „Das hat vermutlich mit den Kräutern und mit den Mineralien zu tun, die ich in der Mischung gegen das Fieber verwendet habe. Bedenke: Es war auch fein zerstoßener Lapislazuli dabei. Daher die blaue Farbe! Sei also nicht beunruhigt, Kebos! Abgesehen davon“, fügte er scherzend hinzu, und es fiel ihm nicht leicht: „Imara sieht ja noch hübscher aus mit ihren blauen Augen!"

Er konnte seinem Sohn nicht sagen, dass vor allem für ihn, Chons, Imaras blaue Augen schwerwiegende Folgen haben würden.

Er hoffte inständig, es würde noch eine Weile dauern, bis das Unvermeidliche geschehen musste.

Nach dem gemeinsamen Mahl verabschiedete sich Imara, um in ihr Zimmer zu gehen. Den Weg kannte sie und so lehnte sie Kebos' Angebot, sie zu begleiten, dankend ab. Er sollte die Zeit mit seinem Vater genießen! Außerdem hatte sie ja Baruti, der nicht von ihrer Seite wich!

Auf dem Weg zum Haupthaus begegnete ihr Amun, der sie böse ansah und zischte: „Du weißt es nicht, aber so wie Du bist, bringst Du Unheil über dieses Haus. Geh, so rasch Du kannst, in den Tempel zu Karnak, sprich mit dem Hohepriester, damit er für Dich ein Opfer bringt und Gott Re Dir Deine braunen Augen wiedergibt! Und kein Wort davon zu Kebos! Er sorgt sich schon genug um Dich!"

Rasch entfernte sich der alte Mann. Offensichtlich hatte er auf sie gewartet, um mit ihr allein zu reden. Imara war sehr verstört!

Sie konnte doch nichts dafür, dass ihre Augen die Farbe gewechselt hatten. Sie verstand nicht, warum der alte Mann so feindselig gegen sie war. Sie hatte ihm ja nichts Böses getan. Ach, wenn sie sich nur an irgendetwas erinnern könnte!

Auf jeden Fall würde sie mit Kebos darüber reden, egal ob der alte Diener das wünschte oder nicht. Sie verstand auch nicht, warum Amun plötzlich von einem Gott Re sprach, wo doch sonst immer die Rede vom allmächtigen Gott Amun war? Von jenem Gott, nach dem der alte Diener benannt war.

Was hatte das alles zu bedeuten?

Als sie ihr Zimmer erreichte, war Baina schon da und hatte ihr das Lager bereitet. Diese junge Magd schien immer schon im Voraus Imaras Wege zu kennen. Stets war sie da, wenn man sie brauchte. Sie bewegte sich so lautlos wie ein warmer Sommerwind und überraschte Imara immer wieder mit ihrer Fürsorglichkeit und ihrem Weitblick. Imara mochte sie sehr.

Ihr Lager duftete angenehm, Baina hatte die Kissen parfümiert. Sie half Imara beim Auskleiden und legte die Tücher für die Nacht bereit. Noch war ja Tag und Imara dachte, sie würde nach ein paar Stunden Schlaf erfrischt erwachen. Erschöpft schlief sie ein, Baina und Baruti zu ihren Füßen.

Es war bereits mitten in der Nacht, alle schliefen, außer Amun, der sich unruhig auf seinem Lager hin und her wälzte. In seinem Kopf drehte sich alles um Imara! Sie musste weg! Am besten sofort! Es war ihm egal, was dann mit ihm geschehen würde,

Hauptsache, er konnte seinem geliebten Kebos Kummer ersparen.

Der alte Mann erhob sich von seinem Bett, wickelte sich sein Lendentuch um die Hüften und schlich in die Küche, um heißes Öl mit Giftkräutern zu mischen.

Er war fest entschlossen, diese Mixtur in Imaras Ohr zu träufeln und so Unheil zu verhindern. Er hatte von dieser Methode, jemand aus dem Weg zu räumen, schon einmal gehört. Und er wollte es riskieren.

Er musste sehr vorsichtig und leise sein, damit ihn niemand sehen und hören würde. Baina war kein Problem, sie schlief immer sehr fest, und Baruti würde auch nicht reagieren, kannte er doch Amun sein ganzes kleines Hundeleben lang.

Niemand war in der Küche, er traf in aller Ruhe seine Vorbereitungen. Von der Küche schlich er leise wie eine Katze durch den Garten bis zum Haupthaus. Auch hier kein Mensch!

Durch den Vorraum gelangte er in Imaras Zimmer. Es war stockdunkel, aber Amuns alte Augen waren an die Dunkelheit gewöhnt und er erkannte Imara auf ihrem Lager. Sie schlief tief und fest.

Und wie er ja schon angenommen hatte: Baina und Baruti schliefen ebenfalls.

Er stand dicht neben Imaras Bett, ihr Kopf lag von ihm abgewendet und ihr rechtes Ohr bot sich ihm geradezu dar. Schon wollte er die tödliche Flüssigkeit in ihr Ohr träufeln, als Imara sich im Schlaf umdrehte. Der alte Mann erschrak darüber so sehr, dass ihm die kleine Schale aus der Hand fiel. Das heiße, giftige Öl ergoss sich über Imaras rechte Seite. Sie war in der Sekunde hellwach und schrie vor Schmerz.

Amun stand für einen Moment wie gelähmt da. Lange genug, dass Imara seine Umrisse erkennen konnte. Dann rannte er in den Garten.

Baina war sofort aufgewacht, ebenso Baruti, der bellend herumsprang. Baina schrie um Hilfe und wenig später erschien Kebos, nur mit einem Lendenschurz bekleidet und mit einer brennenden Fackel in der Hand.

„Um Amuns willen! Was ist geschehen?"

Er sah seine Frau im flackernden Licht der Fackel, neben dem Bett, wie sie sich wimmernd vor Schmerzen krümmte. Er war sofort an ihrer Seite.

„Liebes, was ist geschehen? Was hast Du?"

Und dann sah er es. Das Tuch um ihren Leib war mit Öl getränkt und dampfte! Er riss es ihr vom Leib. Ihre rechte Brust war dunkelrot und verbrannt. Es bildeten sich bereits kleine Blasen!

Kebos war entsetzt! Er versuchte, seine wimmernde Frau zu beruhigen: „Ich mische Dir sofort eine lindernde Paste aus Kräutern, ich bin gleich wieder da!"

Und zu Baina gewandt, die weinend neben Imara stand: „Hast Du gesehen, wer das getan hat?"

„Nein, Herr! Es tut mir so leid, aber ich habe nichts gesehen und nichts gehört! Bitte, verzeiht mir!“, schluchzte sie.

Sie ging zu Imara, die unter Schock stand und jetzt nackt auf dem Bett saß, und nahm ihre Hand.

Baruti konnte sich gar nicht beruhigen. Er rannte aufgeregt hin und her und wusste offenbar nicht, zu wem er zuerst laufen sollte. Schließlich nahm ihn Kebos in den Garten mit. Er selbst eilte dann in die Küche, um aus verschiedenen Kräutern eine Paste gegen die Verbrennung zu mischen, so wie sein Vater es ihn gelehrt hatte. Er war so aufgebracht, dass er gar nicht bemerkte, dass in der offenen Feuerstelle noch Holz gloste.

Als er in Imaras Zimmer zurückkam, hatte sie sich schon etwas beruhigt, aber noch immer rannen Tränen über ihr Gesicht. Er versorgte die verbrannte Stelle auf ihrer rechten Brust, nahm frisches Leinen, das er wie einen Verband um ihren Oberkörper wickelte. Die kühle Paste brachte Imara sofort Erleichterung. Kebos half ihr vorsichtig ins Bett zurück und ordnete die Kissen so an, dass sie bequem auf dem Rücken liegen konnte. Jede andere Position wäre für sie zu schmerzhaft gewesen.

Imara lag blass und mit tränennassem Gesicht vor ihm.

„Meine geliebte Imara! Ich will Dich jetzt nicht zusätzlich quälen, es ist alles schlimm genug, aber weißt Du, wer Dir das angetan hat?“

Imara seufzte tief: „Es ist schrecklich und ich verstehe es nicht. Aber ich habe in der Dunkelheit die Umrisse Amuns erkannt! Er war es, ganz sicher! Warum hat er das getan? Kannst Du mir das erklären?"

Kebos traute seinen Ohren nicht! Hatte sie wirklich „Amun" gesagt, seinen treuen alten Diener gesehen?

„Bist Du ganz sicher, dass er es war, Liebes?"

„Ja, Kebos, so leid es mir tut. Es war Amun. Außerdem roch er nach Alaun! Das war ja das Erste, was mir an ihm aufgefallen ist, als ich ihn zum ersten Mal gesehen habe!"

Erschöpft schloss Imara die Augen und schlief ein.

Noch war Nacht, aber schon schickte Chepre, der Gott der Morgensonne, seine ersten Strahlen auf die Welt.

Kebos befahl Baina, auf keinen Fall den Raum zu verlassen, in dem Imara schlief, außer um ihn zu Hilfe zu holen, falls es Imara schlechter ginge.

Er selbst machte sich auf die Suche nach Amun.

Und er fand ihn im Garten unter einer Palme. Er hatte sich ein Messer in die Brust gerammt und lag im Sterben.

„Herr, verzeiht mir! Ich wollte Euch nur beschützen! Ein Fluch der Götter! Ich wollte … Ihr werdet … Ihr wisst nicht … "

Das waren seine letzten Worte und dann starb Amun, der treueste Gefährte von Kebos seit dessen

Geburt. Er nahm sein Geheimnis mit in den Tod. Seine Seele und die Chance auf ein ewiges Leben hatte er mit seiner Tat verwirkt. Er würde vor dem Totengericht nicht bestehen.

Kebos war zu verwirrt, zu zornig, zu traurig, um irgendeinen klaren Gedanken zu fassen. Er setzte sich auf eine Bank in der Nähe des Toten. Er war verzweifelt. Dort blieb er, bis die Sonne ihn fand.

Am Morgen herrschte große Aufregung unter den Bediensteten.

Nachdem sie Amuns Leiche entdeckt hatten, suchten sie ihren Herrn, um seinen Rat einzuholen. Dieser war so mit sich und seinen Gedanken beschäftigt, dass er zunächst auf die verstörten Fragen seines Gewandmeisters, den die anderen vorschickten, nicht reagierte. Schließlich befahl Kebos, die Leiche Amuns unverzüglich aus dem Garten zu entfernen und den Totengräbern zu übergeben. Er sollte im heißen Wüstensand vergraben werden. Ohne die üblichen Grabbeigaben. Es war ein unrühmlicher und endgültiger Abschied von dieser Welt.

Bei aller Liebe, die Kebos diesem alten Diener entgegengebracht hatte, er konnte ihm den Mordversuch an Imara nicht verzeihen.

Er eilte zu seiner Frau, um zu sehen, ob seine Behandlung ihre Schmerzen etwas lindern konnte. Als er den Raum betrat, in dem sich Imara aufhielt, sah er, dass sie, gestützt von Baina, bereits aufgestanden war. Sie war noch sehr schwach, aber sie wollte nicht mehr im Bett bleiben.

Sie hatte Sehnsucht nach frischer Luft, den Düften des Gartens, dem Gesang der Vögel. Sie fürchtete sich in dem dämmrigen Zimmer!

Kebos ließ ihr eine Liege im Garten aufstellen und setzte sich neben Imara auf einen Stuhl.

Sie sah ihn mit ihren blauen Augen flehentlich an und sagte: „Bitte, Kebos, erkläre mir, was das alles zu bedeuten hat! Warum hat Amun das getan? Hast Du mit ihm gesprochen? Was hat er gesagt? Ich verstehe das alles nicht! Bitte, sage mir, was Du weißt! Liegt es in meiner Vergangenheit, an die ich mich nicht erinnern kann? Ach, könnte ich mich nur an früher erinnern. Es ist so grausam! Ich verliere noch den Verstand!“

Und Kebos antwortete: „Amun ist tot, er hat sich selbst gerichtet. ‚Ich wollte Euch nur beschützen, Herr.‘ Das waren seine letzten Worte! Mich beschützen! Vor Dir! Das ist lächerlich. Ich glaube, der alte Mann ist verrückt geworden. Glaube mir, das hat alles nichts mit Dir zu tun! Ich wüsste es. Bitte, ruh Dich aus. Du brauchst jetzt Kraft, damit Deine Verbrennung rasch heilt. Ich lasse Dir eine stärkende Brühe bringen. Und, bitte, grüble nicht mehr vor Dich hin. Der Tag wird kommen, an dem Gott Amun Deine Erinnerungen wieder im Licht erstrahlen lässt.“

Er küsste Imara vorsichtig auf die Stirn, sie schaute verlegen zu Baina, und dann ging er in Richtung

Küche, um die Zubereitung von Imaras Speise zu überwachen.

Er selbst war nach diesen schrecklichen Ereignissen völlig verunsichert. Was ging in seinem Hause nur vor? Seit Imaras Genesung waren nicht einmal drei Tage vergangen und in dieser kurzen Zeit war so viel Unerklärliches und Unfassbares geschehen. Es war alles sehr verwirrend und rätselhaft für den jungen Mann! Er brauchte den Rat seiner Eltern.

Theben hatte große Verluste zu beklagen, viele Menschen waren an dem Fieber gestorben, aber die Lage normalisierte sich. Die Gefahr einer großen Seuche war gebannt. Ramses II. hob das Ausgehverbot auf, die Kaufleute, Handwerker und Händler waren glücklich, wieder ihren Geschäften nachgehen zu können. Die Diebe und Straßenräuber ebenfalls. Die dunklen, engen Gassen und das Gedränge auf den Märkten boten ideale Gelegenheiten, so manchen Menschen um ein wertvolles Amulett oder einen Sack Getreide zu erleichtern. Meistens kamen die Diebe im Gewirr der Menschenmenge davon. Wehe aber, einer wurde auf frischer Tat ertappt! Ihm war der Tod gewiss. Die Richter Thebens kannten kein Erbarmen und waren äußerst streng im Umgang mit Verbrechern.

Es war eine unruhige Zeit in Theben, aber eine noch größere Unruhe herrschte im ganzen Land! Es kriselte seit langem im gesamten Reich von Ramses II. auf das Gefährlichste!

Schon unter seinem Vorgänger, Sethos I., war es immer wieder zu Zwischenfällen und Feindseligkeiten zwischen Ägyptern und Hethitern gekommen. Die Animositäten hatten inzwischen ihren Höhepunkt erreicht, und während Theben im Süden des Landes sich vom Fieber erholte, zog Ramses II. gegen den Hethiterkönig Muwatalli und seine Verbündeten in den Kampf.

Er hatte ein Heer zusammengestellt, das als größte Armee in die Geschichte Ägyptens eingehen sollte. Es bestand aus zwanzigtausend Mann zu je vier Divisionen. Dazu gehörte noch ein riesiger Trupp aus Ärzten, Dienern und Marketendern, die alle in die Richtung der Stadt Kadesch, am Fluss Orontes, marschierten. Denn dort vermutete Ramses das Heer der Hethiter. Eine zweite, kleinere Armee war auf dem Schiffsweg unterwegs, um aus anderer Richtung nach Kadesch zu gelangen. Die Stadt sollte also von beiden Seiten eingekesselt werden. Siegessicher machte Ramses II. schwerwiegende taktische Fehler.

Er musste mit seiner Division auf einen Hügel flüchten. Sie wurden dort von den Hethitern angegriffen, viele Soldaten starben und nur mit sehr viel Glück und mit Hilfe seiner Leibgarde gelang es dem König, der Gefangenschaft zu entgehen.

Wegen seiner schlechten Kriegsführung hätte der Pharao fast gegen die Hethiter verloren. Beide Seiten hatten hohe Verluste zu verzeichnen.

Hethiterkönig Muwatalli bot Ramses II. einen Waffenstillstand an, den dieser akzeptierte. Das umstrittene Gebiet blieb weiter unter hethitischem Einfluss.

Angespannt hatten die Menschen im ganzen Land den Krieg im Norden verfolgt und man beklagte die gefallenen Landsleute. Alle waren froh, als der Krieg zu Ende war; vor allem in Oberägypten war man erleichtert darüber, nicht so viele Verluste verzeichnen zu müssen wie die Menschen in Unterägypten.

Auch Chons war zu Beginn des Krieges sehr beunruhigt gewesen, weil er befürchtet hatte, dass Ramses II. ihn als Arzt zum Heer holen würde. Chons war Wissenschafter und am Frieden zwischen den Menschen interessiert. Er war kein Freund kämpferischer Auseinandersetzungen, hätte aber dem Ruf des Königs folgen müssen. Doch dem Pharao war es, Gott Amun sei Dank, ein wichtiges Anliegen gewesen, seinen berühmtesten Arzt im Süden in Sicherheit zu wissen.

Die Ausgangssperre in Theben war also aufgehoben worden. Die Gefahr des Fiebers war gebannt. Der Alltag hatte die Menschen wieder.

Nur im Hause Kebos' war die Lage sehr angespannt. Kein lautes Wort wurde gesprochen, die Diener huschten wie Schatten ihrer selbst durch den Garten und durch die Räume. Alle waren verunsichert, alle hatten Angst. Und so verging eine Woche der nahezu totalen Lähmung des gesamten Haushaltes.

Imara schlief fast die ganze Zeit; ihre Verbrennung begann langsam zu heilen, was sich in einem starken Juckreiz bemerkbar machte.

Baina kümmerte sich mit großer Hingabe um ihre Herrin.

Kebos selbst befand sich in einem Zustand völliger Handlungsunfähigkeit. So konnte er keinesfalls vor seine Eltern hintreten. Er musste seine Mitte wiederfinden, seine Verwirrung ordnen, um sie dann um ihren Rat zu bitten. Er musste sich wie ein Mann, wie der Herr des Hauses benehmen. Das erwartete man von ihm.

Er verbrachte die Tage im Tempel des Gottes Amun, um ihn um seine Hilfe zu bitten. Er opferte ihm frische, köstliche Früchte, die er selbst gepflückt hatte, und hielt mit dem Gott Zwiesprache. Und Gott Amun war gnädig und reinigte und erleuchtete sein verstörtes Herz. Er half Kebos, wieder zu sich selbst zu finden.

Mit neuer Kraft und erfrischtem Geist rief Kebos nach einer Woche seine gesamte Dienerschaft zusammen und hielt eine Rede, die seinen verunsicherten und verstörten Bediensteten wieder Halt geben sollte, so wie ihm die Zwiesprache mit Gott Amun.

„Ich habe euch rufen lassen, um vor allem den Gerüchten um Amuns Tod ein Ende zu bereiten. Aber auch, um euch allen klarzumachen, dass weder auf meiner Frau noch auf irgendjemand anderem in meiner Familie ein Fluch der Götter lastet. Ja, es stimmt schon: Es sind besonders traurige und folgenschwere Umstände, die uns allen zu schaffen machen. Aber vergesst nicht: Amun war ein sehr alter Mann. Er war sehr abergläubisch, das wisst ihr, und es macht mich sehr traurig, bei aller Liebe, die ich für ihn hegte, erkennen zu müssen, dass sein Verstand aufgrund seines hohen Alters verwirrt war. Anders lässt sich sein Verhalten nicht erklären. Er fürchtete sich vor etwas, das nur in seinem Kopf bestand. Diese Angst ließ ihn die Dinge tun, die wir alle so schmerzlich miterleben mussten. Warum er meiner Frau Imara nach dem Leben trachtete, werde ich wohl nie erfahren.

Sollte einer unter euch sein, der weiß, warum Amun sich in letzter Zeit so seltsam verhalten hat, dann trete er hervor und mache mir davon Mitteilung. Es ist in unser aller Interesse. Ansonsten bitte ich euch, eure Angst abzulegen, eurem Tagwerk wie immer nachzugehen und euch auf euer eigenes Leben zu besinnen. Wer auch immer unter euch mit Kummer belastet ist, der soll seinen Weg zu mir finden, so wie es schon immer der Brauch war.

Auf diesem Haus lastet kein Fluch, es ist ein gutes und friedliches Haus, das ist gewiss, beim Antlitz Gott Amuns. Die Augen meiner Frau Imara erhielten durch die Arzneien, die auch Lapislazuli beinhalteten, ihre blaue Farbe. Ihr wisst, Lapislazuli ist blau! Die Gewissheit über diesen Prozess habe ich von meinem Vater. Und wer könnte das besser wissen als einer der angesehensten Ärzte Ägyptens!

Und deshalb fordere ich euch nochmals auf: Legt eure Ängste und euren Aberglauben ab! Begegnet meiner Frau wie immer mit dem ihr gebührenden Respekt. Sie ist die Herrin des Hauses und sobald sie ganz genesen ist, wird sie sich wieder um die Angelegenheiten dieses Haushaltes, so wie vor dem Fieber, kümmern. Geht ihr dabei zur Hand! Noch ist sie geschwächt und ihre Erinnerungen sind noch bei Gott Amun. Er ist allmächtig und weiß, was er tut. Und deshalb habt ihr diesen Zustand zu respektieren, denn es ist Gottes Wille, dass es so sein soll. Jetzt geht wieder an eure Arbeit! Seid fleißig, seid ehrlich und fröhlich und das ewige Leben wird euch gewiss sein. Ich danke euch!“

Nach dieser Rede fühlte sich Kebos sehr erleichtert, entließ seine Diener bis auf den jungen Bes, der nach dem Gott in Koboldgestalt benannt war, dem Schutzgeist eines Haushaltes. Schon wie für Amun, hatten auch die Eltern von Bes einen Götternamen für ihren Sohn gewählt. Das war durchaus so üblich und sollte den Betroffenen besonders beschützen.

Bes war ein aufgeweckter Bursche, nicht viel älter als Kebos.

„Bes, du wirst jetzt mein persönlicher Diener. Du weißt, was du zu tun hast. Sei pünktlich, aufmerksam und diskret. Kümmere dich auch um meine Speisen, so wie Amun das gemacht hat, und bring meiner Frau die nötige Ehrerbietung entgegen. Ab sofort bekommst du im Wohnhaus der Bediensteten einen eigenen Raum. Ich werde mich diesbezüglich persönlich darum kümmern. Und jetzt geh!“

„Danke Herr! Es ist mir eine Ehre, Euch persönlich dienen zu dürfen.“

Und damit verabschiedete sich Bes und rannte, sobald er außer Sichtweite von Kebos war, in die Küche, um seinen Freunden von seinem Aufstieg zu erzählen. Er war glücklich!

Kebos und Imara waren ein gerechtes und modernes Herrscherpaar und jeder in diesem Haushalt war froh darüber, in diesem und keinem anderen Haus zu dienen und nicht als Sklave irgendwo in der Wüste unter der glühenden Sonne beim Pyramidenbau mitarbeiten zu müssen. Sie alle wussten auch von bösen und grausamen Gebietern, die sich nicht um das Wohl ihres Gesindes kümmerten, ja, es schlugen, hungern ließen und misshandelten.

Die Diener von Kebos hatten genug Gelegenheit, auf dem Markt oder in den Kneipen von anderen zu erfahren, wie schlecht es ihnen erging. Ja, manche dachten sogar an Flucht und im schlimmsten Fall an Selbstmord.

Kebos' Diener waren sich einig darüber, dass sie es gut getroffen hatten, und dankten Gott Amun für seine Güte und Umsicht.

Mittlerweile war Imara so weit genesen, ihre Verbrennung so weit verheilt, dass sie wieder aufstehen und im Garten mit Baruti spielen konnte. So fand sie Kebos, der sie zuvor in ihrem Zimmer gesucht hatte.

„Ich freue mich, meine Liebste, dass es Dir wieder gut geht! Lass uns die schrecklichen Ereignisse vergessen! Ich weiß, das ist nicht leicht! Ich werde, so wie ich es versprochen habe, mir die Zeit nehmen, um mit Dir in unsere gemeinsame Vergangenheit zu reisen. Vielleicht ist das der Weg in die Gegenwart. Ich will versuchen, Dir die Bilder so deutlich wie möglich zu schildern, die Dein und unser gemeinsames Leben bedeuten."

Es war noch früh am Tag und so beschlossen beide, es sich im Garten gemütlich zu machen und mit dem Vorhaben zu beginnen.

Imara lag auf einem Steinbett, zu ihrer Bequemlichkeit mit weichen Kissen ausgestattet. Kebos nahm auf einem ebensolchen Platz. Dazwischen stand ein kleiner Tisch, auf dem Baina fürsorglich Früchte, Süßigkeiten und einen Krug mit Wein vorbereitete.

Und zu ihr sagte Kebos: „Baina, ich möchte jetzt für eine Weile nicht gestört werden. Bitte lasse das auch Bes und die anderen wissen. Sollte ich etwas brauchen, so werde ich euch rufen. Du kannst gehen, danke!"

Baina entfernte sich, nur Baruti, der nicht mehr von Imaras Seite gewichen war, seit sie ihm seine Lieblingsspeise verabreicht hatte, blieb am Fußende des steinernen Bettes zusammengerollt liegen.

„Ich beginne jetzt mit unserer Geschichte und falls Du Fragen hast, zögere nicht, mich zu unterbrechen, Du, meine schöne Gemahlin."

Imara hatte sich mittlerweile schon an Kebos gewöhnt. Mehr noch: Er war ihr angenehm, ja, schon fast vertraut! Sie mochte seine Stimme, seinen Geruch nach Weihrauch, Myrrhe und Alaun, und ihr gefiel auch sein Aussehen.

Es hatte ihr sehr gut getan, wie er sie in liebevollster Weise in ihren Schmerzen umsorgt hatte.

Noch war sie sich selbst nicht klar darüber, was es zu bedeuten hatte, dass sie jedes Mal ein wohliges Gefühl der Wärme durchflutete, wenn Kebos sie ansah. Es war ein neues, sehr angenehmes Gefühl, trotzdem wagte sie es nicht, mit ihm darüber reden. Hatte sie sich in Kebos verliebt?

Imara beschloss, ihm einfach zuzuhören, vielleicht würde seine Erzählung auch ihr Herz öffnen.

„Ja, Kebos, bitte beginne mit unserer Geschichte. Ich will Dir eine gute Zuhörerin sein!"

Und Kebos begann: „Weißt Du, mein Liebes, ich habe neben allem Schönen auch Schmerzliches zu erzählen. Das sollst Du wissen. Es gibt Dinge in Deinem Leben, traurige Dinge, die ich Dir aber nicht vorenthalten will. Du hast den Schmerz, den ich Dir zufügen muss, schon einmal erlebt, aber obwohl er aus Deinen Erinnerungen verschwunden ist, gehört er zu Deiner Geschichte."

Imara bedeutete Kebos, fortzufahren: „Bitte, Kebos, Du musst mir alles erzählen. Wie soll ich mich sonst wiederfinden?!"

Und Kebos sprach weiter: „Du sollst zunächst erfahren, wer Du bist! Du bist siebzehn Jahre alt und ich werde demnächst zwanzig. Wir sind seit zwei Jahren verheiratet. Aber dazu später.

Vor siebzehn Jahren also wurdest Du in Oberägypten, in Memphis, an der Schwelle zu Unterägypten, geboren. Dein Vater ist ein Priester, ein hoch angesehener Mann. Deine Mutter ist Ärztin. Dort, in Memphis, habe ich Dich kennengelernt.

Ramses II. weilte damals mit seiner Familie in Memphis, im Königspalast. Er hatte von den Heilkünsten meines Vaters gehört und rief ihn zu sich, weil seine Lieblingsgemahlin, Nefertari, die denselben Namen trägt wie meine Mutter, eine Schlange in ihrem Bauch hatte. Mein Vater sollte sie davon befreien. Er nahm mich auf diese lange Reise in den Norden als Assistent mit. Ich war damals siebzehn

Jahre alt, so alt wie Du heute. Mein Vater weihte mich bereits in meiner Kindheit in die Kunst der Herstellung von Arzneien ein und ich durfte bis jetzt mein geringes Wissen an seiner Seite anwenden. Ich werde in meinem ganzen Leben die Weisheit und das große Talent meines Vaters nicht erreichen. Aber ich bin dankbar für das, was er an mich weitergibt! Du weißt, ich liebe ihn über alles!

Wir nahmen natürlich den Wasserweg und mein Vater, der sonst ein so ausgeglichener und besonnener Mann ist, benahm sich während der gesamten Reise ziemlich seltsam. Er war sehr unruhig und ließ mich auf dem Schiff nicht einen Lidschlag lang aus den Augen.

Hin und wieder bin ich gern allein. Aber damals war es mir unmöglich, mich zurückzuziehen. Seine übertriebene Wachsamkeit war mir unerträglich und ich fühlte mich wie ein kleines Kind, dessen Amme stets gegenwärtig ist. Als ich ihn darauf ansprach, wurde er fast zornig: ‚Ist es Dein jugendlicher Leichtsinn, der Dich so reden lässt? Spürst Du nicht, wie das Schiff schwankt? Willst Du, dass Dich eine Welle in den Fluss spült, ohne dass Dir jemand beisteht? Nur weil Du nachts allein sein willst, um die Sterne zu betrachten? Viele Menschen vor Dir hat dieser Fluss schon verschlungen. Versteh doch, bitte, Du bist mein einziger Sohn und ich habe die Pflicht, Dich zu beschützen. Und höre: Ich verbiete Dir jede Gegenrede.‘

Ich habe diese übertriebene Sorge damals nicht verstanden und ich verstehe sie bis heute nicht! Aber genau so war das damals! Seither hat er nie wieder in einem so harschen Ton mit mir gesprochen.

Während mein Vater ein langes Gespräch mit der Lieblingsfrau des Pharaos führte und sie untersuchte, habe ich mich im Palast umgesehen. Im anschließenden Tempel des Stadtgottes Ptah, des Schöpfers der Welt und des Gottes der Handwerker und Künstler, sah ich Dich zum ersten Mal mit Deinem Vater. Ich habe mich sofort in Dich verliebt. Du warst damals vierzehn und so schön wie heute. Ich wusste sofort: Du wirst meine Frau!

Die wenigen Male, die ich mit Dir sprechen durfte, ließen mich fühlen, dass auch Du mir zugetan warst.

Wir blieben fünf Tage in der Stadt und in dieser Zeit habe ich meinem Vater bei der Herstellung einer ganz speziellen Rezeptur, die er entwickelte, geholfen. Damit hat er Nefertari von ihrer Schlange im Bauch befreit. Ramses II. belohnte meinen Vater reichlich und schenkte ihm den Hügel in Theben, auf dem jetzt unser Haus steht.

Ich beschwor meinen Vater in meiner Verliebtheit Tag und Nacht, mit Deinem Vater zu reden, damit er in eine Heirat einwillige. Und es ist mir geglückt. Deine, von mir hoch verehrten, Eltern haben nach einem Gespräch mit Dir eingewilligt.

‚Mache sie glücklich, solange Du lebst!!‘ Das waren ihre Worte! Und das war auch mein Wille!

Ein Jahr später brachten sie Dich nach Theben, in das neue Haus, das ich auf dem Hügel für uns erbauen ließ. Wir waren leidenschaftlich ineinander verliebt und unbeschreiblich glücklich! Ich hatte eine wunderschöne und kluge Frau, um die mich ganz Theben beneidete!

Dein Vater hatte für Deine vortreffliche Ausbildung gesorgt: Du wurdest im Palast unterrichtet, nicht nur im Schreiben und Lesen. Auch Geschichte, Geographie, Astronomie und Mathematik standen auf dem Lehrplan. Das war nur den Kindern von hohen Würdenträgern, wie Deinem Vater, und den Kindern des Pharaos vorbehalten. Ich weiß noch, wie Dein Vater in lobenden Worten von Deiner schönen Schrift und von Deiner Begabung als Malerin zu mir sprach.

Ach, wie lange ist das her!“

Kebos seufzte tief in Erinnerung an jene Zeit, und es wurde ihm schmerzlich bewusst, dass er auch die traurige Geschichte von Imaras Geschwistern erzählen musste – und so redete er weiter: „Ich weiß, dass auch die folgenden Ereignisse so wie Deine gesamte Vergangenheit in Deiner Erinnerung ausgelöscht sind, und ich könnte sie Dir verschweigen, aber ich habe Dir versprochen, alles, was ich weiß, zu erzählen. Glaube mir bitte, meine Liebste, ich wäre glücklich, nicht darüber reden zu müssen. Ja, mehr noch: Hätte ich die Macht wie Gott Amun, die Dinge ungeschehen zu machen, ich würde nicht einen Lidschlag lang zögern, dies zu tun.

Was ich Dir zu sagen habe, betrifft Deine Kindheit: Du hattest drei Brüder und eine Schwester. Du warst noch sehr jung, als der Nil in Memphis, so wie jetzt in Theben, ein großes Fieber über die Stadt brachte. Hunderte Menschen starben. Auch damals durfte niemand sein Haus verlassen, um die Zahl der Opfer nicht zu erhöhen. Deine Geschwister, alle jünger als Du, waren zu schwach, um dem Fieber zu trotzen. Obwohl Deine Mutter, eine großartige Ärztin, alles versuchte, um ihre jungen Leben zu retten, verlor sie nach drei Tagen den Kampf gegen die heimtückische Krankheit.

Deine Eltern mussten ihre vier Kinder begraben und sie ins Totenreich schicken. Ihr einziger Trost warst Du – und das Bewusstsein, dass Deine Geschwister sicher und beschützt von den Göttern in das ewige Leben gingen, denn Kinder müssen nicht vor das Totengericht.

Du kannst Dir vorstellen, wie traurig sie beide waren und wie sehr sie sich um Dich sorgten. Warst Du doch das einzige Kind, das ihnen geblieben war. Wie durch ein Wunder hat Dich damals das Fieber nicht erreicht.

Diese traurigen Ereignisse waren mir bekannt und Du kannst Dir vorstellen, wie sehr ich auch deshalb um Dein Leben gebangt habe."

Hier unterbrach Kebos seine Geschichte. Er war innerlich zu aufgewühlt, um weiterzusprechen. Imara war gegen Endes seiner Ausführungen noch blässer geworden. Sie sprach kein Wort, nippte an dem bereitgestellten Wein und reichte auch Kebos den Becher zum Trunk.

Dann sagte sie mit leiser Stimme: „Wie sind meine Eltern? Erzähl mir von ihnen, bitte!"

Und Kebos fuhr fort: „Deine Eltern sind wunderbare Menschen! Deine Mutter, sie heißt Selket, ist eine schöne und kluge Frau. Du siehst ihr sehr ähnlich! Sie ist nicht nur eine gute Ärztin, sondern sie versteht es auch, ihr Haus vorbildlich zu führen. Sie ist humorvoll und fröhlich, aber manchmal ist ein Hauch von Traurigkeit um sie. Es ist die Trauer um ihre verlorenen Kinder, die immer in ihr wohnt und ab und zu auch für andere sichtbar wird. Dein Vater, und ich bitte Dich jetzt, mich nicht zu unterbrechen: Dein Vater, er heißt Eje, ist ein großartiger Mann, den ich sehr bewundere und verehre. Er ist, wie ich Dir schon sagte, ein Priester und für die Begräbnisfeierlichkeiten in Memphis verantwortlich. Er ist ein kleinwüchsiger Mann, ein Zwerg, der von den Menschen in Memphis sehr verehrt wird und den Deine Mutter von Herzen liebt."

Hier unterbrach Imara mehr als heftig den Redefluss Kebos', obwohl sie anderes versprochen hatte. Sie hatte sich aufgerichtet und saß kerzengerade auf dem Steinbett. Sie war außer sich.

„Mein Vater ist ein – Zwerg? Wieso ist mein Vater ein Zwerg? Und wieso bin ich dann keine Zwergin? Haben wir deshalb keine Kinder, weil sie auch Zwerge sein könnten? Und hat meine Mutter …"

Jetzt unterbrach Kebos seine Frau ärgerlich, besann sich aber sofort eines freundlichen Tones, denn schließlich konnte sie sich ja an nichts erinnern.

„Es ist keine Schande in unserem Land, ein Zwerg zu sein, im Gegenteil. Wie auch das Beispiel Deines Vaters beweist: Diese Menschen, die durch Gott Amuns Willen nicht zur vollen Größe wachsen, stehen unter seinem Schutz und werden von den anderen Menschen deshalb verehrt. Deine Mutter hat sich als junges Mädchen in ihn verliebt, in einen Mann, dessen Größe ihr gleichgültig war. Er hat sie mit seiner außerordentlichen Persönlichkeit bezaubert. Für sie war und ist Dein Vater eine Quelle der Freude, des Frohsinns und großer Weisheit.

Du solltest Dich glücklich schätzen, ihn zum Vater zu haben. Er liebt Dich über alles und er hat für Dich in Liebe und weiser Voraussicht gesorgt, indem er Dir eine beispielhafte Erziehung und Ausbildung angedeihen ließ, die nur wenigen Kindern zuteil wird. Also, hadere nicht! Wenn Deine Erinnerungen wiederkehren, wird auch die Liebe zu Deinen Eltern, die jetzt noch Fremde für Dich sind, wieder erwachen."

Imara beruhigte sich. Kebos hatte ja recht! Sie wusste von nichts, sie konnte sich an nichts erinnern, ihr Herz war leer an Gefühlen, auch für diese Menschen, die angeblich ihre Eltern waren. Angeblich?

Sofort korrigierte Imara ihre Gedanken. Nein, nicht angeblich! Sie selbst war es ja gewesen, die Kebos gebeten hatte, von ihrer Vergangenheit zu erzählen. Warum sollte Kebos ihr anderes erzählen als die Wahrheit?

Eines Tages würden sicherlich ihre Erinnerungen zurückkehren und das wusste und wünschte sich ja auch Kebos! Wozu noch immer der Hauch des Misstrauens? Wovor hatte sie Angst? Sie konnte es sich nicht erklären. Imaras Gefühle für diesen Mann schwankten wie Schilfrohre im Wind. Sie wusste nicht damit umzugehen.

Es war noch früh am Tag, aber Imaras Kopf war so voll von all dem, was Kebos ihr so anschaulich erzählt hatte. Sie bat, sich zurückziehen zu dürfen, um ihre Gedanken zu ordnen. Sobald sie sich erfrischt hätte, sollte Kebos mit seiner Erzählung fortfahren.

Imara rief nach Baina, die sofort an ihrer Seite war. Zusammen mit ihr und Baruti begab sie sich in ihr Zimmer.

Kebos blieb nachdenklich zurück. Hatte Imara denn keinen einzigen Lichtblick in seiner Erzählung entdeckt? War nicht ein einziger Strahl des Wiedererkennens bis in die Dunkelheit des Vergessens vorgedrungen?

„Ach, Amun! Bitte, hilf mir und hilf vor allem meiner geliebten Frau! Ich werde keinen Tag in meinem Leben vergehen lassen, ohne Dich zu preisen und Dir zu opfern. Großer Gott Amun, ich bitte um Deine Güte und Gnade!“

Kebos sprach diese Worte ganz leise zu sich selbst. Bes, sein neuer Diener, der in der Nähe weilte, hörte Kebos’ Flehen und eine Träne rann über seine Wangen. Er wünschte sich für seinen Herrn Glück und Fröhlichkeit. Er verdiente es, war er doch für alle in diesem Haus ein gerechter, freundlicher und umsichtiger Herr, nicht nur für Bes!

Die Zeit des großen Opet-Festes war gekommen. Wie jedes Jahr im zweiten Monat der Überschwemmungsjahreszeit sollte dieses Fest Amun als höchsten Gott Ägyptens und den Pharao als dessen Sohn in seinem Amt bestätigen. Es war eines der wichtigsten religiösen Feste neben dem „Schönen Fest vom Wüstental“.

Die Thebaner freuten sich schon darauf. Waren es doch elf Tage voll der Vergnügungen und auch der Ausschweifungen, wie ihre meisten Feste. Es wurde zwar nicht ganz so viel Alkohol konsumiert wie beim „Schönen Fest vom Wüstental“, bei dem man glaubte, im Rauschzustand seinen Ahnen näher zu sein. Doch auch beim Opet-Fest füllten sich die

Bierschänken und Weinstuben mit zahlreichen Gästen und im Rotlichtbezirk von Theben blühte das Geschäft.

Nach den traurigen Verlusten durch das Fieber, nach der angstvollen Anspannung waren die Menschen von besonderer Ausgelassenheit.

Der herrschende Pharao, in diesem Fall Ramses II., nahm jedes Jahr mit seiner Familie an diesem Fest teil. Die drei Kilometer lange Verbindung zwischen dem Tempel in Karnak und dem Tempel in Luxor, die Sphingenallee, wurde von ihm, dem Hohepriester und anderen Würdenträgern nicht auf dem Landweg, sondern parallel auf dem Nil, mit vier Barken, zurückgelegt.

In den ersten drei Barken wurden die Triaden, die Statuen von Gott Amun und seiner Gemahlin, der Kriegsgöttin Mut, und die Statue ihres gemeinsamen Sohnes, des Mondgottes Chons, zum Tempel gebracht. In der vierten Barke fuhr der Herrscher, zusammen mit seiner Familie, den Priestern und Opfertieren, zum Tempel.

Die königliche Familie wurde von Musikern und Tänzern begleitet, aber auch von Soldaten, um das Volk im Zaum zu halten, das am Nilufer der Prozession zujubelte. Am Eingang des Luxor-Tempels musste das Volk allerdings warten. Dort, im südlichen Heiligtum, im Kultraum des Tempels, wurde durch verschiedene Zeremonien der Pharao zum Sohn des Gottes.

Und wie immer war auch diesmal ganz Theben auf den Beinen, um zu feiern.

Die Ägypter liebten Feste und besonders die Oberschicht verstand es, auch außerhalb der üblichen Feiertage, die das Jahr unterteilten, rauschende Feste zu veranstalten. Tänzerinnen, Akrobaten, Zauberer und Musikanten dienten der Unterhaltung und zahlreiche Diener sorgten für das leibliche Wohl der Gäste. Die Gastgeber bemühten sich, einander zu übertrumpfen. Die köstlichsten Speisen, von denen die ärmere Bevölkerung nur träumen konnte, kamen auf den Tisch. Die Unterschicht musste sich mit Brot, Bier, Datteln, Feigen und Trauben begnügen, mit Stängeln der Lotusblumen und des Papyrus.

Im Hause der Reichen aber waren die Tongefäße übervoll, mit Wachteln, gekochtem Fisch, gekochten Nieren, Rippen und Schenkeln vom Ochsen. Bier und Wein gab es immer im Überfluss. Überhaupt tranken die Ägypter ganz gern. Es gab sogar ein Fest der Trunkenheit, das Thot-Fest, zu Ehren der Göttin Hathor.

Auch an Süßigkeiten war kein Mangel. Beeren, gedünstetes Obst, Feigen und kleine Honigkuchen verwöhnten den Gaumen.

Verschiedene Käsesorten vollendeten jeweils die opulenten Mahle.

Und nicht selten wurde danach auch noch gespielt.

Das beliebteste Spiel war das Senet-Spiel, das auch religiöse Bedeutung hatte. Ein Brett bestand aus drei Reihen mit je zehn Feldern. Man musste mit allen Spielsteinen in einer Schlangenlinie ins Ziel gelangen, wobei der Gegner in entgegengesetzter Richtung lief. Gewürfelt wurde mit Wirbelknochen von kleinen Tieren. Jeder Spieler musste versuchen, seinen Gegner daran zu hindern, das Ziel zu erreichen. Die jeweiligen Felder symbolisierten einzelne Häuser auf dem Weg ins Reich der Toten. Sieg bedeutete Wiedergeburt eines Verstorbenen in der Verwandtschaft.

Daneben gab es natürlich noch andere Spiele, wie Hund und Schakal, das Schlangen- und das Schildspiel.

Aber in ganz Ägypten, egal ob in den noblen Häusern oder auf der Straße: Das Senet-Spiel war bei allen Menschen gleichermaßen beliebt.

Die Festtagsstimmung war auch im Hause Kebos' zu spüren. Fast die gesamte Dienerschaft war unterwegs entlang des Nils, um sich die Prozession anzusehen. Kebos hatte seinen Bediensteten freigegeben.

Bis auf wenige Ausnahmen, denn einige von ihnen wurden im Haus benötigt, wie Baina, Bes, ein Koch und drei andere Diener.

Imara war noch nicht so weit gestärkt, dass sie den Feierlichkeiten beiwohnen konnte, und so blieb

Kebos bei ihr. Es tat ihm ein wenig leid, denn er wusste, dass seine gesamte Familie vom Pharao eingeladen war, an den Zeremonien teilzunehmen. Viel wichtiger aber als das Fest war für ihn Imara und ihre Genesung.

Seine Eltern würden ihm bestimmt ausführlich von dem Fest berichten.

Auch die letzten vier Tage hatte er Imara von Vergangenem erzählt und er hatte das Gefühl, dass sie sich ihm innerlich langsam öffnete. Sie scheute nicht mehr vor seiner Berührung zurück, so wie sie das noch vor kurzem getan hatte. Im Gegenteil, sie schien seine Nähe zu suchen.

Gelegentlich legte sie ihre Hand auf seinen Arm oder auf seine Schulter.

Das war ihm sehr angenehm und die ihm bekannte Erregung stellte sich jedes Mal ein, wenn sie ihn berührte. Es kostete ihn sehr viel Selbstbeherrschung, seine Frau nicht an sich zu ziehen, sie zu küssen und zu liebkosen.

Aber wie schon einige Male zuvor kam ihm die Mahnung seines Vaters in den Sinn: „Geduld sei Dein oberstes Gebot!“

Noch hatte Kebos keine Gelegenheit gehabt, eine Begegnung zwischen Imara und seiner Mutter zu arrangieren, und er fand, es wäre höchste Zeit, dass dies geschehe. Vielleicht war der Anblick seiner Mutter für Imara der Schlüssel zu ihren Erinnerungen. Vielleicht konnte sie einen Weg zu ihr finden.

Sie war eine besonders kluge und erfahrene Frau und viele Menschen in Theben suchten in ihrer Verzweiflung ihren Rat. Für sie war Nefertari, seine Mutter, die Verkörperung von Wahrheit, Gerechtigkeit und Moral. Sie genoss hohes Ansehen in der Stadt.

Es wäre doch durchaus möglich, dass sie am besten dazu geeignet war, Imara zu helfen. Kebos nahm sich vor, seine Eltern sobald wie möglich in sein Haus zu bitten.

Während in der Stadt die Feierlichkeiten zum Opet-Fest andauerten, führten Kebos und Imara ein beschauliches Leben. Das Wetter war sommerlich schwül, der Garten spendete angenehme Kühle.

Auch das Haupthaus, mit seinen schmalen, hoch oben angelegten Fensterschlitzen, war ein Ort der Erholung von der großen Hitze, so wie der Garten mit seinen Lauben, Pergolen und Teichen.

Imara verbrachte die Nächte noch immer in ihrem Zimmer, bewacht von Baina und natürlich Baruti. Ihre Verbrennung war gut verheilt, und dank Kebos' großer Fürsorge und kundiger Handhabung verschiedener Essenzen und Salben waren fast keine Spuren des unglückseligen Vorfalls zu sehen, außer einer kleinen, herzförmigen Narbe.

Zu beider Unterhaltung und Abwechslung brachte Kebos Imara das Senet-Spiel bei und es bereitete ihr große Freude, ihn zu besiegen. Ausnahmsweise nahm er das Spiel mit ihr nicht so ernst, wie er das sonst tat. Denn es besaß für sie nicht die Bedeutung, die es für jeden anderen Ägypter hatte.

Kebos entdeckte auch seine kleine Trompete aus Gold wieder, die er von seiner Mutter einmal geschenkt bekommen hatte. Zur Freude von Baruti entlockte er dem Musikinstrument keinen einzigen wohlgefälligen und richtigen Ton. Baruti begleitete das Trompetenkonzert bellend in derselben Tonlage und Lautstärke und Imara musste herzlich lachen. Sie versuchte ihrerseits, dem Instrument einen melodischen Ton zu entlocken. Aber es gelang auch ihr nicht und wie schon bei Kebos, so tat Baruti das Seine, um die Trompete noch zu übertönen.

Die drei hatten großen Spaß miteinander, was von der verbliebenen Dienerschaft glücklich vermerkt wurde.

Und dann, endlich, war es so weit: Seine Mutter Nefertari war ihm zuvorgekommen und hatte ihre Dienerin Nitokris geschickt, um sich und Chons für einen Besuch bei Kebos und Imara anzumelden.

Es war in Kebos' Kreisen nicht üblich, als Elternpaar seine Kinder unangemeldet zu besuchen. Junge Eheleute vermieden es auch tunlichst, in das Haus der Eltern oder Schwiegereltern einzuziehen, falls es nur irgendwie möglich war.

Selbst unter der ärmeren Bevölkerung hieß es: „Bau dir ein Haus oder suche dir eines oder kaufe eines. Vermeide Streitigkeiten. Sage nicht, mein Vater und meine Mutter haben ja ein Haus. Wenn dann die Teilung mit deinen Geschwistern kommt, dann ist dein Anteil vielleicht ein Schuppen."

Es war auch üblich, Eheverträge abzuschließen, sodass die Frau beim Tod ihres Mannes oder einer möglichen Scheidung finanziell abgesichert war. Geld in Form von Münzen gab es keines. Man bezahlte mit Kupfer oder Silber, das jede beliebige Form haben konnte, und mit Getreidesäcken. So wurden auch die Steuern bezahlt. Der Pharao als Oberhaupt des Staates legte die Höhe der Steuern fest, die sich aus den Erträgen der Landwirtschaft, Fischerei und Viehhaltung zusammensetzten. Die Abgaben an die Beamten, Priester und die Armee waren streng bürokratisch geregelt.

Nefertari ließ durch ihre Dienerin anfragen, ob denn ein Besuch am nächsten Tag den beiden jungen Leuten genehm wäre.

„Bitte, Nitokris, sage meiner Mutter, Imara und ich, wir freuen uns sehr, endlich meine Eltern in unserem Haus bewirten zu können. Ich danke dir!"

Nitokris, eine stille, zurückhaltende Frau unbestimmten Alters, eilte zurück in das Elternhaus von Kebos, um die Nachricht zu überbringen. Es gefiel ihr gar nicht, dass ihre Herrin diese Einladung annahm, ja sogar selbst wünschte. Auch Nitokris wusste um das Geheimnis, das Amun in den Selbstmord getrieben hatte. Ihre Sorge war groß!

Sie kannte Nefertari und Kebos schon sehr lange. War sie doch schon bei seiner Geburt dabei gewesen. Nefertari war damals erst fünfzehn Jahre alt gewesen und eine Schönheit! Kein Wunder, dass Chons sie zu seiner Frau gemacht hatte. Nitokris liebte ihre Herrin über alles und würde für sie ihr Leben lassen. Sie musste gehorchen und die Nachricht überbringen. Leicht fiel es ihr nicht.

Auch Nefertari sah dem Abend mit Trauer im Herzen entgegen. Aber es musste sein. Es war höchste Zeit und Zeit hatte sie nicht mehr. Alle Anzeichen sprachen dafür. Sie musste endlich mit Kebos reden. Unter vier Augen. Er musste die ganze Wahrheit erfahren, auch wenn es seines und Nefertaris Herz brechen würde.

Sie verbrachte eine schlaflose Nacht im Zwiegespräch mit Gott Re.

Sie kannte seine Antwort und musste handeln, sonst würde noch mehr Leid geschehen. Und das wollte sie auf jeden Fall vermeiden. Chons, ihr geliebter Mann, hatte sich in das Schicksal gefügt. Obwohl er von allen geliebten Menschen am meisten von den kommenden Ereignissen betroffen sein würde, zeigte er sehr großes Verständnis und versuchte sie zu trösten. Er war ein großartiger Mensch!

Der Abend war angenehm, fast kühl, als Nefertari und Chons das Haus und den Garten von Kebos erreichten.

Imara war sofort von Nefertari begeistert! Die warme und liebevolle Ausstrahlung dieser schönen Frau überwältigte sie.

Nefertari ihrerseits zeigte große Freude über die Genesung ihrer Schwiegertochter. Es war eine ehrliche Freude, aber ganz tief drinnen in ihrem Herzen warf ein großer Schmerz seinen Schatten auf ihre Seele.

Auch Chons begrüßte Imara und Kebos voller Freude, obwohl es ihm, von den anderen unbemerkt, genauso erging wie seiner geliebten Nefertari.

Auf der kleinen Lichtung, nicht weit von der Wacholderhecke entfernt, war ein großer, kunstvoll geschnitzter Holztisch aufgestellt, den Imara sorgfältig mit Blumen geschmückt hatte. Umrahmt von Fackeln und Tongefäßen, mit Weihrauch gefüllt, lud er zum gemeinsamen Mahl. Imara selbst hatte die Speisenfolge zusammengestellt: Es gab verschiedene Sorten von frischem Fisch aus dem Nil, wie Nilbuntbarsch und Tilapia-Buntbarsch, Mollusken, wie die Spatha-Muschel und Nilaustern, und als besondere Delikatesse Nilweichschildkröte. Frisches Brot, Feigen, Früchte, kleine Honigkuchen und Käse waren als Dessert vorbereitet. Die Runde labte sich an den köstlichen Speisen, die von der Dienerschaft unter Aufsicht von Baina und Bes liebevoll zubereitet worden waren. Den Eltern von Kebos' sollte es an nichts mangeln!

Als das Mahl beendet war, überreichte Nefertari ihrer Schwiegertochter ein Geschenk: das Horus-Auge aus Gold an einer Halskette, ein Amulett gegen den bösen Blick und gegen Unfälle und für Kraft und Fruchtbarkeit.

„Meine liebe Imara! Ich schenke Dir dieses Amulett, das Udjat-Auge, als Zeichen meiner Liebe zu Dir! Möge es Dich beschützen und Dich immer an mich erinnern. Ich danke Dir für die Liebe zu meinem Sohn, die in Dir wohnt. Noch ist sie in den Tiefen Deines Herzens verschlossen, aber bald darf sie von neuem erblühen. Ich weiß das. Genieße Dein Leben und Deine Liebe. Und wenn ich eines Tages nicht mehr bei euch bin, dann vergiss niemals, dass ihr beide, Du und Kebos, und mein Mann Chons die wichtigsten Menschen in meinem Leben wart."

Imara war außer sich vor Freude und bedankte sich auf das Innigste bei ihrer Schwiegermutter: „Ich danke Dir von ganzem Herzen Nefertari, Du wunderschöne und liebevolle Mutter meines Mannes. Ich wünsche mir von ganzem Herzen, so wie auch Kebos und Chons, dass Du noch lange die Schönheiten dieser Welt genießen darfst."

Und damit umarmte sie Nefertari und küsste sie auf beide Wangen.

Chons, weise und klug wie er war, ließ dies alles geschehen, doch dann beschloss er mit Wehmut im

Herzen, den traurigen Teil des Abends so schnell wie möglich hinter sich zu bringen. Und so nahm er Imara bei der Hand, um in der Laube beim Teich mit den Seerosen noch einen Becher Wein gemeinsam mit ihr zu sich zu nehmen.

Nefertari ihrerseits, die Chons' Gedanken erraten hatte, bat Kebos, sie in den kleinen Amun-Tempel am anderen Ende des Gartens zu begleiten, um zu opfern, wie sie sagte. Imara hatte ein seltsames Gefühl ob dieser Einteilung und erfand einen glaubhaften Grund, um sich nach einer Weile für kurze Zeit von ihrem Schwiegervater zu entfernen.

Sie schlich, leise wie die Göttin Bastet, wie auf Katzenpfoten zum Amun-Tempel und versteckte sich in einer dunklen Nische.

Nefertari und Kebos saßen nebeneinander auf dem Boden des Tempels. Nefertari streichelte Kebos' Hand. Die beiden bemerkten sie nicht. Und so hörte Imara das Unfassbare.

„Mein geliebter Kebos, mein Sohn! Bitte, höre mir zu und unterbrich mich nicht. Ich bin zwar Deine Mutter, aber Dein Vater ist nicht Dein Vater, sondern Dein Stiefvater. Lass es mich erklären!"

Kebos öffnete, völlig überrascht von den Worten seiner Mutter, den Mund: „Aber …", weiter kam er nicht.

Nefertari bedeutete ihm zu schweigen: „Nein, sei still, Du darfst mich jetzt nicht unterbrechen. Höre Dir zuerst meine Geschichte an. Ich bin die Tochter des Re und mein richtiger Name ist Maat. Ich bin die Göttin der Gerechtigkeit und Ordnung.

Ich wollte unbedingt als Mensch unter die Menschen, nachdem ich einmal Deinen Vater Chons im Tempel gesehen und mich sofort in ihn verliebt hatte. Als ich meinem Vater davon erzählte, wurde er ziemlich wütend und sagte: ‚Was willst du unter diesen lächerlichen und schwachen Geschöpfen?'

Ich versuchte, es ihm zu erklären: Ich wollte lieben, lieben wie ein Mensch, vor allem Chons lieben, und nicht nur über die Menschen im Totenreich befinden und mich um das kosmische Gleichgewicht kümmern. Ich bin Re wohl sehr mit meinem Drängen auf die Nerven gegangen, denn schließlich willigte er ein, mich für einige Zeit auf die Erde zu schicken.

Unter einer Bedingung: Ich war Sobek, dem Krokodilgott, versprochen, von dem die Menschen glauben, dass aus seinem Schweiß der Nil entspringt. Mit ihm sollte ich eine Nacht verbringen und wenn ich danach immer noch auf die Erde wolle, dann dürfe ich gehen, aber nur so lange bleiben, bis eine Frau mit blauen Augen in meiner Familie auftauchen würde."

Bei diesen Worten hätte Imara fast laut aufgeschrien. Sie musste sich sehr beherrschen, um nicht entdeckt zu werden! Und Nefertari sprach weiter, während Kebos sie völlig verwirrt ansah.

„Ich hielt das ohnehin für unwahrscheinlich! Ich dachte, das würde nie geschehen. Aber ich habe meinen Vater unterschätzt – ein Fehler – und Du hast es ja selbst erlebt, wozu er fähig ist. Meine Zeit ist um.

Ich weiß, dass Du Chons sehr liebst und er Dich auch. Daran wird sich nie etwas ändern. Aber Dein wirklicher Vater ist Sobek, der Dich in der einzigen Nacht, die ich mit ihm verbracht habe, gezeugt hat. Chons wusste das bei unserer Heirat und er war stolz darauf, das Kind eines Gottes großzuziehen.

Sobek war darüber, dass ich ihn verließ, so wütend, dass er einen Fluch auf mein erstes Kind legte: ‚Sollte dieses Kind', und das bist Du, ‚jemals ins Wasser fallen, in einem Teich oder in einem Fluss untergehen, wird es für immer zu einem Krokodil.' Es war sein eigenes Kind, das er damit verfluchte! Aber das wusste er damals nicht!

Das ist die ganze Wahrheit und meine Geschichte. Ich bitte Dich von ganzem Herzen, mir nicht zu zürnen, dass ich Dich verlassen muss!

Ich bitte Dich, mich niemals zu vergessen, denn ich liebe Dich über alles, aber ich muss zurück.

Aber bevor ich gehe, musst Du mir etwas versprechen: Halte Dich vom Wasser fern! Meide den Nil, wann immer Du kannst. Ich weiß, das ist nicht so einfach, zumal Imaras Eltern nur über diesen Weg zu erreichen sind. Aber jetzt, wo Du weißt, wie es um Dich steht, sei besonders vorsichtig. Chons weiß es auch und er wird, so gut er kann, Dich beschützen. Er weiß auch, dass ich heute gehen muss, und versteht es. Bitte versprich mir, Dich in Acht zu nehmen, auch um Imaras Willen. Sie würde Deinen Verlust nicht verkraften, ich weiß das, glaube mir! Sie hat schon genug Kummer erleiden müssen. Dein Diener Amun hat ihr großen Schmerz zugefügt.

Auch er kannte meine Geschichte. In seiner grenzenlosen Liebe zu Dir und zu mir ist er zu weit gegangen. Bitte, verzeih auch ihm! Das, was er aus falsch verstandener Treue getan hat, war in seinem ganzen Leben seine einzige böse Tat, seine einzige Sünde. Das weiß ich. Und deshalb werde ich, Maat, Göttin der Gerechtigkeit, Amun eine Chance geben und sein Herz auf meine Waagschale legen, damit er vor das Totengericht kann und in das ewige Leben darf!"

Damit war Nefertaris Rede zu Ende und Tränen rannen über ihr Gesicht.

Kebos starrte seine Mutter ungläubig an und dann brach auch er in Tränen aus und flehte sie an: „Nein, Du darfst nicht gehen, bitte nicht! Ich werde alles tun, was Du sagst, ich schwöre, ich verspreche Dir alles, was Du willst, ich tue alles, was Du verlangst, aber bitte, geh nicht, Mutter!"

Die Worte kamen stoßweise aus seinem Mund.

Nefertari streichelte ihrem Sohn über den Kopf, küsste ihn auf den Mund und sagte: „Ich muss gehen. Oder soll der Zorn meines Vaters auch über Chons, Dich und Imara kommen, weil ich mein Versprechen nicht halte? Nein, Kebos, dafür liebe ich euch alle zu sehr!"

Noch ein letztes Mal umarmte Nefertari ihren geliebten und einzigen Sohn. Dann verließ sie den Tempel und den Garten und ward nie wieder gesehen.

Imara war erschüttert! Wie gelähmt saß sie in ihrem Versteck, unfähig, sich zu bewegen! Jetzt begriff sie so vieles, das vorher für sie keinen Sinn ergeben hatte!

Über all der Erschütterung in ihrem Herzen war ihr klar geworden, dass Kebos niemals erfahren durfte, dass sie alles mitangehört hatte. Wollte er selbst mit ihr darüber reden, so war das eine andere Sache. Sie wusste nur eines: Sie musste ihn beschützen, sie wollte ihn nicht verlieren! Sie hatte plötzlich schreckliche Angst um ihn! Sie wollte ihn nicht verlieren!? Diese Erkenntnis traf sie wie ein Blitzschlag. Jetzt wusste sie: Sie liebte diesen Mann!

Sie schlich zurück an das andere Ende des Gartens, zu Chons, der immer noch in der Laube saß. Sein Gesicht war wie versteinert, er schien mit seinen Gedanken in einer anderen Welt zu weilen. Dann erhob er sich, um, wie er sagte, Kebos zu suchen. Er wusste, dass sein Sohn ihn nun dringend brauchte.

Imara täuschte Müdigkeit vor und bat Chons, sich zurückziehen zu dürfen. Nachdenklich ging sie in ihr Zimmer. Sie schickte Baina mit Baruti weg. Sie musste jetzt allein sein und ihre Gedanken ordnen.

Nach kurzer Zeit kam Baina zurück und teilte ihrer Herrin mit, dass Kebos mit seinem Vater zu einem Patienten gerufen worden war. Imara wusste, dass dies nicht stimmte, aber sie hatte großes Verständnis dafür, dass Chons mit seinem Sohn allein sein wollte.

„Und, Herrin, Nefertari habe ich auch nicht mehr gesehen. Ich denke, sie ist vorausgeeilt, um den Medizinschrank für Chons vorzubereiten."

„Ich danke dir, Baina. Lass mich jetzt bitte allein und störe mich nicht mehr."

Baina zog sich zurück, vermutlich, um vor der Zimmertüre ihr Lager als Beschützerin ihrer Herrin aufzuschlagen. Was für ein trauriger Abend! Erschöpft begab sich Imara in ihr Bett. Um ihren Hals die Kette von Nefertari, die Hand auf dem Amulett. So schlief sie unter Tränen ein.

Kebos blieb zwei Tage lang weg. Imara ordnete inzwischen mit Hilfe von Baina und Bes den Haushalt, gab ihre Anordnungen und hoffte, wenn Kebos zurückkehrte, dass er ihr das geheime Wissen nicht ansah.

Er blieb bei der Version mit dem Patientenbesuch und Imara nahm dies scheinbar gelassen hin. Innerlich war sie sehr aufgeregt, denn ihre Liebe zu Kebos erfüllte ihr ganzes Herz.

Sie wusste nicht, wie sie sich verhalten sollte, aber dann kam ihr ein gewagter Gedanke. Sollte ihr Vorhaben aber nicht gelingen, so würde sie sich schamvoll verkriechen müssen. Und das machte ihr Angst.

Kebos war damit beschäftigt, verschiedene Arzneien zu mischen, die er seinem Vater schicken wollte. Das gehörte zu seiner Arbeit als Assistent und er tat es gern, um seinen Vater zu entlasten. Auch an diesem Nachmittag, wie schon einige Male zuvor, befahl er seinem Diener Bes, den kostbaren Tiegel mit dem noch wertvolleren Inhalt in das Haus seines Vaters zu bringen.

Dann begab er sich in sein Studierzimmer, nicht ohne vorher noch für kurze Zeit bei Imara im Garten zu weilen.

Imara fand ihn verändert, was sie nicht verwunderte. Er war ernster, ruhiger als zuvor. Sie machte sich große Sorgen um ihn, aber er durfte es ihr nicht anmerken.

So fragte sie scheinbar unbeschwert nach dem Befinden ihres Schwiegervaters, nachdem sie sich nicht mehr von ihm hatte verabschieden können, weil er doch so rasch mit Kebos das Haus verlassen hatte.

Kebos antwortete mit ruhiger Stimme: „Danke, meine Liebste! Es geht ihm gut. Er liebt seine Arbeit und er ist glücklich, wenn er jemand helfen kann.

Er lässt Dich grüßen und lässt Dir durch mich mitteilen, dass meine Mutter für lange Zeit verreisen musste. Sie ist dem Ruf ihrer Eltern gefolgt. Sie ist jetzt auf dem Weg nach Unterägypten zu ihnen und wir wissen nicht, wie lange sie dort bleiben wird. Möglicherweise brauchen ihre alten Eltern sie, solange sie leben. Wer kann das wissen? Du kannst Dir vorstellen, dass mein Vater wohl ein wenig einsam ist. Aber er ist ein weiser Mann und Gott Amun ist bei ihm."

Und damit verließ Kebos Imara und begab sich in sein Studierzimmer.

Imara spürte eine große Sehnsucht nach Kebos, ein Gefühl, das so neu und so unendlich intensiv war, dass sie meinte, ihr Herz würde zerspringen. Sie wollte ihn an sich drücken, seinen Duft einatmen, der ihr inzwischen so vertraut und angenehm war, seinen Körper liebkosen und ihn mit allen Sinnen begreifen, seine Haare streicheln, seinen Mund küssen, sein ganzes Gesicht mit Küssen bedecken! Ach, sie wollte alles, alles!

Sie kannte sich selbst nicht mehr und wusste nicht, aus welcher geheimen Quelle diese Begierde – ja, das war es, Begierde! – entsprang. Trotz all der Sorge um Kebos fühlte sie sich leicht, beflügelt, schwerelos und meinte zu schweben. Der bloße Gedanke an ihn ließ sie erröten, ließ ihr Blut in Wallung geraten und ihr Schoß wurde heiß und feucht.

Was geschah mit ihr? Sie konnte sich diese Frage selbst beantworten: Sie liebte Kebos, innig, leidenschaftlich und verlangend. Und sie konnte es sich eingestehen und darüber jubeln.

Mochten auch ihre Erinnerungen ausgelöscht sein, ihre Liebesfähigkeit hatte das Dunkel überlebt!

Und sie war im richtigen Moment erwacht, wie sich zeigen sollte.

Sie rief Baina zu sich, die wie immer, unsichtbar in ihrer Nähe, sofort zur Stelle war: „Baina, meine treue Dienerin! Ich musste so lange wegen meiner Verbrennung auf die wohltuende Pflege meines Körpers verzichten. Sorge dafür, dass mir ein warmes Bad mit frischen Kräutern aus dem Garten zubereitet wird, und besorge auch Weihrauch und Myrrhe.

Nach dem Bad wünsche ich, dass du mich salbst, mit Henna meine Handflächen und Fußsohlen färbst, so wie ich es bei Nefertari, Kebos' Mutter, gesehen habe. Das hat mir sehr gut gefallen! Parfümiere danach meine Gewänder. Ja, und vergiss nicht: Hole mir, bitte, frische Blüten für meine Haare. Und du, pflücke dir einen bunten Strauß für dein Zimmer und nimm dir auch Weihrauch mit, wenn du möchtest. Das ist alles. Ich danke dir."

Baina beeilte sich, zu tun, wie ihr geheißen. Sie war von einer innerlichen Freude erfüllt, denn sie nahm an, dass ihre Herrin sich an die Liebe zu ihrem Mann erinnerte. Dass dem nicht so war, konnte sie nicht wissen. Beschwingt und mit einer Melodie auf den Lippen kam sie ihren Aufgaben freudig nach.

Als alles vorbereitet war, eilte sie zu Imara, um sie ins Badezimmer zu begleiten. Das warme Wasser in dem riesigen Becken aus Stein dampfte ein wenig und lockte zum Bade; es duftete verführerisch, kleine Öllampen waren auf dem Boden aufgestellt, Blumenkörbe hingen an einer Wand und große Tücher warteten auf ihre Verwendung.

Baina hatte alles wunderbar arrangiert.

Imara genoss das warme Bad, das ihrem Körper unendlich wohltat.

Baina bewunderte die schlanke und anmutige Gestalt ihrer Herrin. Die kleinen, festen Brüste – rechts glänzte noch rötlich die Brandnarbe –, den flachen Bauch und die sanfte Rundung ihres Schamhügels. Ihre Herrin war schön! Sie sah aber auch, dass Imara seit dem unglückseligen Zwischenfall mit Amun an Gewicht verloren hatte, und beschloss, diesbezüglich den Köchen Anweisungen zu geben.

Als Imara aus dem Bad stieg, hielt Baina die parfümierten Tücher bereit, um sie um den Körper ihrer Herrin zu schlingen. Danach salbte sie hingebungsvoll Imaras Rücken, Arme, Brüste, Bauch und Beine. Henna wurde aufgetragen, die Haare um das Gesicht gelegt, so wie ihre Herrin das auch immer selbst tat. Sie war eine der wenigen Frauen in dieser Stadt, die keine Perücke trugen, sondern hatte ihre schwarzen Haare kurz geschnitten. Mit dem Blütenkranz, den Baina sorgfältig zusammengestellt hatte, sah Imara hinreißend aus. Ein besonders schöner Schleier, den Imara selbst ausgewählt hatte und mit dem sie ihren Körper so verhüllte, dass man ihre Nacktheit darunter ahnen konnte, vollendete die Zeremonie.

Imara dankte ihrer Dienerin und bat sie, sie allein zu lassen.

Es war mittlerweile Abend geworden und ihr einziger Gedanke galt Kebos. Imara verließ vorsichtig und leise ihr Badezimmer, das neben dem gemeinsamen Schlafzimmer lag. Ihr Herz klopfte so laut, dass sie Angst hatte, man könnte es hören. Das Himmelbett unter dem Moskitonetz war noch leer. Fast war sie froh darüber.

Bes, Kebos' Diener, hatte im ganzen Raum kleine Öllampen aufgestellt, die von bunten Glasschirmen umrahmt wurden. Die kleinen Flämmchen warfen ihre Schatten auf den Boden, gegen die Decke und an die Wände. Die kunstvoll gemalten Girlanden und Ranken, die Blüten und Vögel, die die Wände schmückten, schienen im Schein des flackernden Lichts lebendig zu werden. Weihrauch brannte in kleinen Tongefäßen.

Imara schlüpfte unter das Moskitonetz und in das große Bett. Sie wartete aufgeregt und gespannt auf Kebos' Ankunft. Ihr Herz drohte zu zerspringen. War es das Richtige, was sie hier tat? Würde Kebos sie abweisen, weil sie sich ihm so schamlos darbot? Imara wusste, das würde sie nicht überleben.

Und dann betrat Kebos den Raum. Er sah müde und traurig aus. Er ging in sein Badezimmer, um sich für die Nacht zu richten, ohne auch nur einen Blick auf sein Bett zu werfen. Imara war so aufgeregt, dass sie fast nicht wagte, zu atmen.

Als Kebos aus dem Bad zurückkam, hielt er inne. Er traute seinen Augen nicht. Hatte ihn seine Arbeit so ermüdet, dass er plötzlich Dinge sah, die nur in seinen Träumen existierten? War die Gestalt in seinem Bett – Imara? Er wünschte sich nichts mehr, als Imara zurück an seine Seite, als seine Frau. Hatte sein intensiver Wunsch Gestalt angenommen und würde diese Gestalt ins Nichts verschwinden, wenn er das Moskitonetz lüftete? Kebos war verwirrt und verunsichert.

Langsam ging er auf das Bett zu und sehr vorsichtig schob er das Moskitonetz beiseite.

Er träumte nicht! Auf seinem Bett lag Imara, verführerisch, wunderschön und strahlend! Sie lächelte ihn an und streckte ihre Arme nach ihm aus.

Kebos war außer sich! Er nahm Imara in die Arme und seine ganze Müdigkeit und seine Trauer verwandelten sich in unendliche Glückseligkeit! Sie hatte zu ihm zurückgefunden!

Er löste den Schleier von ihrem Körper, um ihren Anblick noch intensiver in sich aufzunehmen. Sein eigener Körper vibrierte vor Aufregung und er flehte innerlich um Beherrschung. Er hatte so lange auf diesen Augenblick gewartet und nun wollte er ihn voll auskosten.

Imara ihrerseits betrachtete voller Leidenschaft, Liebe und Sehnsucht den nackten Körper des Geliebten. Er war sehr schlank, seine Muskeln waren angespannt, seine Haut war glatt, unbehaart und glänzte dunkel im Schein der flackernden Lichter.

Imara sah sein Begehren. Ihr Schoß wurde feucht und ihr Körper drängte zu seinem. Mochten ihre Erinnerungen auch noch so weit von ihr entfernt sein, ihr Körper hatte die Lust an der Liebe nicht vergessen.

Beide waren so aufgeregt und in so intensiver Erwartung des anderen, dass für Liebesspiele keine Zeit blieb. Kebos drückte Imara ganz fest an sich, küsste sie leidenschaftlich auf den Mund und sie erwiderte seinen Kuss ebenso leidenschaftlich und innig. Langsam und genussvoll öffnete sie sich ihm und er drang in sie ein.

Es war für beide das allerhöchste Glücksgefühl! Sie empfand seine Haut sehr erregend auf der ihren, fühlte sein pulsierendes Geschlecht in ihrem Körper, heiß und hart. Seine leichten und rhythmischen Bewegungen bescherten ihr in wenigen Minuten den absoluten Höhepunkt, dem seiner sofort folgte.

Es war unendlich beglückend! Schweißgebadet lagen sie nebeneinander, Hand in Hand. Keiner von beiden sprach auch nur ein Wort. Wunderbare Harmonie stellte sich ein, die keiner Worte bedurfte.

Nachdem sie ein wenig geruht hatten, wurde ihr Liebeshunger von neuem entfacht. Dieses Mal ließen sich beide Zeit, den Körper des anderen zu erforschen und zu liebkosen.

Kebos bedeckte Imaras Körper mit heißen Küssen, sog ihren Duft verzückt ein, umkreiste mit seiner Zunge ihre Brustknospen, die sofort hart wurden, küsste ihren Nabel, um dann vorsichtig und langsam von ihrem Schamhügel mit seiner Zunge zum sensibelsten Punkt seiner Frau vorzudringen. Zart und ausdauernd brachte er Imara damit zu einem weiteren Höhepunkt.

Sie schrie verzückt auf und streckte ihm ihre Arme entgegen. Und wieder drang er in sie ein, diesmal in Zurückhaltung seines eigenen Höhepunkts, um alles auszukosten, was dieser Moment barg. Er wünschte sich, er könnte seinen Orgasmus stundenlang hinauszögern, so stark entfaltete sich seine Lust. Dann sanken beide erschöpft in die Kissen.

Kebos flüsterte liebestrunken seiner Frau mehrmals ins Ohr: „Ich liebe Dich! Ich liebe Dich! Ich liebe Dich!"

Sie erwiderte ihm, nicht weniger leidenschaftlich, aber fast schon im Schlaf: „Und ich Dich, Kebos! Ich Dich!"

Selig ineinander verschlungen schliefen sie ein. Es war für beide eine berauschende Nacht gewesen!

Auch am nächsten Morgen konnten sie voneinander nicht lassen. Immer wieder bescherten sie einander die intensivsten Lustgefühle, und diesmal war es Imara, die den Körper von Kebos so lange und so leidenschaftlich liebkoste, wie er es in seinen einsamen Nächten ohne sie herbeigesehnt hatte. Sie waren wieder ein Liebespaar!

Als Imara und Kebos in den Garten kamen, strahlend und glücklich, erahnten sowohl Baina als auch Bes die berauschende Liebesnacht. Alle im Hause sahen den beiden an, dass sie sich in Liebe gefunden hatten, aber es geziemte sich nicht, dieses Wissen zu zeigen.

Imara bat Kebos in die Laube beim Brunnen, um das gemeinsame frühe Mahl einzunehmen. Baina hatte schon alles bereitgestellt. Es gab Milch, frisch gebackenes Brot und Früchte.

Kebos strahlte Imara glücklich an: „Ich bin so froh, dass Du Dein Gedächtnis wiedererlangt hast, meine Geliebte! Ich werde heute Gott Amun im Tempel zu Karnak ein Opfer bringen und ich bitte Dich, mich zu begleiten. Du hast ja seit deinem Erwachen unser Anwesen noch nicht verlassen und es wird Zeit, dass Theben Deinen Anblick wieder genießen darf!"

Imara antwortete ein wenig unsicher, aber von Liebe getragen: „Kebos, Geliebter! Höre: Ich habe meine Erinnerungen noch nicht gefunden. Aber ich habe mich leidenschaftlich in Dich verliebt und bin sehr glücklich darüber. Es ist mir egal, was vor meinem Fieber gewesen ist, ich liebe Dich so sehr, dass mir das genügt, und ich hoffe, mein Liebster, Dir auch.

Ich will Deine Frau sein, solange ich lebe, und ich bitte Dich, mir bei all dem Neuen, das mir außerhalb unseres Anwesens begegnen wird, beizustehen. Hier innerhalb dieser Mauern ist mir inzwischen alles vertraut und ich fühle mich sicher, aber die Welt dahinter ist neu und aufregend für mich! Aber mit Deiner Hilfe werde ich mich zurechtfinden, das weiß ich."

Und Kebos, der überglücklich war, dass Imara zu ihm gefunden hatte, auch ohne Erinnerung an die Vergangenheit, versprach, ihr in allen Belangen zu helfen und ihr in allen Situationen beizustehen.

Auch wenn diese Liebe für sie erst neu erblüht war, er hatte sofort das leidenschaftliche Wesen seiner Frau wiedererkannt, als sie sich ihm hingegeben hatte. Er war sehr glücklich!

Tief drinnen in seinem Herzen hegte er aber doch noch die Hoffnung, dass durch diese Liebe vielleicht auch Imaras Gedächtnis wieder genesen würde. Aber falls nicht – und es war durchaus möglich, dass es der Wille der Götter war –, so würde er diese Liebe genießen, so wie am ersten Tag, als Imaras Eltern sie nach Theben gebracht hatten. Auch damals war alles neu und aufregend für sie gewesen!

Er würde ihr auch diesmal beistehen, in liebevollster Weise, das versprach er sich selbst.

Was die Dienerschaft betraf, so sollte sie glauben, was sie wollte. Jeder seiner Diener hatte Imara vor ihrer Krankheit geachtet und das sollte sich nicht ändern, dafür würde er schon sorgen. Baina war ihrer Herrin ohnehin in bedingungsloser Liebe zugetan und würde immer, wenn nötig, an ihrer Seite sein. Und Baruti? Er war sowieso der Einzige im Haus, dem es egal war, ob sich Imara an ihn erinnern konnte oder nicht. Sein kleines Hundeherz schlug voller Zuneigung für sie und das genügte ihm.

Nach dem frühen Mahl ordnete Kebos an, den Pferdewagen bereitzustellen. Er wollte mit Imara zum Tempel des Amun fahren, um ihm zu danken. Verschiedene Opfergaben wurden von den Dienern zubereitet und Bes lud die Opferspeisen, Wein und Brot in den Wagen; Parfum und Weihrauch ebenfalls. Imara trug ein blütenweißes Leinenkleid mit perlenbesticktem Usekh, das ihre Figur vorteilhaft unterstrich, hatte Blüten ins Haar gesteckt und ihre Füße mit Schuhen aus Leder bedeckt. Kebos, ebenfalls in weißem Leinen und mit Sandalen bekleidet, trug diesmal auch seinen Halskragen, den Usekh, der aus stilisierten Fayenceblumen bestand.

Und so machten sich Imara und Kebos auf den Weg zum Tempel von Karnak. Der Stallmeister lenkte geschickt den Pferdewagen den Hügel hinunter und durch die engen Straßen Thebens, und es dauerte nicht lange, bis der Tempel in Sichtweite lag.

Imara saß aufrecht wie eine Königin neben ihrem Mann und staunte über die Betriebsamkeit in den Straßen der Stadt. Viele Menschen waren unterwegs, meist zu Fuß, aber auch auf Eseln oder mit Eselskarren. Frauen mit Getreidesäcken auf dem Rücken strebten einem Markt entgegen. Bäcker und Wäscher tummelten sich in den engen Gassen und Kinder spielten im Sand das Senet-Spiel, das sie mit Kebos gespielt hatte! Die Knaben waren nackt, das Haar kurzgeschoren, bis auf eine lange Strähne, die bis zur Schulter fiel, die sogenannte Jugendlocke, wie Kebos seiner Frau erklärte.

Ein Betrunkener torkelte auf eine Hütte zu und man hörte von weitem das Geschrei seiner Frau, als sie ihn erblickte. Es war ein buntes, heiteres Treiben, das Imara aus sicherem Abstand vom Wagen aus beobachtete.

Nicht weniger geschäftig war das Treiben im Tempel von Karnak, als Imara und Kebos diesen betraten. Es war nur nicht ganz so laut und ausgelassen wie in den Straßen. Eine große Schar von Priestern, Tempeldienern, Schreibern und Lehrern tummelte sich im Hof des Tempels. Die meisten von ihnen trugen weiße Leinengewänder, so wie Imara und Kebos, hatten Papyrussandalen an den Füßen und ihre Köpfe waren kahlgeschoren.

Kebos erklärte seiner Frau, dass die Priester am ganzen Körper ohne Haare seien und sich täglich viermal waschen mussten.

Auch die Statue des Gottes Amun wurde täglich mehrmals gewaschen, eingekleidet und parfümiert.

„Eine Statue, die parfümiert wird? Ist denn das im Sinne von Gott Amun?“, fragte Imara ihren Mann neugierig.

„Ach, weißt Du, Liebste, damit will man erreichen, dass sich der Gott in der Statue niederlässt. Beweise gibt es dafür nicht!“

Ein junger Priester entdeckte die beiden und wie es schien, kannte er Kebos.

„Sei willkommen im Tempel des großen Amun, Kebos, Sohn des Chons’. Und das ist wohl Imara, die Tochter des Priesters Eje aus dem fernen Memphis?“

Kebos nickte bejahend und gab seinem Diener Bes, der mitgefahren war, ein Zeichen, die Opfergaben bereitzuhalten, damit er sie dem Priester übergeben konnte. Denn nur der Priester durfte die Opfergaben vor der Statue des Gottes Amun ausbreiten.

Kebos bat Imara um ein wenig Geduld, denn er wollte noch mit dem Hohepriester sprechen, der ihn schon erwartete: „Unterhalte Dich inzwischen mit dem jungen Priester, meine Liebste, er kann Dir viele Fragen beantworten und ich bin sicher, Du hast auch welche an ihn.“

Er lächelte wissend und küsste Imara auf die Stirn, dann eilte er in den zweiten Hof des Tempels.

Imara hatte tatsächlich viel zu fragen, und sie war froh darüber, dass sie endlich Gelegenheit hatte, mehr über jene Götter zu erfahren, die in ihrer beider Leben eine so große und auch traurige Rolle spielten.

Sie hoffte, es wäre genügend Zeit, ausreichend Auskunft zu erhalten, bevor Kebos zurückkam. Der Priester und Imara setzten sich auf die Stufen des Tempels im ersten Hof und Imara begann: „Es gibt einige Götter, über die ich sehr wenig weiß. Vielleicht seid Ihr bereit, mir darüber Auskunft zu geben. Es handelt sich dabei um die Göttin Maat, um Gott Re und um Gott Amun."

Der Priester sah sie etwas verlegen und erstaunt an und sagte: „Ihr, die Tochter des Priesters Eje, wisst wenig über diese Götter!? Ihr überrascht mich! Hat Euer Vater Euch denn nicht unterrichtet?"

Imara wollte dem jungen Priester nicht sagen, dass sie ihr Gedächtnis verloren hatte, und bediente sich einer Notlüge: „Wisse, Priester vom Tempel Karnak, ich war damals noch ein sehr kleines Mädchen und ich habe vieles vergessen. Ich möchte die Zeit nützen, die mein Mann mit Eurem Hohepriester verbringt, um mein Gedächtnis wieder aufzufrischen, wenn Ihr so liebenswürdig sein wolltet."

Sie schenkte dem Diener Amuns ihr bezauberndstes Lächeln und der Priester begann zu erzählen:

„Ich werde Euch zuerst von Gott Amun berichten. Amun ist der mächtigste Gott und die Thebaner haben ihn zu ihrem wichtigsten Gott gemacht, den sie am meisten um Rat fragen und dem sie am meisten opfern. Er ist der Hauch des Lebens für alle Dinge. Er ist der Gott der Fruchtbarkeit, er gibt allen das Leben, den Tieren und den Menschen und den Sternen. Er ist aus sich selbst entstanden und ordnet zusammen mit Ptah die Welt.

Gott Re ist die Sonne, die alles am Leben erhält. Zusammen mit Amun kann er sich zu Gott Amun-Re vereinigen und hat dann mit ihm gemeinsam als einziger Gott uneingeschränkte Macht über alle Lebewesen.

Maat ist die Tochter des Gottes Re und sie ist die Göttin der Gerechtigkeit und Ordnung. In ihr sind alle Elemente der kosmischen Energie vereint: Wahrheit, Gerechtigkeit und Moral. Sie wird auch Herrin des Himmels oder Herrin der Unterwelt genannt. Das Gewicht ihrer Feder auf einer Waagschale entscheidet vor dem Totengericht, wer in das ewige Leben eintreten darf. Erst wenn das Herz des Verstorbenen auf der anderen Waagschale genauso leicht ist wie ihre Feder, also rein von Sünde, dann wird er vor dem Totengericht bestehen. Habt Ihr dazu auch noch Fragen?"

Imara verneinte. Sie bedankte sich sehr herzlich bei dem jungen Priester, versprach, wiederzukommen, um dem großen Gott Amun zu opfern und ihm für die Weisheit und das Wissen seines Priesters zu danken. Der junge Priester war sehr geschmeichelt, denn Imara mit ihren blauen Augen gefiel ihm außerordentlich gut. Aber er wusste, dass sie zu Kebos gehörte, und er selbst hatte ja auch eine Ehefrau und einen Sohn, die er beide liebte. Und eine Nebenfrau konnte er sich nicht leisten.

Während der Priester seinen Gedanken nachhing und Imara still betrachtete, kam Kebos von seiner Verabredung mit dem Hohepriester zurück. Er sah traurig und ernst aus. Imara hätte ihn am liebsten in ihre Arme genommen. Aber sie hielt sich angesichts des jungen Priesters zurück und stellte auch keine Fragen. Kebos dankte Gott Amun insgeheim für die Feinfühligkeit seiner Frau.

Wortlos bestiegen beide den Pferdewagen, in dem schon Bes und der Stallmeister warteten, und kehrten auf direktem Weg in ihr Haus zurück.

Kebos war in Gedanken versunken. Sein Glücksgefühl über die Wiedervereinigung mit Imara hatte ihn den schmerzlichen Abschied von seiner Mutter für eine Weile vergessen lassen, doch jetzt überfiel ihn wieder die Trauer um Nefertari.

Imara wagte es nach einer Weile, Kebos zu fragen, warum seine Stirn umwölkt sei. Vielleicht hatte er jetzt, nach dem Besuch im Tempel, das Bedürfnis, mit ihr über seine Mutter zu reden. Vielleicht würde ihm das helfen! Aber Kebos sagte nichts dergleichen, sondern beruhigte Imara, indem er ihr versicherte, er sei nur in Gedanken, wegen einer Reise nach Koptos zu einem Hohepriester, bei der er seinen Vater begleiten sollte.

Imara bezweifelte seine Worte, wusste sie doch um seinen Kummer, aber sie behielt ihr Wissen für sich. Ihr war klar, dass der Schmerz um seine Mutter niemals sein Herz verlassen würde. Sie versprach sich selbst, alles zu tun, damit ihr Geliebter diesen Verlust ein wenig leichter ertragen konnte. Das gelobte sie auch bei Gott Amun, der für sie ab jetzt von großer Bedeutung war.

Imara und Kebos versäumten keine Gelegenheit, einander zu lieben, zu liebkosen und einander Lust zu bereiten. Er nahm sie, wann und wie auch immer es ihrer Freude diente, ergötzte sich an ihren zufriedenen Seufzern und lustvollen kleinen Schreien, die sie mehrmals hintereinander ausstieß. Er kannte jede noch so geheime Stelle ihres Körpers, deren zarte Berührung heftige Erregung in ihr auslöste.

Er liebte es, im Getümmel der Stadt, Imara, von anderen unbemerkt, an sich zu drücken, um ihren Körper zu spüren.

In der Abgeschiedenheit ihres Schlafzimmers erlaubte sich auch Imara, ihren Mann leidenschaftlich zu liebkosen, sein Geschlecht mit ihren Lippen zu stimulieren und ihm mit ihren kleinen Zähnen einen genussvollen Schmerz zu bereiten. Auch sie kannte die geheimen Plätze seiner Lust und immer wieder stöhnte er auch unter ihr vor Wonne. Und jeden Abend, wenn sie dann beide erschöpft einschliefen, vollkommen ineinander verschlungen, hätte niemand erkennen können, welcher Arm oder welches Bein zu wem gehörte. Sie waren eins.

Die beiden zelebrierten ihr Liebesleben, zärtlich, leidenschaftlich, ausgiebig und in unermesslicher Liebe zueinander. Kebos hatte viel zu erzählen, Imara hatte viele Fragen an ihn. Er schwelgte in Gedichten, die er ihr schon vor langer Zeit in Memphis gewidmet hatte, und sie war davon so begeistert, dass sie ihn bat, diese für sie aufzuschreiben. Sie malte ein Blumenbild für ihn, das von außerordentlichem Talent zeugte. Immer öfter weilte Chons im Hause seines Sohnes und es war recht so. Vater und Sohn hatten sich an Imaras Gedächtnisverlust gewöhnt. Es war Gott Amuns Wille und dem hatten sich beide zu fügen. Es schien, als wäre das perfekte Glück in Kebos' Haus eingezogen.

Imara hatte für sich einen kleinen Pavillon im Garten eingerichtet, um ungestört malen zu können. Es war offensichtlich, dass sie großen Gefallen daran fand, und jeder, der ihre Bilder sah, erfreute sich daran.

Sie bevorzugte Blumen und Blüten, Pflanzen jeglicher Art und zur großen Verwunderung und Freude Kebos' begann sie die wichtigsten Kräuter für seine Arzneien auf Papyrus aufzuzeichnen und zu beschriften. Kebos war unterdessen sehr beschäftigt, verschiedene Salben und Tinkturen herzustellen, und bereitete sich auf die Reise nach Koptos vor. Dort, im Min-Tempel dieser wichtigen Handelsstadt mitten in der Wüste, sollte sein Vater einen Hohepriester behandeln, mit Kebos an seiner Seite.

Chons, der vor allem Spezialist für innere Krankheiten war, hatte auch die Augenheilkunde ausführlich studiert. Augenkrankheiten waren sehr häufig in Ägypten, schon wegen des allgegenwärtigen Sandes und der Trockenheit, die die Augen reizten. Auch die Fliegen stellten ein tägliches Problem dar. Zusätzlich gab es noch Verletzungen durch Unfälle, Reizungen durch Fremdkörper, bakterielle Infektionskrankheiten und Trübungen der Linsen.

Sowohl Frauen als auch Männer vergrößerten ihre Augen mit Kohlestrichen, zerriebenem Lapislazuli oder Malachit und zogen die Konturen bis zu den Schläfen nach; nicht nur der Schönheit wegen, sondern auch, um die Augen zu schützen. Außerdem hoffte man, mit der Augenschminke den bösen Blick abzuwehren.

Eine der Maßnahmen, eine Augenkrankheit zu heilen, war das Einräuchern durch Weihrauch und

Myrrhe und andere Substanzen, um die nur Chons wusste. Er entwickelte auch besondere Tropfen, die mittels einer Vogelfeder, die als Pipette diente, in das kranke Auge eingeträufelt wurden.

Der Hohepriester des Min-Tempels von Koptos hatte nach Chons geschickt, weil seine Augen eine Trübung erfuhren, die sich seine eigenen Ärzte nicht erklären konnten. Chons' Ruf, nicht nur als erfahrener Arzt für das Innere, sondern auch für Augenkrankheiten, hatten den heiligen Mann veranlasst, ihn um Hilfe zu bitten.

Nachdem sich von weitem keine Diagnose erstellen ließ, beschloss Chons, mit einem großen Arztschrank zu reisen, um für alle Fälle alles dabei zu haben. Auch seine üblichen Schabmesser aus Obsidian, Feilen und Ähnliches waren in seinem medizinischen Reisegepäck. Kebos war angehalten, falls nötig zu assistieren.

Chons beschloss, den Landweg zu wählen, obwohl die Stadt in der Biegung des Nils lag und per Schiff wesentlich schneller erreichbar war. Koptos war der ideale Ausgangspunkt für Händler und Kaufleute, sowohl in die Wüste als auch zum Roten Meer. Chons aber wollte den Wasserweg meiden, um seinen Sohn nicht in Gefahr zu bringen. Er wählte Kamele für die Reise und Kebos nahm den Entschluss seines Vaters stillschweigend zur Kenntnis. Nach dem schicksalhaften letzten Abend mit seiner Mutter Nefertari und den ausführlichen Gesprächen mit seinem Vater an den zwei Tagen danach wurde nie mehr darüber gesprochen. Vater und Sohn verstanden einander wortlos.

Am Tag der Abreise war Imara sehr aufgeregt: „Ich beschwöre Dich, mein Liebster, sei besonders vorsichtig! Ich habe Angst, dass Dir etwas zustößt. Bitte versprich mir, dass Du vorsichtig sein wirst, ja, versprich es, hörst Du! Ich könnte es nicht ertragen, Dich zu verlieren!“

Unentwegt wiederholte Imara ihre Worte, immer und immer wieder. Sie versicherte ihn tausendmal ihrer Liebe und wollte ihn fast nicht gehen lassen.

Kebos beruhigte sie: „Meine geliebte Imara! Deine Sorge ist unbegründet! Ist doch mein Vater bei mir und auch meine Diener sind an meiner Seite. Und die Kameltreiber, die uns begleiten, haben sehr viel Erfahrung, sind sie doch andauernd in der Wüste unterwegs und kennen jede Gefahr. Auch wissen sie, wie man das Nachtlager vor wilden Tieren und Räubern schützt. Bitte, meine Liebste, sorge Dich nicht um mich! Wir sind bald wieder zurück und ich freue mich jetzt schon auf Dich, meine Geliebte. Achte auch Du auf Dich und bleibe gesund! Ich werde Dich bald wieder in meinen Armen halten!“

Er umarmte Imara und küsste sie zärtlich zum Abschied. Sie hatte Tränen in den Augen und konnte sich kaum von ihm lösen. Lange noch stand sie auf der Straße, die zum Hause seines Vaters führte, und schaute ihm nach. An ihrer Seite, wie immer, Baina und natürlich Baruti.

Auch Kebos war seltsam zumute. War es doch das erste Mal, seit Imara wieder zu ihm gefunden hatte, dass sie voneinander getrennt waren.

Er wusste, dass die Reise nicht ungefährlich war. Straßenräuber und Diebe gab es überall im Land, auch die wilden Tiere der Wüste waren nicht zu unterschätzen. Man musste vorsichtig sein. Er wusste auch, aber das sagte er Imara nicht, wie sehr ihn die Sehnsucht nach seiner geliebten Frau am Tag, aber vor allem in der Nacht, begleiten würde.

Als er das Haus seines Vaters erreichte, waren die Kameltreiber mit ihren Tieren bereits eingetroffen. Kebos hatte seine Diener vorausgeschickt, um Chons zu helfen, und sie hatten schon begonnen, unter Aufsicht des Arztes die Kamele zu beladen. Es bedurfte großer Vorsicht und Erfahrung, vor allem das kostbare medizinische Gut, neben vielen anderen Dingen, so zu verstauen, dass nichts zu Schaden kommen konnte.

Die Karawane nach Koptos bestand aus acht Kamelen. Jedes Tier wurde vor der Reise noch getränkt, denn die Kameltreiber wussten, dass es auf der Strecke zwischen Theben und Koptos nur wenige Wasserstellen gab. Außerhalb der Stadt warteten bereits einige der vielen Fähren auf die Karawane, die überall unterwegs waren, um die Menschen, Tiere und Waren von einer Nilseite zur anderen zu befördern, denn Brücken gab es nicht.

Chons konnte seine Unruhe und Besorgnis kaum unterdrücken, denn die Flussüberquerung war für seinen Sohn die gefährlichste Situation auf dieser Reise. Kebos selbst, in seinem jugendlichen Ungestüm und in seiner Unbekümmertheit, verspürte keine Angst oder Unsicherheit auf dem Wasser des heiligen Flusses. Er hoffte insgeheim, dass die große Sorge seiner Mutter und seines Vaters unbegründet war und der Fluch ohne Wirkung. Aber wer außer Gott Amun wusste das schon!

Auf der anderen Seite des Flusses kamen ihnen einige Kaufleute entgegen, ebenfalls auf Kamelen, die ihre Güter nach Theben brachten. Fellachen trieben ihre Esel und Schafe vor sich her, Kinder spielten am Ufer im Schlamm.

Nur für kurze Zeit folgte die Karawane dem Fluss. Denn die weitere Strecke führte auf dem langen Karawanenweg durch die Wüste nach Koptos, wo sie wieder der Nil begrüßen würde. Insgesamt würde die Reise zwei Tage dauern, wenn alles nach ihren Wünschen ging, so wurde es Chons und Kebos angekündigt.

Kamele sind Tagtiere und ruhen in der Nacht. Und an ein Fortkommen in der Nacht war ohnehin nicht zu denken. Das wäre viel zu gefährlich gewesen.

In der Abenddämmerung stellten die Diener und die Kameltreiber die Zelte so auf, dass sie einen Kreis bildeten. Rundherum lagerten die Kamele. So waren sie geschützt. Denn für Hyänen, Löwen und Schakale wären sie sonst in der Nacht eine leichte Beute.

Nach zwei Tagen erreichten Chons und Kebos, so wie es die Kameltreiber vorausgesagt hatten, die mächtige Stadt Koptos, die Stadt des Fruchtbarkeitsgottes Min.

Min, ursprünglich der Schutzherr der Karawanenwege, galt mittlerweile als Fruchtbarkeitsgott, der sich selbst gezeugt hatte. Beim Festzug zu seinen Ehren wurden stets ein weißer Stier und ein Lattichbeet, wegen seiner geschlechtstärkenden Wirkung, mitgeführt, Symbole des Gottes.

Der Tempel von Koptos war ähnlich angelegt wie der Tempelbezirk von Karnak und Luxor. Vor dem Haupteingang machte die Karawane Halt und die Kameltreiber schlugen die Zelte für sich und die Diener auf.

Unterdessen gingen Chons und sein Sohn in den Hof, um den Hohepriester aufzusuchen, dessen Augenlicht in Gefahr war. Sie wurden auf halbem Weg von einem Priester empfangen, der sie nach ihrem Begehr fragte.

„Ich bin der Arzt Chons aus Theben und das ist mein Sohn Kebos. Euer Hohepriester Sahure hat mich rufen lassen, um ihn von seinem Augenleiden zu befreien. Bitte, führt mich zu ihm."

Der Priester tat wie ihm geheißen und führte die beiden in das Innere des Tempels. Dort ließ er sie für eine Weile allein, bis Sahure, der Hohepriester von Koptos, erschien. Sein Gang war unsicher, langsam bewegte er sich auf Chons und Kebos zu.

„Welche Ehre und Freude, Euch im Tempel des großen Gottes Min begrüßen zu dürfen. Ich danke Euch Chons, dass Ihr die Mühe der langen Reise auf Euch genommen habt, um mir zu helfen. Die Ärzte im Tempel sind völlig ratlos, was den Zustand meiner Augen betrifft, und sie selbst waren es, die mir rieten, nach Euch zu schicken. Wie ich vernehme, wart Ihr mit einer Karawane unterwegs und Ihr seid sicherlich erschöpft nach der langen Reise. Ich habe meine Diener zu Euren Leuten geschickt, um sie zu laben. Euch bitte ich, mir in meine Gemächer zu folgen, um Euch zu reinigen und zu erfrischen."

Chons und Kebos folgten dem ehrwürdigen Mann, erfrischten sich mit kühlem Wasser und labten sich an frischem Gemüse und Taubenragout.

Sahure führte sie in das Schlafgemach, das er für seine Gäste bereithielt, denn es war schon spät am Tage.

Chons versprach Sahure, ihn am nächsten Morgen, nach erholsamem Schlaf und intensiver Reinigung, zu untersuchen.

Vater und Sohn zogen sich zurück. Die Dienerschaft blieb vor den Toren.

Am nächsten Morgen ließ Kebos seinen Diener Bes und die beiden anderen Diener rufen, um den Arztschrank bis in den ersten Hof zu bringen. Danach sollten die Priester und die Tempeldiener den schweren Arztschrank in die Gemächer des Hohepriesters tragen.

Eine große Schar von Priestern arbeitete jeweils in den verschiedenen Tempeln und diese glichen oft mehr einem Verwaltungsbezirk als einer Kultstätte. Die Priester hatten neben der Versorgung des Gottes auch für die landwirtschaftlichen Betriebe des Tempels, für die Tempeldiener und für die Armee des Tempels zu sorgen. Auch arbeiteten sie nebenbei als Schreiber, Lehrer, Magier oder Ärzte. Zur Unterhaltung des Gottes gab es auch Tempeldienerinnen, oft einen ganzen Harem, die vor dem Gott tanzten und musizierten. Sie gehörten zu den schönsten Frauen des Landes.

Als alles zur Stelle war, säuberten sich Chons und Kebos ein zweites Mal nach dem Erwachen und danach wurden auch die Instrumente, die man möglicherweise für die Behandlung benötigte, gereinigt. Sauberkeit war oberstes Gebot unter den Ärzten, um das Infektionsrisiko zu reduzieren. Chons untersuchte den Hohepriester, ihm zur Seite Kebos, in aller Zurückhaltung. Chons konnte deutlich die

Bewölkung des Auges und die Schwachsichtigkeit erkennen.

Er nahm die Vogelfeder und träufelte die selbst hergestellen Augentropfen in die Augen des ehrwürdigen Patienten. Er wusste, damit würde sich die Pupille erweitern und er würde besser in das Auge hineinsehen können.

Und dann stand für ihn die Diagnose fest: Es war eine dämonische Trübung! Es war der Schlaf, der das verursacht hatte. Chons wusste, was dagegen zu tun war.

Er riet dem Hohepriester, sich zu entspannen, und bat ihn um Geduld, um in aller Ruhe die Arznei für ihn zuzubereiten. Es würde eine Weile dauern, bis alle Ingredienzien zur Stelle sein würden. Er bat um einen Raum für die Herstellung seiner Arznei und trug einem Diener auf, die verschiedenen Zutaten dafür, unter Aufsicht von Kebos, zusammenzutragen.

„Kebos, bitte, sorge dafür, dass ich sobald wie möglich alles zur Hand habe. Ich brauche faules Holz, Grünspan, das Mehl der Koloquinthe, des Wüstenkürbisses, dann ein Blatt der Dornakazie, eine kleine Harzperle des Ebenholzbaumes und das Wasser der seltenen obw-Pflanze. Ich hoffe, Du findest alles. Bitte, beeile Dich, mein Sohn."

Kebos wusste, es würde wohl einige Zeit dauern, bis das Gewünschte zur Stelle war, aber er versprach, sich zu beeilen. Zusammen mit dem Diener machte er sich auf den Weg. Dazu musste er den Tempel verlassen, um sich nicht nur im Wüstensand, wo die Koloquinthe wuchs, sondern auch in der Stadt Koptos umzusehen.

Es verging ein halber Tag mit der Suche nach den Zutaten und Chons nützte die Zeit, um den heiligen Papyrus des Tempels zu studieren. Der Hohepriester hatte ihm den Zutritt dazu gewährt.

Sahure wartete geduldig auf die weitere Behandlung durch den berühmten Arzt und huldigte in der Zwischenzeit dem Gott Min mit einem Speisenopfer.

Neben seiner Beschäftigung mit dem Papyrus hielt Chons wie jeden Tag stille Zwiesprache mit Nefertari, mit Maat, seiner geliebten Gemahlin. Es tat ihm gut und er fühlte sich dann nicht so einsam. Es gab ihm das beglückende Gefühl, sie wäre um ihn, und so hätte es ja auch sein können, wissend, wie die Götter mit den Menschen spielten.

Als Kebos gegen Abend in den Tempel zurückkehrte, hatte er alle Zutaten bei sich. Chons begab sich in den vorbereiteten Raum und bat Kebos, ihm zu assistieren. Kebos zerstampfte das faule Holz und vermengte es mit der Harzperle. Chons vermischte danach alle Zutaten miteinander und verarbeitete alles zu einem Teig, der bis zum nächsten Morgen trocknen musste.

Erschöpft, aber zufrieden begaben sich Vater und Sohn zur Ruhe.

Am nächsten Tag sahen beide sofort nach der Arznei. Der Teig war getrocknet und musste nun über einer leeren Schale vorsichtig zu einem Pulver zerrieben werden. Als auch diese Prozedur gelungen war, reinigten sich Chons und Kebos ausführlich; und danach auch den Löffel aus Silber, der zum Auftragen diente.

Anschließend suchten sie Sahure in seinen Gemächern auf. Sie baten ihn, sein Bett nicht zu verlassen. Mit sanfter und kundiger Hand streute Chons das Pulver auf die geschlossenen Augen seines Patienten.

Für einige Stunden musste das Pulver nun einwirken. Chons nahm neben dem Bett Platz und las aus seinem medizinischen Papyrus die passenden magischen Sätze zur Beseitigung der Bewölkung der Augen. Der Papyrus sagte ihm, dass die Sätze zehnmal hintereinander gesprochen werden mussten. Kebos verließ den Raum, um nicht zu stören.

Als Chons mit seiner Arbeit fertig war, verließ er Sahure und suchte die Ärzte im Tempel auf, um sich mit ihnen zu unterhalten und Erfahrungen auszutauschen. Sie fühlten sich sehr geehrt, dass Chons sie aufsuchte, denn sie wussten, er war in ganz Ägypten und weit über die Grenzen hinaus der berühmteste Arzt seiner Zeit.

Nur einer unter ihnen, ein junger, kräftiger Mann mit Namen Seth, kahlgeschoren wie alle im Tempel, blickte finster und verschlossen vor sich hin, als Chons von seiner Arbeit berichtete.

Er neidete dem berühmten Arzt aus Theben sein Wissen und seine Position. Er selbst hätte derjenige sein wollen, der dem Hohepriester die ersehnte Heilung bescherte. Sein Neid saß wie ein Stachel in seinem Herzen. Er musste versuchen, in den Besitz von Chons' Arztschrank und seines Papyrus zu gelangen.

Er hatte einen Plan. Seth kannte ein paar üble Gesellen, die gegen eine gute Entlohnung zu allem bereit waren. Er wusste, er hatte nicht mehr viel Zeit, um alles zu organisieren. Er musste sich beeilen.

Kebos blieb ebenfalls im Tempel, las in alten Papyrusrollen über Gott Min, Isis und Horus, um sich von seiner Sehnsucht nach Imara abzulenken. Noch einige Tage und er durfte sie wieder in seinen Armen halten, seine geliebte, bezaubernde Frau! Jung wie er war, fiel es ihm nicht leicht, von seiner Liebsten, der er so leidenschaftlich zugetan war, entfernt zu sein. Nach der unfreiwilligen Enthaltsamkeit, die ihm Imaras Fieber und auch ihr Gedächtnisverlust beschert hatten, sehnte er sich noch mehr als je zuvor nach ihrem Körper, ihrer Liebkosung, ihrem Liebreiz und vor allem nach ihrer Liebe!

Einen Tag, nachdem Sahure in seinem Gemach mit dem Pulver auf seinen Augen geruht hatte, kam er strahlend und mit sicherem Schritt aus seinem Haus.

Seine Augen waren klar und rein und nahmen die Umwelt wieder so wahr, wie vor der Trübung seines Sehvermögens. Er dankte Gott Amun für seine Heilung und bedankte sich auch überschwänglich bei Chons und Kebos dafür: „Gepriesen sei Eure Kunst und Euer Wissen, oh Chons, Arzt aus Theben! Möge Gott Amun Euch und Eurem Sohn ein langes, zufriedenes Leben bescheren und Euch beiden das ewige Leben im Jenseits mit allen Annehmlichkeiten sichern.“

Er gab sowohl Chons als auch Kebos einen geweihten Stein aus Jaspis, der beide vor dem bösen Blick und vor Gefahren schützen sollte.

Chons bedankte sich seinerseits bei dem Hohepriester: „Ich danke Euch, Hohepriester Sahure, für die Geduld, die Ihr mir während der Behandlung entgegengebracht habt! Ihr seid ein weiser und gütiger Mann und Ihr werdet die Geschicke dieses Tempels noch lange mit Klugheit und Liebe lenken. Solltet Ihr meine bescheidenen Dienste wieder einmal benötigen, so zögert nicht, nach mir zu schicken. Kein Weg ist mir zu weit oder zu beschwerlich, um Eurem Ruf zu folgen.“

Sahure sorgte dafür, dass die Karawane genügend Wasser, Wein und Speisen für unterwegs hatte, auch

Weihrauch, Myrrhe und verschiedene wertvolle Öle aus der Region um Koptos waren dabei.

Aber bevor die Reise begann, nahm Sahure Chons beiseite und flüsterte ihm noch ins Ohr: „Ich vernahm, dass Ihr ohne Ehefrau seid und Euer Bett nächtens kalt bleibt. Ihr seid noch ein kräftiger und gut aussehender Mann, dessen Lust an der Liebe doch noch nicht für immer verlöscht sein kann! In diesem Tempel wohnen wunderschöne Tempeldienerinnen, von denen sich jede glücklich preisen würde, mit Euch das Bett zu teilen. Wenn Euch danach ist, so lasst mich noch rasch wissen, wer von ihnen Eurem Geschmack entspricht. Ich will sie Euch gerne als liebevolle Begleiterin mitgeben."

Chons bedankte sich bei Sahure für das großzügige Angebot.

„Wisse, Hohepriester! Ich habe ein einziges Mal in meinem Leben eine Frau geliebt, meine Frau Nefertari. Sie wohnt immer noch in meinem Herzen, obwohl sie bei den Göttern weilt. Und so wird es bleiben, bis ich ins Totenreich und ins ewige Leben gehe."

Sahure nickte verständnisvoll, umarmte Chons, legte Kebos zum Abschied die Hand auf die Schulter und wünschte allen eine gute Reise.

Es war ein herzlicher und fröhlicher Abschied von Chons, Kebos und seinen Dienern.

Es war der fünfte Tag seit der Abreise von Chons und Kebos aus Theben, als sich die Karawane wieder auf dem Rückweg von Koptos durch die Wüste befand.

Ein glühend heißer Tag kündigte sich an, denn schon der Morgen war von einer drückenden Hitze. Der Erfolg der Reise aber beflügelte die Sinne und alle waren guter Dinge.

Selbst die Kameltreiber, die sich ihre Wartezeit während der Behandlung des Hohepriesters mit Würfelspielen im Sand vertrieben hatten, waren von seltener Zufriedenheit. Sie wussten, sie wurden nicht nur gut entlohnt, sondern sie waren auch ein Teil der Heilung eines heiligen Mannes, wenn auch nicht an erster Stelle. Sie hatten auf dieser Reise Chons und seinen Sohn schätzen gelernt. Anders als so manche Kaufleute, die ihre Dienste in Anspruch nahmen und nur murrten und schimpften und manchmal sogar gewalttätig wurden, pflegten Chons und Kebos einen sehr freundlichen Umgang mit ihnen, und das war Labsal für ihre Seelen.

Gleichmäßig und ruhig zog die Karawane dahin. Gegen Mittag wurde eine Pause eingelegt, um ein wenig Erholung zu genießen und um Menschen und Tiere zu laben. Als Atum die Strahlen der Abendsonne auf die Erde schickte, errichteten die Kameltreiber und Diener in gewohnter Weise die Zelte für das Nachtlager.

Es war eine mondhelle Nacht, von Ferne hörte man das seltsam hustende Geräusch der Hyänen, die in großen Rudeln unterwegs waren. Sie umschlichen ein wenig später das Lager, um sich dann wieder ängstlich zu entfernen. Außer den Kamelen, die ein wenig unruhig reagierten, merkten die Ruhenden in ihren Zelten nichts vom nächtlichen Treiben der wilden Tiere der Wüste.

Und sie bemerkten auch nicht die drei vermummten Gestalten, die sich leise, wie auf Samtpfoten, dem Lager näherten.

Ein silberner Mond schien auf drei bewaffnete Männer, die offensichtlich Böses im Sinn hatten. Die Schurken waren der Karawane schon sehr lange in sicherem Abstand gefolgt und warteten nur auf den richtigen Zeitpunkt, auf die Nacht, um ihren tödlichen Plan auszuführen.

Leise, sehr leise, bewegten sie sich auf die kleineren Zelte zu, in denen die Diener und Kameltreiber schliefen. Sie waren die Ersten, die zu beseitigen waren. Erst dann würden sie sich, ihrem Auftrag gemäß, um das Zelt von Kebos kümmern, ihn aus dem Weg räumen, um sich danach ungehindert des Arztes und seines Arztschrankes zu bemächtigen. Das war der Plan. Für das Gelingen sollten sie königlich belohnt werden, das hatte Seth ihnen versprochen. Er selbst war in Koptos geblieben.

Aber die Göttin Maat, die über die Schlafenden aus persönlichen Gründen wachte, sandte einen grellen und laut zischenden Blitz zwischen die Zelte, sodass die Kameltreiber, die beiden Diener und Bes davon sofort hellwach wurden. Erschrocken und ängstlich verließen sie, mit Messern bewaffnet, ihre Zelte, um nachzusehen, ob ein wildes Tier oder vielleicht sogar ein Räuber ihr Lager umschlich. Und im Schein des Mondes sahen sie die vermummten Gestalten, die nicht bemerkten, dass fünf bewaffnete Männer sie entdeckt hatten. Es war ein Leichtes für die Kameltreiber, zusammen mit den Dienern die drei Übeltäter zu überwältigen. Während sie entwaffnet wurden, verletzte einer von ihnen Bes mit seinem Dolch am Oberarm.

Die Verbrecher wurden nackt aneinander gefesselt und in einiger Entfernung vom Lager im Sand liegen gelassen. Unterdessen waren auch Chons und Kebos aus ihren Zelten ins Mondlicht getreten, um zu sehen, was der ungewohnte Tumult in der nächtlichen Wüste bedeutete.

Als sie die drei nackten, gefesselten Männer sahen, war ihnen sofort klar, was geschehen war. Chons eilte zu Bes, der stark blutete, und brachte ihn mit Hilfe von Kebos in sein Zelt, um ihn zu behandeln. Die Wunde war, dank Gott Amun, nicht sehr groß. Chons stillte das Blut, säuberte den Schnitt und verband Bes' Arm mit frischem Leinen. Er war einmal mehr froh darüber, dass er den großen Arztschrank mitgenommen hatte, eine Vorsehung des Schicksals.

Und so versprach er sich selbst: „Ich werde Gott Amun ein Opfer bringen, sobald wir in Theben sind."

Was Chons nicht ahnen konnte: Seine einst irdische Gemahlin Nefertari hatte sie alle mit ihrem Blitz gerettet. Auch noch als Göttin Maat gelang es ihr, ihren geliebten Mann und ihren geliebten Sohn, gegen den Willen ihres Vaters, zu beschützen. Aber wie lange noch?

Über all diesen Ereignissen war der Tag angebrochen und Chons und Kebos begaben sich zu den drei Männern, um sie nach ihren Motiven zu befragen. Für Ameisen und Skorpione waren die drei nackten Körper unterdessen willkommene Opfer und eine Abwechslung in ihrem tierischen Alltag.

Unter Schmerzen und Qualen gaben die drei jammernd und bereitwillig Auskunft über ihr verbrecherisches Vorhaben: „Oh Herr, beim Antlitz des großen Gottes Amun! Wir bitten Dich um Gnade! Wir sind drei arme Fellachen, die nach einer schlechten Ernte ihre Familien und zahlreichen Kinder kaum erhalten können. Das Angebot Seths, gegen eine gute Entlohnung Euren Arztschrank zu ihm zu bringen, war zu verlockend. Wir hätten damit unsere Familien vor dem Hungertod bewahren können. Wir wollten Euch und den Mitreisenden keine Gewalt antun, hätten Euch kein Haar gekrümmt, das hatten wir einander geschworen, oh, wunderbarster aller Ärzte unserer ägyptischen Heimat!“

Chons war außer sich! Der Auftraggeber war also der Priester und Arzt Seth, der ihm und den anderen nach dem Leben trachtete, um an den Arztschrank zu gelangen! Aber Chons wusste, dass der Inhalt des Schrankes für Seth von keinem Nutzen gewesen wäre, weil es ihm an dem nötigen Wissen mangelte, mit dem Inhalt sinnvoll umzugehen.

Was für eine Schande und welch sinnloses Unterfangen!

Chons glaubte den heuchlerischen Worten der drei gedungenen Verbrecher keinen Lidschlag lang, ihre Dolche zeugten deutlich von anderen Absichten. Er entfernte sich von den jammernden Gestalten, ging zurück ins Lager und ordnete die Weiterreise an. Er lobte das tapfere Vorgehen der Kameltreiber und der Diener und versprach, sie nach der Ankunft in Theben reichlich zu belohnen.

Die drei Männer im Sand überließ er ihrem Schicksal und das bedeutete ihren qualvollen Tod.

Chons konnte es nicht fassen, dass Seth, ein Priester und Arzt, zu solch einem Verbrechen imstande war. Wie stark musste der Neid seines jungen Kollegen dessen Geist vergiftet, wie sehr seinen Verstand getrübt haben, um sich zu solch einer Tat hinreißen zu lassen.

Seth war eine Schande für alle Priester und Ärzte in ganz Ägypten!

Noch in der Nacht schrieb er eine Nachricht auf Papyrus an Sahure, den Hohepriester von Koptos, um ihn über die Angelegenheit zu informieren, und vermerkte darin auch die Namen der drei Schurken, die von Seth gedungen worden waren. Einer seiner Diener sollte den Brief am Morgen nach Koptos in den Tempel bringen und danach mit einem Boot nach Theben zurückkehren.

Chons kannte das Urteil für solche Vergehen: Sahure würde Seth auffordern, sich vor aller Augen selbst zu richten. Und so geschah es auch.

Der dritte Tag der Reise verlief ohne Zwischenfall, doch waren alle mehr als zuvor wachsam und angespannt. Wegen der großen Hitze wurde noch einmal ein Zeltlager zur Übernachtung in der Wüste aufgeschlagen, bevor man die fruchtbaren Ufer des Nils und die Fähren erreichen würde.

Wie schon gewohnt, errichteten die Kameltreiber und der verbliebene Diener von Chons das Lager, doch dieses Mal beschlossen sie, abwechselnd bis zum Morgengrauen zu wachen. Allein Bes war davon befreit, denn sein Arm schmerzte und er wäre im Falle eines erneuten Angriffs keine Hilfe gewesen.

Chons und Kebos führten lange Gespräche über Leben und Tod unter dem sternenübersäten Himmel der Wüste. Vor allem der Eintritt in das ewige Leben war Mittelpunkt ihres nächtlichen Gedankenaustausches. Angesichts des misslungenen Überfalls war es beiden ein großes Anliegen, ein wichtiges

Gesprächsthema für Vater und Sohn, die jeweiligen Begräbnisrituale zu besprechen.

Es war für Verwandte im Alten Ägypten ein ungeschriebenes Gesetz, ja, eine heilige Pflicht, den Verstorbenen bei ihrer Reise in das Totenreich beizustehen. Es bedeutete großes Unglück, keine Verwandten zu haben, denn ohne sie war der Weg in ein neues und ewiges Leben nicht möglich. Niemand würde die so wichtigen Grabbeigaben für die Reise bereitstellen oder eine Papyrusrolle mit jenen Sprüchen oder Bildern mitgeben, die vor den Gefahren im Jenseits schützen würden.

Doch diejenigen, die von ihren Verwandten versorgt wurden, konnten getrost die Reise antreten. Totenbücher, die Ratschläge für ihr Verhalten in der anderen Welt für sie beinhalteten, und Utensilien ihres irdischen Daseins waren ihnen gewiss.

Ein unbescholtenes und ehrenhaftes Leben machte es Verstorbenen leicht, vor dem Totengericht zu bestehen. Besonders wichtig war der zweite Name des Reisenden ins Jenseits und niemand außer er selbst kannte diesen, ohne den er in der Unterwelt nicht bestehen oder von den Göttern akzeptiert werden konnte.

Die Art, seine Verstorbenen zu bestatten, war sehr unterschiedlich. So vergruben die normalen Bürger ihre Toten auf einem Holzbrett oder in einer Sisalmatte im heißen Wüstensand und gaben ihnen nur einige Habseligkeiten mit auf die Reise, sofern sie etwas besaßen, das sie im eigenen, irdischen Leben entbehren konnten. Die Ärmsten des Landes, wie die Fellachen, bestatteten ihre Verstorbenen unter dem Fußboden ihrer Hütten.

Eine teure Mumifizierung und ein großes Grab im Tal der Toten waren nur ganz wenigen Menschen vorbehalten, wie der Oberschicht des Landes, den hohen Würdenträgern und natürlich dem Pharao und seiner Familie. Für alle aber, ob arm oder reich, zählte das ehrenhafte und gesetzestreue Leben im Diesseits und davon war nicht einmal der Pharao ausgenommen.

Chons und Kebos versprachen einander, dass jeder dem anderen beistehen würde, wenn ihre Zeit gekommen war, und sie wussten auch, dass sie vor dem Totengericht bestehen konnten, war ihrer beider Leben doch untadelig.

Bald beendeten Müdigkeit und die Anstrengungen der Reise die intensiven Betrachtungen, jeder zog sich in sein Zelt zurück und ein entspannender Schlaf senkte sich in Vater und Sohn.

Am nächsten Morgen schickte Gott Chepre seine ersten, zarten Strahlen auf das Zeltlager und weckte jene, die noch schliefen. Die anderen, die Kameltreiber und der Diener, die sich abwechselnd der Nachtwache verpflichtet hatten, hatten nur wenig Schlaf genossen, aber selbst die kurzen Ruhepausen hatten sie erfrischt. Und so waren alle guten Mutes, ob der ruhigen und ungestörten Nacht.

Die Karawane begab sich auf den letzten Teil der Reise. Schon sichteten die Kameltreiber am Horizont die fruchtbaren Ufer des Nils und die Kamele beschleunigten ihr Tempo, offenbar voll der freudigen Erwartung ihrer heimatlichen Ställe und der damit verbundenen Futterstellen.

Noch waren wenige Menschen unterwegs, nur einige Fellachen wanderten mit ihren Tieren am Ufer des heiligen Flusses entlang. Sie winkten der Karawane zu und waren bald danach außer Sichtweite.

Auch Chons und vor allem Kebos, der an nichts anderes mehr dachte als an Imara, freuten sich auf ihr Zuhause. Chons' einzige Sorge, bevor sie endlich wieder Theben betreten konnten, galt der Überfahrt mit der Fähre auf dem Nil. Er würde ein wachsames Auge auf Kebos haben müssen. Die Unbekümmertheit seines Sohnes, der ja um die Gefahr wusste, die der heilige Fluss für ihn bedeutete, ängstigte Chons mehr, als er sich eingestehen wollte.

Er erinnerte sich nur zu gut an seine eigene Sorglosigkeit als junger Mann und an die Prüfungen, die er zu bestehen hatte. Aber durch keine seiner unbedachten Handlungen hätte er jemals jene Folgen ertragen müssen, unter denen Kebos, Imara und auch er selbst, vielleicht nur aus reiner Unachtsamkeit, für immer zu leiden hätten. Über allem stand die Liebe zu seinem Sohn, den er unter keinen Umständen an den Nil, und damit an den Krokodilgott Sobek, verlieren wollte.

Als die Fähre mit Vater und Sohn am anderen Ufer anlegte, beide wieder sicheren Boden unter den Füßen hatten, war die Erleichterung seitens Chons' sehr groß.

Als die restlichen Fähren das Ufer erreichten, wurden die Kamele zusammengetrieben und trabten geduldig zum Haus des Arztes. Chons' Diener eilten herbei, um die Ankommenden zu begrüßen und um beim Abladen des kostbaren Arztschrankes und anderer Dinge zu helfen. Alle waren froh, ihren Herrn unversehrt wiederzusehen.

Auch Nitokris, die Vertraute von Nefertari, freute sich. Sie war nach dem Verschwinden ihrer geliebten Herrin mit den alltäglichen Belangen von Chons betraut worden und kümmerte sich liebevoll um seine Bekleidung, seine persönlichen Badeessenzen, Öle und Parfums. Auch war sie für die Dekoration des Haupthauses mit Blumen und Weihrauch verantwortlich.

Anders als der alte Diener Amun, der so wie sie um das Geheimnis ihrer Herrin gewusst hatte, sah sie in Imara nicht die Feindin und Schuldige am Verschwinden Nefertaris. Sie verfluchte insgeheim den Vater ihrer Herrin, Gott Re, der seiner Tochter so großen Schmerz zufügte.

In ihrem großen Kummer um Nefertari war sie noch stiller und verschlossener als zuvor. Obwohl die anderen Diener im Hause Chons' den wahren Grund des Verschwindens Nefertaris nicht kannten, wurde nie mehr nach ihr gefragt. So war es unter der Dienerschaft beschlossen worden.

Chons und Kebos verabschiedeten sich voneinander, wissend, dass dies nicht für lange sein würde.

„Mein geliebter Sohn, ich bin sehr froh, dass wir dieses Abenteuer gemeinsam gemeistert haben. Wisse, ich war in großer Sorge um Dich! Aber jetzt ist mein Herz leicht und fröhlich und ich schicke Dich frohen Mutes zu Imara, die Dich sicherlich schon sehnsüchtig erwartet. Ich will mich um die Entlohnung der Kameltreiber und der Diener kümmern und ich werde auch Deinen Bes großzügig bedenken, hat er doch mitgeholfen, unser aller Leben zu retten! Gott Amun sei mit Dir, mein Sohn! Und versichere auch Imara meiner Liebe!"

Und damit entließ er Kebos, dessen Herz schon vor Sehnsucht nach seiner geliebten Frau schneller schlug als sonst.

Kebos eilte, so rasch er konnte, mit seinem Diener Bes, der noch die persönliche Habe seines Herrn zu tragen hatte, zu seinem Haus. Bes benützte den Eingang der Bediensteten und Kebos betrat voller

Freude und in ungeduldiger Erwartung den Garten und dann das Haupthaus.

Alles war ruhig, noch war es in Theben früh am Morgen.

Vor der Türe zu seinem Schlafzimmer lag Baina auf ihrer Sisalmatte, zusammen mit Baruti, der ganz leise vor sich hin schnarchte. Kebos musste lächeln: Aus Baruti würde wohl nie ein Wächter werden!

Baina war sofort wach. Kebos legte seinen Zeigefinger an die Lippen und bedeutete ihr, still zu sein. Er wollte nicht, dass Imara in ihrem Schlaf gestört wurde.

Auf Zehenspitzen betrat er das Schlafzimmer. Imara schlief noch, so wie er es angenommen hatte. Sie sah in ihren Träumen hinreißend aus! Kebos musste sich sehr beherrschen, sich ihr nicht sofort zu nähern, obwohl sein brennendes Verlangen ihm fast die Luft zum Atmen nahm. Aber er wollte Imara noch nicht wecken, sondern begab sich in sein Bad, um den Wüstenstaub von seinem Körper zu entfernen. Als dies geschehen war, kehrte er ins Schlafzimmer zurück, hob ganz vorsichtig das Moskitonetz seines Bettes an und schlüpfte lautlos wie eine Katze unter das Leinentuch, das Imara bedeckte.

Sanft umgab ihn der verführerische Duft seiner Frau, den er so liebte! Er berührte ganz sachte ihren nackten Körper! Und da erwachte Imara, lächelte ihn schlaftrunken an und umschlang ihren geliebten Mann mit ihren Armen und Beinen. Es dauerte keinen Lidschlag lang, bis sein Körper auf seine so überaus begehrenswerte Frau reagierte! Er liebkoste seine schlaftrunkene Gemahlin, die alles mit sich geschehen ließ, und vereinigte sich mit ihr voller Leidenschaft, aber auch mit der ganz besonderen Zartheit der frühen Stunde.

Wieder und wieder liebkosten die Liebenden einander und wurden des Austausches von Zärtlichkeiten nicht müde. Imara hatte im Halbschlaf die leidenschaftlichen Liebesbezeugungen ihres Mannes sehr genossen und war überglücklich, ihn wieder zu spüren, zu lieben und sich an seiner und ihrer Lust zu erfreuen.

Ihr größtes Glück aber war seine gesunde Rückkehr! Sie war in den Tagen seiner Abwesenheit in sehr großer Sorge gewesen, wissend um die Gefahr, die die Nilüberquerung für ihren Geliebten bedeutete. Aber diese Sorge musste in ihrem Herzen verschlossen bleiben. Imara hoffte immer noch, dass sich Kebos ihr eines Tages anvertrauen würde. Dann müsste sie ihre Angst um ihn nicht mehr verbergen und auch nicht Fröhlichkeit und Unbeschwertheit vortäuschen, während die drohende Gefahr, in der er sich befand, sie zutiefst beunruhigte.

Sie beschloss, die glückliche Heimkehr ihres Mannes mit einem Fest zu begehen. Noch hatte sie seine Freunde nicht kennengelernt, jene Gefährten, mit denen er die unbeschwerten Tage seiner Kindheit verbracht und von denen er ihr schon mehrmals erzählt hatte.

Es sollte eine Überraschung für Kebos sein. Und deshalb würde Imara am nächsten Tag Kebos' Vater aufsuchen, um die Namen jener zu erfahren, die sie zu dem Fest einladen wollte.

Der Tag war noch jung und Imara wollte sich noch nicht von ihrem sehnsüchtig erwarteten Mann trennen. Sie und Kebos würden sich dem Genuss der Stunden hingeben. Auch sollte er sich nach der langen und beschwerlichen Reise erholen. Und so blieben beide den ganzen Tag im Haupthaus. Die Dienerschaft wurde angehalten, die Speisen in das private Esszimmer zu bringen, keine Besucher vorzulassen und selbst diskret und unauffällig im Haus ihrer Arbeit nachzugehen.

Einzig und allein Baruti, der endlich aus seinen Hundeträumen erwacht war, durfte durch die Gemächer toben und war außer sich vor Freude über die Anwesenheit seines Herrn. Immer wieder brachte er ihm den kleinen Ball aus Leinenstreifen, den Imara für ihn gebastelt hatte, und forderte Kebos auf, das Spielzeug aus seiner Schnauze zu nehmen, um es danach quer durch den Raum zu werfen. Kebos tat das mehrmals, Baruti raste vergnügt hinterher und brachte den Ball zu seinem Herrn zurück. Und wie immer, wenn die Spiele lange andauerten, verlor Baruti, wie jeder Hund, das Interesse daran. Er lief in Imaras Bad, wo es so wunderbar nach seiner Herrin duftete, legte sich auf den kühlen Boden und schlief ein.

Kebos hatte viel zu erzählen und Imara hörte ihm interessiert zu. Sie war noch nie seit ihrem Gedächtnisverlust in der Wüste gewesen und bat Kebos, sie einmal dorthin mitzunehmen, was er versprach.

Kebos berichtete vom Min-Tempel in Koptos, von Gott Min selbst und dem Hohepriester Sahure. Er schilderte voll des Stolzes, wie sein Vater den heiligen Mann geheilt hatte, wie er, Kebos, die Ingredienzien für die Arznei beschafft hatte und wie er seinem Vater bei der Herstellung derselben zur Hand hatte gehen dürfen.

Er erzählte Imara von den Nächten unter sternenklarem Himmel in der Wüste und von den Gesprächen mit seinem Vater, die ihn mit so großer Liebe erfüllten.

Den Überfall auf dem Heimweg nach Theben verschwieg Kebos. Er wollte Imara nicht beunruhigen und hatte auch seinen Dienern verboten, darüber zu reden. Auch sein Vater hatte ihm dazu geraten. Denn die Zukunft könnte es mit sich bringen, dass beide wieder zu einem Patienten reisen mussten, und Kebos wollte sich nicht vorstellen müssen, wie sehr Imara sich dann sorgen würde.

Das Paar verbrachte einen wunderbaren und harmonischen Tag und genoss einander intensiv. Beide wünschten sich bei Gott Amun, dass ihre Liebe für immer und ewig andauern würde.

Am nächsten Tag erhielt Imara von Chons an die zehn Namen für das Überraschungsfest zu Ehren ihres Mannes und nun musste sie die Adressen der Gäste, die sie einladen wollte, herausfinden. Das war in Theben wie gesagt sehr schwierig, denn die hunderttorige Stadt war so groß, dass die meisten Thebaner nur ihren Stadtteil kannten und niemals die anderen Viertel erkundeten. Und Straßennamen gab es nicht.

Einige wussten zwar um das Haus des Lehrers oder das Haus des Arztes, wie jenes von Chons, und kannten auch verschiedene Werkstätten, die von ihnen häufig besucht wurden, aber das waren die Ausnahmen. Allein die Kneipen und Spelunken in den verschiedenen Stadtteilen waren ein guter Boden für Auskünfte aller Art, dort wusste man Bescheid über alles und jeden.

Imara übergab Bes die Liste, die sie von Chons erhalten hatte, mit der Bitte um Geheimhaltung: „Bes, ich bitte dich, die Lage jener Häuser zu erkunden, in denen die Menschen wohnen, die auf dieser Liste verzeichnet sind, damit ich sie zum Überraschungsfest für meinen Mann, deinen Herrn, einladen kann. Ich ersuche dich um äußerste Verschwiegenheit, damit die Überraschung gelingt. Enttäusche mich nicht und beschaffe mir das Gewünschte. Ich werde dich dafür auch belohnen, und nun kannst du gehen!"

Sie musste sich an Bes wenden, obwohl ihr Baina für diese Aufgabe lieber gewesen wäre, weil sie ihr voll und ganz vertraute, aber sie wusste, dass Baina nicht lesen und schreiben konnte, Bes aber sehr wohl dessen kundig war.

Auch war es für einen jungen Mann in den unsicheren Gassen und Kneipen der Stadt leichter, gefahrlos Auskunft zu erhalten als für ihre kleine Dienerin.

Sie selbst würde mit Baina auf den Markt ihres Viertels gehen, vielleicht konnte sie dort die eine oder andere Adresse in Erfahrung bringen. Wie sie von ihrem Schwiegervater wusste, hatte Kebos zu einigen seiner Jugendfreunde schon lange keinen Kontakt mehr, zu anderen sehr wohl. Aber an Kebos konnte sie sich nicht wenden, ohne ihm den Grund ihrer Nachfrage zu verraten. Denn selbst ihr Gedächtnisverlust schien ihr als Ausrede nicht gut genug, um ihn plötzlich nach den Häusern seiner Freunde zu befragen.

Einen Tag bevor Imara zum Markt gehen wollte, kam Bes bereits zu seiner Herrin zurück und strahlte über das ganze Gesicht: „Herrin, ich habe alles unternommen, um Euch das Gewünschte zu besorgen. Bis auf zwei habe ich alle Häuser gefunden und ich hoffe, Ihr seid zufrieden. Ich will auch gerne die

Einladungen zu den Gästen bringen, jetzt wo ich die Wege kenne."

Und er überreichte Imara einen Papyrus, auf dem er die Häuser verzeichnet hatte. Sie alle lagen im Umfeld von Kebos' Haus, denn die Oberschicht Thebens lebte in ihrem eigenen Stadtteil. Kebos' Freunde und Gefährten gehörten nach alter Tradition auch demselben Stand an wie er.

Imara war hocherfreut und belohnte Bes mit einem Stück Silber in Form eines kleinen Blattes. Sie wusste, er würde es bald in einer der Kneipen mit seinen Freunden in Bier verwandeln. Bier war das Lieblingsgetränk der Diener, das wusste Imara mittlerweile. Wie Kebos gab sie dem Wein den Vorzug, der aus dem eigenen Weinkeller auf den Tisch kam.

Sie entließ Bes mit den Worten: „Ich danke dir Bes, das hast du gut gemacht. Sobald ich den Tag für das Fest bestimmt habe, werde ich dir Bescheid geben, damit du die Freunde meines Mannes verständigen kannst. Ich werde dir die Einladungen auf Papyrus mitgeben. Und jetzt geh und kein Wort davon zu meinem Mann!"

„Ich verspreche es, Herrin. Mein Mund ist versiegelt. Möge Gott Amun mich bestrafen, sollte auch nur ein Wort darüber über die Schwelle meiner Lippen kommen."

Bes verbeugte sich und verließ seine Herrin. Stolz ging er in die Küche, um seinen Freunden das Silberstück zu zeigen.

Imara zog sich gemeinsam mit Baina und natürlich Baruti in ihren Pavillon zurück, um Pläne für das Fest zu schmieden. Ihrer vagen Schätzung nach konnte sie mit dreißig bis vierzig Gästen rechnen. Vorausgesetzt, dass die meisten von Kebos' Freunden ihre Partner und beider Eltern mitbrachten, die selbstverständlich auch herzlich eingeladen waren.

Imaras Vorfreude auf das Fest war groß! Sie dachte an Kebos, an ihren geliebten Mann, und im Geiste malte sie das Bild seines überraschten Gesichtes und freute sich schon darauf! Ihr Herz war sogleich wieder von Sehnsucht nach ihm erfüllt, doch diesmal würde sie ihren Gefühlen ausnahmsweise nicht nachgeben, denn es war noch sehr viel zu tun.

Die Liebe musste bis in die Nacht warten!

Sie schickte Baina aus, um genügend Papyrus für die Einladungen zu beschaffen. Sie wusste, sie konnte in Ruhe die Dinge für das Fest vorbereiten, denn ihr geliebter Kebos weilte in seinem Studierzimmer, um Arzneien zu sortieren, neue Kräuter zu studieren und sie auf ihre Wirkstoffe zu überprüfen. Das würde viel Zeit in Anspruch nehmen, die Imara für sich zu nützen verstand.

Baina war schnell wie ein Windhauch mit dem Gewünschten zurück und blieb an Imaras Seite im Pavillon, um für weitere Aufgaben bereit zu sein. Baruti lag in einer Ecke des Raumes und ließ seine Herrin nicht aus den Augen. Vielleicht bestand für ihn doch noch die Chance auf ein spannendes Ballspiel?

Imara aber hatte keine Zeit für Baruti, er musste sich gedulden, denn es gab Wichtigeres zu tun. Zunächst galt es, den Zeitpunkt für das Fest zu bestimmen. Nach reiflicher Überlegung war sich Imara im Klaren: In fünf Tagen, wenn der Mond in einem silberhellen Rund am Himmel stehen würde – Imara hatte es mittlerweile gelernt, die Wege des Mondes zu deuten –, würde sie das Fest für ihren Mann veranstalten.

Und so malte sie die Hieroglyphen für die Einladungen auf die einzelnen Papyrusblätter an Kebos' Freunde.

Bes wurde gerufen und angehalten, diese zu verteilen. Das sollte am nächsten Morgen geschehen, denn mittlerweile senkte sich schon die Dämmerung über Theben und Kebos' Haus.

Imara verließ den Pavillon und bat Baina: „Meine liebe Baina, ich bitte dich, die gesamte Dienerschaft von dem Fest zu informieren und vor allem zum Schweigen darüber zu verpflichten. Ich möchte nicht, dass die Überraschung misslingt und mein geliebter Mann auch nur den Hauch eines Gerüchts über meine Absicht vernimmt. Seine Freude soll rein und ungetrübt sein, wenn er seine Freunde nach langer Zeit wiedersieht!"

Baina versprach, die Diener dahingehend zu unterrichten, begab sich sofort in die Küche und danach in das Gebäude der Bediensteten, um das Wort ihrer Herrin weiterzugeben.

Nachdem Imara den Pavillon verlassen hatte, verweilte sie noch beim Seerosenteich, ihrem Lieblingsplatz im Garten. Sie war so sehr in Gedanken versunken, dass sie nicht bemerkte, wie Kebos sich ihr ganz leise hinter ihrem Rücken auf Zehenspitzen näherte.

Er legte seine Arme um sie und Imara, von Kebos zunächst völlig überrascht, spürte sogleich die angenehme Wärme ihres Mannes und sagte lachend: „Mein Liebster! Ich habe Dich noch nicht erwartet und Du hast mich fast erschreckt! Ich wähnte Dich noch in Deinem Studierzimmer bei Deiner Arbeit. Aber ich sehe, dass die Dunkelheit uns langsam einhüllt, und ich bin glücklich, den Abend mit Dir verbringen zu können, Du, mein Liebster! Lass uns hier beim Seerosenteich gemeinsam das abendliche Mahl genießen!"

Kebos freute sich nach getaner Arbeit auf einen entspannenden Abend, und während Imara ihrer Dienerin Baina, die wieder an ihrer Seite weilte, Anordnungen für das Mahl gab, holte Kebos ein mit Papyrus umwickeltes Päckchen hervor, das er unter dem perlenverzierten Gürtel seines Kleides versteckt hatte, und überreichte es seiner Frau.

„Geliebte Imara, das habe ich für Dich anfertigen lassen und ich hoffe, Du findest Gefallen daran! Es ist ein bescheidenes Zeichen meiner Liebe zu Dir."

Er küsste Imara sanft auf den Mund und sie erwiderte seinen Kuss ebenso zart. Sie nahm das Päckchen, das mit Gräsern umwickelt war, und öffnete es aufgeregt.

Ein breiter, goldener Armreif lag auf ihrer Hand, reich an eingelegten Türkisen, Lapislazuli, Peridot und Kornalin. Er war kunstvoll gearbeitet und wunderschön! Imara war überrascht und gerührt! Was hatte sie doch für einen liebevollen und aufmerksamen Mann! Der Armreif passte genau um ihr Handgelenk und die Steine darauf leuchteten um die Wette. Der Lapislazuli hatte dieselbe Farbe wie ihre Augen.

Imara wusste, dass sie eine große Schatulle mit kostbarem Schmuck besaß, die im Kellerraum des Haupthauses aufbewahrt wurde. Ihr Mann hatte ihr die Schatulle und deren Inhalt gezeigt, in der Hoffnung, eines der Preziosen würde Imaras Erinnerung an den Anlass und den Moment der Gabe wecken und sie damit in die Gegenwart führen.

Doch dem war nicht so. Obwohl Imara die Schmuckstücke wunderschön fand, bedeuteten sie ihr nichts und erweckten auch keine Erinnerungen.

Anders verhielt es sich mit diesem kostbaren Armreif.

„Mein liebster Kebos, ich danke Dir für dieses wunderbare und kostbare Geschenk. Und ich danke Gott Amun, dass er Dich mir zum Mann gegeben hat, in einer Zeit, an die ich mich leider nicht erinnere. Aber umso mehr genieße ich seit meinem Erwachen die Tage mit Dir, vor allem seit mein Herz für Dich entflammt ist, mit einer so großen Liebe, dass ich sie in Worte nicht kleiden kann!“

Und Kebos und Imara umarmten einander voller Leidenschaft und wären nicht die Diener mit dem abendlichen Mahl erschienen, sie hätten sich am Rande des Seerosenteichs ungehindert ihrer Lust hingegeben.

Nachdem sie die zahlreichen Schälchen mit ihren dampfenden Inhalten geleert hatten, begaben sich die beiden Liebenden in das Haupthaus, in ihr Schlafgemach.

In ihrem Himmelbett versanken sie in Lust und Liebe ineinander.

Imara schlief nach der Liebe völlig nackt an der Seite ihres Kebos, lediglich mit der Halskette Nefertaris und dem Armreif ihres Mannes geschmückt. Kebos betrachtete noch eine Weile liebevoll seine schlafende Frau, küsste zärtlich die herzförmige Brandnarbe auf ihrer rechten Brust, um dann selbst sanft in das Reich der Träume zu gleiten.

Der nächste Tag brachte Imara umfassende Geschäftigkeit, die aber in aller Geheimhaltung vor sich gehen musste, was nicht leicht war. Um unentdeckt die gesamte Dienerschaft von ihren Aufgaben für das bevorstehende Fest unterrichten zu können, hatte Imara mit ihrem Schwiegervater vereinbart, dass er zu einem bestimmten Zeitpunkt nach Kebos schicken sollte, um mit dessen Hilfe einige neue Arzneien herzustellen. Chons hatte sich bereit erklärt, bei dieser liebevollen Verschwörung mitzuhelfen.

Er wusste, wie sehr er seinen Sohn für seine Arbeit begeistern konnte und wie wissbegierig Kebos sich an den Versuchen zur Herstellung neuer Arzneien beteiligte.

Imara gab unterdessen ihre Wünsche bezüglich des Festmahls bekannt und ermahnte die Diener mit freundlichen Worten, dass es an nichts fehlen dürfe. Die Schenkel vom Ochsen, Tauben, Fische, Hühner und Wachteln sollten unter den kundigen Händen der Köche zu delikaten Speisen verarbeitet werden. Brot und Käse wurden im Haus erzeugt, ebenso die kleinen Honigkuchen, die Imara selbst so liebte.

Gemüse, Kräuter und Obst waren im Überfluss im Garten hinter der Wacholderhecke zu finden. Der eigene Wein würde kredenzt werden, ausreichend Bier mussten die Diener erst beschaffen.

Als Imara ihre Wünsche kundgetan hatte, begab sie sich in die Weberei, um die Leinentücher für die Tische in einer besonderen Farbe anfertigen zu lassen. Sie wählte dafür das Goldgelb der Sonne, das für gute Laune und Heiterkeit ihrer Gäste sorgen sollte.

Zu ihrer Freude stellte sie fest, dass genügend Rinde des Granatapfelstrauchs vorhanden war, um die gewünschte Farbe damit zu erzielen. Bereitwillig wurden ihre Wünsche in der Weberei entgegengenommen.

Die gesamte Dienerschaft erfreute sich an der neuen Lebenslust ihrer Herrin und genoss ihre liebevolle Art, mit ihnen umzugehen. Sie alle waren während des gefährlichen Fiebers, unter dem Imara gelitten hatte, zutiefst betrübt gewesen. Deshalb tat es ihnen gut, sie wieder in Fröhlichkeit und Freude zu erleben. Möge Gott Amun seine Hand schützend über ihre Herrschaft halten, das waren die stillen, nicht ganz uneigennützigen Gebete der Diener. Denn sie alle wussten, wie gut sie es getroffen hatten, im Hause Kebos' arbeiten zu dürfen.

Bes war eifrig damit beschäftigt, die Einladungen zu verteilen, und er durfte sogar, während man ihn mit einem kühlen Trunk labte, die Antworten abwarten, um sie seiner Herrin zu übermitteln. Alle, die eine Einladung erhalten hatten, freuten sich auf das Fest für Kebos, denn er war sehr beliebt und angesehen und jedem Einzelnen in der Jugendzeit ein guter Freund und Spielgefährte gewesen.

Die meisten der Freunde, die schon einen Ehemann oder eine Ehefrau hatten, würden zu zweit erscheinen – oder zu viert oder zu sechst, denn auch deren Eltern hatten Freude daran, Kebos wiederzusehen. Und es gäbe für sie Gelegenheit, mit Chons interessante Gespräche zu führen, und ganz nebenbei konnte man seine Neugier befriedigen, denn es hatte sich herumgesprochen, dass Nefertari nicht mehr bei Chons weilte. Auch innerhalb der Oberschicht blühte der Tratsch und Klatsch.

So wusste man um das Wunder von Imaras blauen Augen, die – wie man munkelte – eine Folge des Fiebers waren, und man war gespannt, wie sie damit aussah. Aber niemand wusste, weil darüber strenges Stillschweigen im Hause Kebos' herrschte, dass Imara ihr Gedächtnis verloren hatte. Sie hatte das so gewünscht.

Als Bes zu seiner Herrin zurückkehrte, konnte er von über vierzig Zusagen berichten. Auch er freute sich auf das Fest, denn es bedeutete für die Dienerschaft, dass nach getaner Arbeit Leckerbissen aller Art auch ihr zugeteilt wurden.

Der große Tag war gekommen! Im Hause Kebos' war man sehr aufgeregt, die Diener eilten durch den Garten, Imara hatte noch dies und jenes zu arrangieren und Baina war stets an ihrer Seite, um noch letzte Befehle entgegenzunehmen. Sie war sehr stolz auf ihre Herrin. War es ihr doch gelungen, sehr geschickt und in aller Heimlichkeit die Vorbereitungen so zu treffen, dass Kebos davon nichts bemerkt hatte. Und Imara ihrerseits war sehr stolz auf die Diener und Köche, die sich so sehr bemüht hatten, ihre Wünsche zu erfüllen, und sie wusste, das war nicht leicht gewesen. So unauffällig wie nur möglich war gebraten, gebacken und gekocht worden und die Küchenmägde hatten alle Hände voll zu tun gehabt, um die Anordnungen der Köche auszuführen. Imara würde sie alle nach dem Fest reichlich belohnen.

Als kleine List und um in Ruhe die letzten Vorbereitungen treffen zu können, hatte Imara mit Chons verabredet, Kebos am Tag des Festes in den Tempel von Karnak zu führen, um dort ein Opfer zu bringen und für die glückliche Heimkehr aus Koptos zu danken.

Kebos schöpfte nicht den geringsten Verdacht, als sein Vater ihn dazu einlud. Er wählte sein Festgewand für den Opfergang, um Gott Amun gerecht zu werden, und suchte einen besonders schönen Usekh mit Fayencenblüten aus. Dazu hatte er einen Gürtel um die Taille geschlungen, der mit Gold und bunten Steinen beschlagen war. Auch Chons trug sein Festgewand aus schneeweißem Leinen und beide, Vater und Sohn, sahen prächtig aus.

Unterdessen wurde der Garten mit Fackeln versehen, die Tische wurden so eingerichtet, dass die Gäste zu sechst daran Platz nehmen konnten. Einige kleine Tische wurden auf dem Dach des Haupthauses aufgestellt und wer wollte, konnte dann später noch den Blick auf das Tal der Könige in der Abendsonne genießen.

Die gelben Leinentücher, die Imara bestellt hatte, strahlten zwischen den Blumen und Sträuchern und verliehen dem Garten zusätzlich eine sonnige, sommerliche Atmosphäre. Es sah alles wunderschön aus und Imara war glücklich. Sie hatte ein schneeweißes, ein wenig durchsichtiges Leinenkleid mit blütenübersätem Usekh für sich gewählt, das ihre zarte Figur darunter erahnen ließ, trug den Armreif, den ihr Kebos geschenkt hatte, war von Baina geschminkt und gesalbt worden und sah überwältigend aus. Sie duftete nach Iris und Rosen, nach dem Parfum, das Kebos für sie gemischt hatte.

Nach und nach erschienen die Gäste. Imara erkannte keinen von ihnen, doch sie zeigte ehrliche Freude über jeden Einzelnen. Sie verstand es geschickt, ihre verlorene Erinnerung zu verbergen, und Baina war stets an ihrer Seite und gab hilfreiche Hinweise.

„Herrin, ihr erinnert Euch doch an Teti! Er war beim großen Fest zu Eurer Vermählung an der Seite von Eurem Mann. Er ist sein engster Freund aus der Kindheit, Ihr erinnert Euch doch!“

Und Imara nickte und hieß Teti herzlich willkommen! Er schöpfte nicht den geringsten Verdacht, denn es waren ja auch schon über zwei Jahre ins Land gezogen, seit Imara ihn bei einem, für sie sehr aufregenden, Fest das erste Mal gesehen hatte.

Viele junge schöne Frauen und Männer ergingen sich im Garten, zeigten sich von Imara und ihren so ungewöhnlichen blauen Augen entzückt – einige von ihnen sahen sie das erste Mal – und gratulierten ihr zu dem wunderbaren Garten, den sie für ihre Gäste so prachtvoll geschmückt hatte. Die Eltern der Paare unterhielten sich miteinander und alle warteten gespannt auf Chons und Kebos.

Beide sahen sehr würdevoll und elegant aus, als sie den Garten betraten!

Chons hatte seinem Sohn den Vortritt gelassen und genoss es sichtlich, auch seinen Teil zum Gelingen der Überraschung beigetragen zu haben. Kebos zeigte sich völlig verwirrt, schaute zunächst erstaunt und sprachlos in die Runde seiner Freunde! So viele freundliche und vertraute Gesichter, so viele liebevolle Erinnerungen, die mit ihnen verbunden waren! Er war überwältigt! Nach der herzlichen Begrüßung der einzelnen Gäste bildeten sich kleine Gruppen, die ungezwungen miteinander dies und jenes besprachen.

Kebos eilte auf Imara zu, nahm sie in die Arme und dankte ihr für die wunderbare Überraschung! Er drückte sie leidenschaftlich an sich und die umstehenden Gäste registrierten zufrieden, und manche auch ein wenig wehmütig, das offensichtliche Glück der beiden.

Es war ein rauschendes Fest, es wurde gelacht, getanzt, man labte sich an den vorzüglichen Speisen, man lobte den frisch gekelterten Wein.

Baruti begrüßte begeistert schwanzwedelnd die vielen Menschen und rannte dann aufgeregt durch den Garten, von einem Tisch zum anderen, in der Hoffnung, ein kleines Stück Wachtel oder Huhn würde auf die Erde fallen. Schließlich beschloss er, in der Nähe seiner Herrin zu bleiben, sie würde schon daran denken, ihn mit einem Leckerbissen zu verwöhnen.

Als sich der Mond im vollen Rund am Himmel zeigte, begannen zwei junge Mädchen mit ihrem Harfenspiel. Chons hatte die beiden als Überraschung zum Fest eingeladen.

Imara, die nach der Begrüßung ihrer Gäste und nach verschiedenen Anordnungen an die Diener endlich Zeit gefunden hatte, an der Seite ihres Schwiegervaters einen Becher Wein zu genießen, beobachtete ihren Mann, der strahlend neben einer bildschönen jungen Frau saß und intensiv in ein Gespräch mit ihr vertieft war.

Durch das lange, schmale Hemdkleid, das an den Schultern mit Streifen zusammengehalten war, schimmerte ihr schöner weißer Busen wie Alabaster. Sie trug eine schwarze Perücke mit schulterlangem Haar, in Ringellöckchen gelegt – wie die meisten wohlhabenden Frauen ihres Standes –, und hatte für das Fest ihr Haar mit rosa Blüten verziert. Sie sah bezaubernd aus!

Mehr als einmal berührte Kebos ihren Arm und Imara spürte einen Stich im Herzen, als sie der

Vertrautheit zwischen ihrem Mann und der jungen Frau gewahr wurde. Wer war sie und was hatte das zu bedeuten? Sie nahm sich vor, nach dem Fest Kebos darüber zu befragen.

Hatte Imara sie vor dem Fieber gekannt? Waren sie miteinander befreundet?

Einmal mehr haderte sie mit dem Schicksal, dass ihre Erinnerungen noch nicht zu ihr zurückgekehrt waren. Wie lange noch würde Gott Amun dieses grausame Spiel mit ihr treiben?

Das Fest war ein voller Erfolg und die Gäste erfreuten sich noch lange, bis in die Nacht an der Einladung und genossen Unterhaltung, Speis und Trank.

Als der Morgen bereits graute, aber Gott Chepre noch keinen Sonnenstrahl über Theben schickte, verließ das letzte Paar zusammen mit Chons das Fest.

Die Diener hatten alle Hände voll zu tun, um den Garten und das Dach des Hauses, aber auch die Küche wieder zu ordnen und für den angebrochenen Tag zu richten. Als dies geschehen war, begaben auch sie sich in ihre Zimmer zur wohlverdienten Ruhe. Sie alle waren mit ihrer Arbeit zufrieden.

Imara und Kebos fielen erschöpft, aber glücklich in ihr Bett, einander umarmend schliefen sie sofort ein. Imaras letzter Gedanke galt der jungen Frau, mit der sich Kebos so intensiv unterhalten hatte.

Die Sonne stand schon hoch am Himmel, als es immer noch ganz still war im Hause Kebos'. Alles lag in einem erholsamen Schlaf.

Nur Baina, die wie immer vor der Schlafzimmertüre ihr Lager aufgeschlagen hatte, war schon wach. Nicht zuletzt auch deshalb, weil Baruti bereits neben ihr stand und seine Schnauze ungeduldig schnaufend auf ihren Arm legte.

Bald waren auch Imara und Kebos erwacht und gaben Baina den Auftrag, das späte Morgenmahl in das private Esszimmer servieren zu lassen.

Kebos, noch unter dem Eindruck des gelungenen Abends, dankte seiner Frau überschwänglich für das schöne Fest mit seinen Freunden: „Liebes, ich bin noch immer überwältigt, wie wunderbar Du diesen Abend gestaltet hast! Und ich wundere mich über mich selbst, dass ich von den Vorbereitungen dazu nichts bemerkt habe, denn es bedurfte ja einer unglaublichen Organisation, für so viele Gäste ein perfektes Mahl zuzubereiten. Ich danke Dir von ganzem Herzen für Deine Umsicht, Deine Liebe und Dein Talent, Menschen zu erfreuen. Und ich bewundere Deine Geschicklichkeit, mit der Du den Verlust Deiner Erinnerungen vor meinen Freunden verbergen konntest. Sie alle waren von Dir begeistert! Ich weiß, wie sehr Du darunter leidest, aber glaube mir, ich bete jeden Tag zu Gott Amun, er möge Dir Dein Gedächtnis zurückgeben. Und falls er es anders beschließt, glaube mir, meine Liebste:

Ich liebe Dich, wie Du bist, Imara, und daran wird sich nie etwas ändern."

Imara lächelte ihren Mann an und sagte: „Ich danke Dir für die schönen Worte, mein Lieber! Ich selbst hatte große Freude daran, dieses Fest für Dich auszurichten. Du bist das Zentrum meines Lebens und ein wunderbarer Ehemann. Allerdings ...", und hier zögerte Imara ein wenig, „... habe ich mit einigem Unmut feststellen müssen, wie sehr Du Dich auch für andere Frauen begeistern kannst."

Kebos blickte seine Frau erstaunt an: „Wovon sprichst Du? Ich kann Deiner Rede nicht folgen, bitte, erkläre mir, was Deinen Unmut ausgelöst hat?"

Und Imara antwortete: „Ich sah Dich in intensivem Gespräch, sehr vertraulich, mit einer wunderschönen Frau. Es sah aus, als wäre sie eine Geliebte von Dir aus einer vergangenen Zeit, an die ich mich nicht erinnern kann oder in der ich noch nicht in Dein Leben getreten war. Es hat mich sehr traurig gemacht und auch zornig, weil ich nicht wusste, wie ich damit umgehen sollte."

Kebos war zunächst erstaunt über Imaras Rede, aber dann begann er herzlich zu lachen: „Du bist eifersüchtig, Geliebte! Aber Du bist grundlos eifersüchtig. Die junge Frau, die Du meinst, mit der ich mich so lange unterhalten habe, ist Renpet, meine Milchschwester. Wir beide hatten dieselbe Amme und wir wuchsen gemeinsam auf, bis der Unterricht für uns begann und man uns trennte. Sie ist wie eine Schwester für mich und ich käme nie auf den Gedanken, in ihr eine mögliche Geliebte zu sehen. Es tut mir leid, dass ich Dir das nicht sogleich mitgeteilt habe, als sie unser Haus betreten hat, aber es waren so viele Menschen um mich und Du warst mit den Dienern so beschäftigt, dass ich den Zeitpunkt, sie Dir vorzustellen, übersehen habe. Entschuldige bitte! Ich schwöre Dir, Du hast keinen Grund, eifersüchtig zu sein. Ich liebe nur Dich und werde Dich auch immer lieben. Du bist das Beste in meinem Leben und ich danke Gott Amun dafür! Möge unser Leben noch von langer Dauer sein, bis wir gemeinsam das Totenreich betreten dürfen."

Nach dieser Erklärung ihres Mannes war Imara etwas verlegen. Aber durch seine Worte verschwand der letzte Rest ihrer Unsicherheit ob der Beobachtung des letzten Abends und sie küsste Kebos zärtlich auf die Schulter. Er zog seine Frau an sich und umarmte sie leidenschaftlich.

Dann verließen beide das Esszimmer und begaben sich einmal mehr in ihr Schlafgemach. Der Tag sollte nur ihnen und ihrer Liebe gehören.

Der Herbst, die Jahreszeit Peret, war ins Land gekommen, und wie jedes Jahr hatten die Fellachen zu den Göttern um eine gute Ernte gebetet und hofften, dass die Saat aufgegangen war. Das war nicht selbstverständlich, denn es gab immer wieder auch die schrecklichen Zeiten der Dürre, in denen die Überschwemmungen mit fruchtbarem Schlamm ausblieben und nicht gesät und dadurch auch nicht geerntet werden konnte. Aber diesmal trug der fruchtbare Schlamm des heiligen Flusses reichlich Früchte und damit war die Ernte gesichert und niemand musste verhungern. Die Ufer des Nils hatten sich in eine üppige, grüne Landschaft verwandelt. Die heiße Jahreszeit ging zu Ende.

Es war auch eine gute Zeit für Kebos und Imara, sie führten ein glückliches und sorgenfreies Leben und hatten große Freude aneinander. Der einzige Schatten, der immer noch das sonnige Dasein des jungen Paares trübte, war der Gedächtnisverlust Imaras. Anders als Kebos, der sich längst damit abgefunden hatte, grämte sich Imara und haderte immer wieder mit den Göttern.

Eines Tages erreichte das prachtvolle Segelboot von Imaras Eltern das Ufer von Theben, mit einem Boten aus dem fernen Memphis an Bord, der Imara darüber informierte, dass ihr Vater schwer erkrankt sei. Selket, Imaras Mutter, bat ihre Tochter, nach Memphis zu kommen.

Auf dem Papyrus war zu lesen: „Meine geliebte Tochter! Es ist von großer Traurigkeit für mich, Dir mitteilen zu müssen, dass mein geliebter Mann, Dein Vater, von einer mysteriösen Krankheit befallen ist, die mir als Ärztin unbekannt ist. Auch habe ich schon andere Ärzte zu Rate gezogen, aber niemand kann erkennen, welches Leiden meinen armen Eje quält. Er liegt müde und ermattet in seinem Bett, seine Glieder schmerzen, er kämpft mit einem Fieber, das sich jeden Tag ändert, und ich fürchte, dass er sterben wird. Ich bitte Dich, so rasch wie möglich nach Memphis zu kommen! Ich weiß, dass die Reise sehr lang und beschwerlich ist, aber wenn Du Dich nicht beeilst, könnte es sein, dass Dein Vater bei Deiner Ankunft nicht mehr unter den Lebenden weilt. Denn allein mein Bote hat schon geraume Zeit auf dem Nil hinter sich, wenn er Dir diesen Papyrus überreicht. Und auch Deine Reise wird noch viele Tage in Anspruch nehmen. Bitte komm so rasch wie möglich.

Deine traurige Mutter Selket."

Imara war außer sich! Sie, die ihre Eltern nicht kannte, sie, die ihre Eltern nie hatte wissen lassen, dass sie ihr Gedächtnis und damit alle Erinnerungen an sie beide verloren hatte, musste nun um einen Vater bangen, der ihr nichts bedeutete. Dennoch spürte sie, tief in ihrem Herzen, dass sie zu ihren Eltern reisen musste, es war ihre Pflicht als Tochter. Alles andere würde sich finden.

Sie sorgte dafür, dass der Bote gelabt wurde, und lud ihn ein, sich im Gästehaus zu erfrischen und sich von der langen Reise zu erholen. Ein Teil der Besatzung des Schiffes hatte sich bereits in Theben in einem der Gasthäuser einquartiert, andere waren auf dem Schiff geblieben, alle warteten auf die weiteren Befehle.

Imara musste Kebos zu Rate ziehen. Als sie ihm den Papyrus zeigte, sagte er sofort: „Meine Liebste! Wir dürfen keine Zeit verlieren. Wir fahren so rasch wie möglich nach Memphis. Ich werde Vater verständigen, damit er uns begleitet, und ich hoffe, er kann Deinem Vater helfen. Ich schicke sofort Bes zu ihm. Und Du, mein Liebes, sorge Dich nicht, Du wirst sehen, sobald Du in Memphis bist, wirst Du auch Deine Eltern wiedererkennen, da bin ich ganz sicher."

Imara antwortete verzweifelt: „Aber Kebos, was geschieht, wenn ich sie nicht erkenne! Ich kann ihnen nicht sagen, dass ich das Gedächtnis verloren habe. Es wäre zu grausam, gerade in dieser schwierigen Situation. Auch würde ich die berechtigten Vorwürfe meiner Mutter kaum ertragen, dass wir sie nicht schon früher über meinen Zustand informiert haben. Zu all dem Schmerz über meinen Vater müsste ich ihr noch zusätzlichen Kummer bereiten. Das kann kein Mensch ertragen und ich möchte das meiner Mutter nicht antun. Auch wenn ich sie nicht kenne, sie ist meine Mutter und verdient höchsten Respekt und vor allem die Liebe ihrer einzigen Tochter, in dieser für sie so traurigen Zeit."

Und plötzlich durchzuckte es Imara wie ein Blitz: Sie musste an das Gespräch zwischen Nefertari und Kebos denken, das sie belauscht hatte, und an den Fluch des Krokodilgottes Sobek. Und eine rasende Angst überfiel Imara. Kebos durfte auf keinen Fall mit ihr nach Memphis reisen! Sie musste es verhindern, aber wie? Die lange Fahrt auf dem Fluss war viel zu gefährlich für ihn. Was, wenn das Schiff kenterte? Was, wenn der Fluss eine Welle nach ihm schickte? Es war nicht auszudenken, was dann passieren würde!

Aber wie sollte sie ihm die Reise ausreden, ohne ihr Geheimnis preiszugeben und ihm gestehen zu müssen, dass sie ihn und seine Mutter belauscht hatte. Imara war verzweifelt!

Kebos hatte inzwischen Bes mit einer Nachricht zu seinem Vater geschickt und den anderen Dienern befohlen, alles für die lange Reise vorzubereiten.

Als Chons davon erfuhr, quälten ihn die gleichen Gedanken wie Imara, aber davon ahnten beide nichts.

Für Chons war es selbstverständlich, Imara und ihrem Vater beizustehen, allerdings musste er versuchen, seinem Sohn die Reise auszureden. Aber tief in seinem Herzen fühlte er, dass dies nicht gelingen würde. Seine Sorge war groß!

Imara sollte auch Baina über die Fahrt auf dem Fluss unterrichten, stattdessen starrte sie ihren Mann wie gelähmt an.

„Kebos, ich bitte Dich, lass mich diese Reise nach Memphis alleine machen. Es ist wunderbar, dass Dein Vater mir zur Seite sein wird. Er wird mich beschützen und er kann vielleicht meinen Vater retten. Ist es nicht sinnvoller, dass Du hier bleibst, Liebster, um ihn in der Zeit unserer Reise hier in Theben zu vertreten und nach dem Rechten zu sehen?"

Und Kebos antwortete: „Nein, Liebes, das kann ich nicht zulassen. Ich lasse Dich und Vater nicht alleine reisen. Und höre: Ich werde darüber mit Dir kein Gespräch mehr führen. Ich liebe Dich und mein Platz ist an Deiner Seite. Es gibt noch andere Ärzte in Theben, die meinen Vater besser vertreten können, als ich jemals imstande wäre."

Und damit verließ er Imara, die völlig verstört zurückblieb, und begab sich in sein Studierzimmer.

Sie kannte mittlerweile Kebos gut genug, um zu wissen, dass sein Wort endgültig war und sie sich dem nicht widersetzen konnte, ohne einen wichtigen Grund zu nennen. Und genau das war ihr nicht möglich. So fügte sie sich in das Unausweichliche und schwor sich selbst, Kebos keinen Lidschlag lang auf dieser Reise aus den Augen zu lassen.

Also rief sie nach Baina, die wie immer nicht weit von ihrer Herrin entfernt war, und gab ihr Anweisungen zur Vorbereitung der Reise.

Es war erforderlich und in Imaras Kreisen üblich, dass persönliche Diener ihre Herrschaft auf Reisen begleiteten. Das galt auch für Baina und Bes.

Baruti sollte das Haus hüten und wurde einem der Köche anvertraut, was ihm sicherlich Freude bereiten würde. Mehr als sonst würde er sich an Leckerbissen ergötzen, denn der Koch, dem er zugeteilt wurde, liebte das aufgeweckte und fröhliche Tier.

Imara und Kebos verbrachten den Abend sehr schweigsam. Beide hingen ihren eigenen Gedanken nach, und hätte man sie erfahren können, so hätte man gewusst, dass ihrer beider Überlegungen einander sehr ähnlich waren. Auch Kebos dachte an den Fluch des Krokodilgottes Sobek, ebenso wie Imara, nur mit dem Unterschied, dass er sich nicht so sehr sorgte wie seine Frau. Vielmehr flüchtete sich Kebos, wie schon zuvor auf der Reise nach Koptos, in die Hoffnung, dass Sobek wohl jetzt alles nicht mehr so ernst meinte, wo er doch mittlerweile wissen musste, dass der erstgeborene Sohn Nefertaris, den er einst verflucht hatte, sein eigener Sohn war.

Im Lichte dieser Erkenntnis beruhigte sich sein Gemüt, ja, eine gewisse Heiterkeit und Freude machten sich in seinem Herzen breit. Er fühlte sich plötzlich leicht und unbeschwert.

Er nahm Imara an der Hand, bestieg mit ihr zusammen das Dach des Hauses und deutete auf den Nil: „Schau, meine geliebte Imara, wie ruhig und gleichmäßig der heilige Fluss dahinfließt! Ich denke, wir werden bald bei Deinen Eltern in Memphis sein, denn das Schiff hat sowohl Segel als auch Ruder und das Wasser trägt uns flussabwärts nach Norden. Du hast es ja selbst gehört, mein Liebes, der Bote Deiner Eltern war dank des starken Nordwindes selbst flussaufwärts nur neun Tage unterwegs.

Du wirst sehen, so traurig der Anlass dieser Reise ist, die Reise selbst wird Dir gefallen. Ich erinnere mich noch sehr gut daran, als wir damals Deine Eltern in Memphis besucht haben, wie sehr Dich die Fahrt begeistert hat. Dieses Erlebnis will ich mit Dir zusammen genießen, weil es für Dich ja das erste Mal sein wird, seit Dein Gedächtnis an alte Zeiten ausgelöscht wurde."

Imara konnte nichts dagegen einwenden, umarmte ihren Mann, leidenschaftlicher und inniger als je zuvor, so, als wollte sie ihn für immer festhalten.

Baina und Bes und die übrige Dienerschaft hatten alle Hände voll zu tun, die Reise vorzubereiten. Abgesehen von den persönlichen Dingen der Herrschaft, musste auch einiges an Proviant vorbereitet werden für alle, die sich an Bord befinden würden. So manches, das zum Leben auf dem Schiff gebraucht wurde, konnte aber auch noch während der Reise besorgt werden.

Denn man war nur am Tag auf dem Nil unterwegs. In der Nacht fuhr der Kapitän nur ungern, da die Gefahr, auf eine Insel oder Sandbank aufzulaufen, zu groß war.

Geschäftig eilten die Diener zwischen dem großen Schiff und dem Hause Kebos' und dem von Chons hin und her. Endlich war alles verladen, auch Chons' schwerer Arztschrank, und die Herrschaft konnte an Bord gehen. Sowohl der Kapitän als auch die Matrosen musterten Imara erstaunt, ob ihrer blauen Augen, aber keiner wagte auch nur ein Wort darüber zu sagen. Erst als sie unter sich waren, tuschelten sie und hatten so ihre eigenen Vermutungen über Imaras blaue Augen.

Das junge Paar wurde von Baina, Bes, einem Koch, einem Küchengehilfen und noch drei anderen Dienern begleitet. Chons nahm nur die stille und scheue Nitokris mit, deren Gesicht sich aber jedes Mal erhellte, wenn sie Kebos ansah.

Die Matrosen hatten das Boot gesäubert und es zum Auslaufen klargemacht. Das Schiff war ziemlich groß und aus kostbarem Holz. Ein einziges schmales, hohes Segel aus Leinen war am Mast mit Seilen befestigt. Hinter dem Mast befand sich eine geräumige Kajüte, die nun für einige Tage für Imara, Kebos und Chons Wohnraum und Schlafzimmer sein würde. Mannschaft und Diener hielten sich an Deck auf und schliefen auch dort. Baina, Bes und

Nitokris konnten unter dem Vordach der Kajüte, windgeschützt, ihre Lager aufschlagen.

Langsam setzte sich das Boot in Bewegung. Imara war zusammen mit Kebos an Deck geblieben, um Theben einmal aus einem anderen Blickwinkel zu erleben.

„Ach Kebos! Wie wunderschön! Was für eine große Stadt!" Imara war begeistert! Das ganze Ausmaß der „Hunderttorigen" ließ sich vom Wasser aus viel besser erfassen als inmitten der Stadt selbst.

Kebos hielt seine Frau im Arm und genoss gemeinsam mit ihr den Blick auf das verschwindende Theben.

„Ich wusste es, mein Liebes, dass Dir die Fahrt auf dem Fluss gefallen würde. Du warst schon einmal begeistert davon und jetzt darf ich es nochmals mit Dir erleben."

Imara hielt sich ihrerseits an Kebos fest, aber nicht so sehr, um selbst Halt zu haben, sondern vielmehr, um ihn zu halten. Aber das sollte er nicht bemerken.

Sie spürte es kaum, als sich das Schiff in Bewegung setzte, sie hatte eher das Gefühl, als würden die Ufer des Nils in Bewegung sein. Fellachen wanderten den heiligen Fluss entlang, wie immer ihre Tiere vor sich her treibend. Frauen standen gebeugt am linken Ufer, um Wäsche zu waschen, Kinder spielten mit kleinen Steinen, die sie in den Fluss warfen.

Manche taten das so geschickt, dass die Steinchen noch zwei, drei Mal über das Wasser hüpften, ehe sie versanken. Es war ein friedliches und idyllisches Bild, das sich den Reisenden bot.

Chons hatte sich in die Kajüte zurückgezogen, um in einer Rolle aus Papyrus zu lesen. Er war bereits in Gedanken bei Eje, Imaras Vater, und suchte in seinen persönlichen Aufzeichnungen nach einem Hinweis darauf, was dessen Fieber verursacht haben könnte. Und er fand eine Notiz, die den Stich einer ganz bestimmten Mücke beschrieb, die bei einem seiner Patienten einmal Fieber ausgelöst hatte. Konnte das vielleicht auch die Ursache für Ejes Erkrankung sein? Aber als Wissenschafter durfte Chons Spekulationen keinen Raum lassen. Er musste zuerst den Priester sehen, um sicher zu sein und um eine Diagnose stellen zu können. Er war froh, dass er den großen Arztschrank bei sich hatte.

Neben seinen medizinischen Überlegungen beschäftigte ihn immer wieder ein einziger Gedanke, der ihn nicht losließ: der Fluch des Krokodilgottes Sobek! Er musste besonders darauf achten, dass Kebos nicht einmal für die Dauer eines Lidschlags auch nur der geringsten Gefahr ausgesetzt sein würde. Chons wusste, er musste behutsam mit Kebos umgehen, denn sein Sohn würde in seinem jugendlichen Ungestüm eine Bevormundung durch seinen Vater nicht ertragen. Schließlich, und das beruhigte Chons ein wenig, wusste Kebos ja um den Fluch und würde sein Leben nicht leichtfertig aufs Spiel setzen.

Die Nacht senkte sich langsam über das Land und der Kapitän empfahl seinen Gästen, in einer Bucht vor Anker zu gehen. Der Koch war angehalten, eine leichte Mahlzeit zuzubereiten, und nachdem sich alle gelabt hatten, begab man sich zur Ruhe.

Die Schlafplätze in der Kajüte waren durch Sisalmatten, wie durch Vorhänge, voneinander getrennt, sodass jedes Bett vor fremden Blicken geschützt war. Imara und Kebos schliefen eng aneinandergeschmiegt auf der linken Seite des Raumes und Chons hatte sich auf die andere Seite zurückgezogen. So ruhend fand sie der nächste Morgen – und auch noch viele Morgen danach.

Es hatte sich ein bestimmtes Ritual, eine gewisse Routine des Zusammenseins auf dem Schiff, entwickelt und die Reise verlief friedlich und ruhig. Der Kapitän war ein erfahrener, umsichtiger und auch strenger Mann und wusste mit seiner Mannschaft umzugehen. Das war sehr wichtig, denn die Matrosen waren raue Gesellen und mit ihnen war nicht zu spaßen.

Das Schiff näherte sich der Stadt Koptos, ihre Umrisse waren bereits zu erkennen, als Chons für einen Moment an den jungen Priester und Arzt des Min-Tempels denken musste. Der Neid und die Gier nach Ruhm waren dem jungen Seth zum Verhängnis geworden. Er hatte sein Leben verwirkt, hatte sich selbst entleibt und war für immer aus dem Totenreich verbannt. Was für ein trauriges Schicksal!

Mittlerweile hatte das Schiff auch schon Koptos passiert; This war die nächste Stadt auf dem Weg nach Achet-Aton.

Es war schon fast die halbe Strecke nach Memphis bewältigt, als plötzlich ein Sturm aufkam. Das große, schwere Schiff schwankte hin und her und der Kapitän forderte seine Gäste auf, ja, befahl ihnen, sich in die Kajüte zu begeben und dort bis nach dem Sturm zu bleiben. Imara und Chons, jeder für sich, waren zunächst erleichtert, denn diesem Befehl musste sich auch Kebos fügen, und das garantierte seine Sicherheit. Er aber sprach vom überwältigenden Schauspiel eines Sturmes auf dem Wasser, das er an Deck miterleben wollte.

Chons, erschrocken, aber auch erzürnt, nahm seinen Sohn beiseite: „Höre Kebos, und ich wünsche keine Gegenrede: Dein unbedachtes Verhalten veranlasst mich zu mahnenden Worten. Hast Du die Warnungen Deiner Mutter und den Fluch des Krokodilgottes Sobek schon vergessen, dass Du entgegen allen Gefahren den starken Wunsch verspürst, einen Sturm auf dem Wasser zu beobachten? Füge Dich unverzüglich den Anordnungen des Kapitäns und befreie mich von der verzehrenden Sorge um

Dich, indem Du Dir der Gefahr des Wassers endlich bewusst wirst. Entferne den Leichtsinn aus Deinem Gemüt, mein Sohn, ich befehle es Dir."

Chons sprach diese Worte sehr ernst und besorgt aus und Kebos versprach, zu gehorchen.

„Vater, mein verehrter und geliebter Vater! Ich weiß um Deine Sorge, aber bitte, verstehe doch: Sobek hätte schon viele Gelegenheiten gehabt, mich zu holen, und es ist nicht geschehen. Vielleicht war der Fluch nur eine Drohgebärde als Rache an meiner Mutter, weil sie Dich ihm vorzog. Ich weiß, dass ein Gott grausam sein kann, aber auch zu seinem eigenen Sohn? Aber ungeachtet meiner Annahme werde ich mich fügen, werde achtsam sein und vorsichtig. Denn Du hast recht, Vater, falls nur mein jugendlicher Übermut mich an dem Fluch zweifeln lässt, seine Wirksamkeit aber unbestritten ist, so bedeutet der Nil Gefahr für mich. Ich liebe Dich und Imara viel zu sehr und schwöre bei Gott Amun, dass ich euch beiden wissentlich niemals in meinem Leben Leid zufügen möchte. Ich liebe Dich, Vater!"

Und Kebos küsste seinen Vater, umarmte ihn und schwor sich selbst, die Warnung seines Vaters stets vor Augen zu haben.

Und wie schon einmal zuvor, hatte Imara ein Gespräch gegen ihren Willen belauscht, diesmal zwischen Vater und Sohn, und sie war froh darüber.

Trotzdem würde sie Kebos nicht aus den Augen lassen und sie bat Gott Amun, ihr dabei zu helfen.

Der Sturm hatte sich gelegt, der Fluss hatte sich wieder beruhigt. Die restliche Reise verlief ohne Zwischenfälle. Immer wieder kamen ihnen Schiffe entgegen, Flöße mit ganzen Schafherden darauf kreuzten von einem Ufer zum anderen. Es herrschte ein geschäftiges Treiben auf dem Nil, war er doch der wichtigste Verkehrsweg des Landes. Der Kapitän lenkte geschickt das Schiff zwischen anderen Booten und an den Flößen aus Papyrus vorbei, vermied Sandbänke und Strudel und nach elf Tagen erreichten sie alle ermattet, aber gesund die Stadt Memphis.

Dank der Ruder und des Segels war die Reise viel rascher vergangen, als Chons angenommen hatte. Denn er erinnerte sich, dass seine Reise vor vielen Jahren zu Ramses II. von viel längerer Dauer gewesen war.

Je näher die Stadt kam, desto unruhiger wurde Imara, und bevor sie in den Hafen einfuhren, wandte sie sich verzweifelt an Kebos: „Mein Liebster, ich habe schreckliche Angst davor, meinen Eltern zu begegnen. Sage mir, wie ich mich verhalten soll. Ich möchte nichts falsch machen, bitte, hilf mir, steh mir bei, ich bin in großer Unruhe und in Sorge!“

Kebos beruhigte seine Frau: „Du wirst das Richtige tun, meine Geliebte. Ich weiß es. Bleib an meiner Seite und bleibe ruhig. Ich helfe Dir, wo ich kann, und auch mein Vater wird bei Dir sein. Und vergiss nicht, Baina ist eine umsichtige und kluge Dienerin. Sie kennt Deine Eltern und wird Dir helfen. Erinnere Dich daran, wie geschickt sie Dir bei dem wunderbaren Fest beigestanden hat, das Du mir beschert hast. Sei also unbesorgt, Liebes!"

Imara beruhigte sich ein wenig, nicht zuletzt auch abgelenkt durch das bunte Bild, das sich ihr im Hafen von Memphis bot.

Unzählige Schiffe lagen im Wasser und Menschen der verschiedensten Hautfarben eilten von einem zum anderen. Händler mit allerlei Gewürzen und Halbedelsteinen, mit Getreidesäcken und Ziegen boten ihre Güter zum Kauf dar. Einige Frauen hatten kleine Gruppen gebildet und verkauften buntes Leinen, Fellachen priesen ihr Brot und die Frucht der Lilie an, andere Menschen begaben sich auf die Schiffe, hatten ihre Familien und oft ihren gesamten Hausrat dabei.

Boote wurden beladen und entladen, es war laut, heiß und der Gestank von Unrat erfüllte die Luft. Schweine und Hunde suchten auf dem Boden nach Essbarem, während die Hafenwache versuchte, sie zu vertreiben. Ein ausgedientes Papyrusboot hing schräg im Wasser, ein zweites war schon gesunken, aber man konnte die Umrisse noch erkennen.

Ein Gaukler von sehr dunkler Hautfarbe, ein Nubier, wie Kebos meinte, hatte einen kleinen Affen bei sich, der allerlei Kunststücke vollbrachte und Purzelbäume schlug. Als Belohnung erhielt er von seinem Meister jeweils eine Dattel, die er gierig zwischen die Zähne nahm und deren Kern er dann in die Menge spuckte.

Einige Kinder hatten sich kichernd um die beiden geschart und bestaunten die Kunststücke des kleinen Kerls mit offenen Mündern. Imara hatte derlei noch nie gesehen und war ebenso erstaunt wie die Kinder.

Kebos befahl einem seiner Diener, in das Haus des Priesters Eje vorauszueilen, um ihrer aller Ankunft zu verkünden. Arztschrank und Gepäck wurden entladen, zwei der vielen Pferdewagen, die im Hafen auf die ankommenden Schiffe warteten, wurden gerufen und Imara, Chons und Kebos nahmen zusammen mit Baina, Bes und Nitokris im ersten Platz, während der Arztschrank vorsichtig auf dem Wagen festgebunden wurde.

Im zweiten Pferdewagen fuhren der Koch und die restlichen Diener mit dem Gepäck. Der Kapitän und seine Mannschaft waren an Bord geblieben, um nach dem Rechten zu sehen und um das Schiff für die Rückfahrt wieder auf Hochglanz zu bringen. Der Kapitän selbst würde nach getaner Arbeit dem

Hause Eje ordnungsgemäß vom Verlauf der Reise berichten und freute sich schon darauf, mit seinen Leuten nach dieser anstrengenden Fahrt in einer der zahlreichen Kneipen am Hafen bei Bier und Brot die geglückte Reise zu feiern.

Als sie die Stadtmauer passiert hatten, sah Imara, wie riesengroß und beeindruckend Memphis war. Prachtvolle Gebäude säumten den Weg zum Haus ihrer Eltern. Sie fuhren am Königspalast vorbei und Kebos deutete auf den angrenzenden Tempel des Stadtgottes Ptah, in dem jeder ägyptische Pharao gekrönt wurde.

Was Kebos noch viel wichtiger war, flüsterte er Imara ins Ohr: „Dort, im Tempel des Ptah, neben dem Königspalast, habe ich Dich das erste Mal gesehen. Du erinnerst Dich, ich habe Dir davon erzählt. Ich werde das nie vergessen. Und ich bin glücklich über meine Hartnäckigkeit, mit der ich meinen Vater beschwor, mit Deinem Vater über Dich zu reden. Auch wenn Du Dich nicht daran erinnerst, als wir einander das erste Mal sahen, für mich ist nur wichtig, dass ich Dich zur Frau nehmen durfte."

Er küsste Imara zärtlich auf den Nacken. Und Imara, erfreut und glücklich über seine liebevollen Worte, nahm seine Hand und drückte sie an ihr Herz. Mehr war in einem offenen Pferdewagen an Liebesbezeugung nicht schicklich.

Die Wagen hatten das Haus des Priesters Eje und seiner Frau, der Ärztin Selket, erreicht. Es war wie das Haus von Kebos angelegt und von einer hohen Mauer umgeben, an deren Längsseite das große Eingangstor angebracht war.

Kebos nahm Imara an der Hand und gemeinsam mit Chons, gefolgt von Bes, Baina und Nitokris, betraten sie den Garten.

Imaras Herz drohte vor Aufregung zu zerspringen. Alles schien vor ihren Augen zu verschwimmen. Nur schemenhaft nahm sie den Garten wahr, ihr Kopf dröhnte und sie war einer Ohnmacht nahe. Ein dunkelhäutiger Diener, nur mit einem Lendenschurz bekleidet, begrüßte die Gruppe und führte sie zu einem Pavillon, in dem Imaras Mutter die Ankommenden erwartete. Selket saß auf einer steinernen Bank. Als sie die Gruppe erblickte, erhob sie sich und ging zuerst auf Imara zu, hielt kurz inne und umarmte dann ihre Tochter. Erst danach begrüßte sie alle anderen und hieß sie willkommen.

Imara starrte ihre schöne Mutter an, als wäre ihr ein Blick auf das eigene Spiegelbild in einer fernen Zukunft gewährt worden. Die beiden waren einander so ähnlich wie Zwillinge, nur hatte Selket braune Augen und war um fünfzehn Jahre älter als ihre Tochter. Imara spürte eine Welle der Zuneigung zu dieser Frau. Auch wenn sie sich nicht erinnern konnte, es war nicht zu leugnen, dass sie ihre Mutter vor sich hatte.

Höflichkeiten über die Reise wurden ausgetauscht und danach führte eine Dienerin die Gruppe in das Gästehaus mit den fünf Schlafräumen und den dazugehörenden Bädern. Baina, Bes und Nitokris kümmerten sich um die persönlichen Dinge ihrer Herrschaft. Imara, Kebos und Chons wollten sich nur kurz erfrischen, um danach den kranken Priester Eje aufzusuchen.

Selket nahm Chons zur Seite, noch bevor er das Gästehaus betreten konnte: „Sage mir, Vater des Kebos' und Schwiegervater meiner Tochter, wieso und seit wann hat meine Imara blaue Augen? Haben die Götter ihre Hand im Spiel? Was ist seit ihrer Ehe mit Kebos geschehen? Sie erscheint mir so fremd und ist mir doch so nah. Gibt es etwas, das Du, Chons, mir zu sagen hast? Bitte, lass uns später ausführlich darüber reden. Denn zuerst wollen wir nach meinem armen Eje sehen, dessen Krankheit ihn sehr ermattet hat. Komm, bitte, nach dem Bad ins Haupthaus, meine Dienerin wird Dich zu mir führen!"

Chons versprach, Eile walten zu lassen, forderte Imara und Kebos auf, es ihm gleichzutun, um danach gemeinsam Eje zu besuchen. Alles andere musste warten.

Eje lag müde und erschöpft in einem Bett, das speziell für ihn, den Zwerg, entworfen worden war. Es war niedriger und kleiner, als man Betten für gewöhnlich fertigte, sodass Eje, vom Fieber geschwächt, das Lager leichter verlassen konnte. Normalerweise teilte er ein großes Bett mit seiner geliebten Frau im gemeinsamen Schlafzimmer, aber das Fieber erforderte eine separate Unterbringung, damit die Unruhe des Hauses den Kranken nicht störte.

Chons folgte Selkets Dienerin in das Krankenzimmer des Priesters; Kebos und Imara begleiteten ihn. Selket war bereits anwesend.

Und wieder stellte sich das rasende Herzklopfen bei Imara ein, ihr Kopf dröhnte noch immer und ihre Hände wurden feucht. Nur einen Lidschlag entfernt lag hier ihr Vater, den sie zum ersten Mal sehen würde.

Bleich und von Schweißperlen bedeckt lag Eje in seinen Kissen. Seine Augen glänzten im Fieber und seine Wangen waren eingefallen. Trotzdem konnte Imara sehen, dass ihr Vater ein attraktiver und sympathischer Mann war.

Sein Kopf war kahlgeschoren wie jener von Chons und kein Anflug eines Bartes war in seinem Gesicht zu entdecken.

Zögernd ging Imara auf Eje zu, um ihn zu begrüßen. Er hob ein wenig seinen Kopf, betrachtete verwundert seine Tochter und dann lächelte er sie an.

„Meine geliebte Tochter, wie freue ich mich, Dich zu sehen. Einzig Deine blauen Augen verwirren mich ein wenig. Sage mir, was ist geschehen, seit Du in Theben geblieben bist?"

Er sprach sehr leise und langsam, das Fieber hatte seine Kräfte schwinden lassen. Im Raum herrschte absolute Stille, als Eje auf Imaras Antwort wartete.

Schließlich sagte sie zögernd: „Vater, lieber Vater, ich weiß es nicht, was mit meinen Augen geschehen ist. Ich war, so wie Du jetzt, von einem seltsamen Fieber geplagt, aber ohne Bewusstsein. Chons hat mich mit seiner Kunst wieder ins Leben gerufen und seither habe ich blaue Augen. Es heißt, der Lapislazuli, der in die Arznei gemischt wurde, sei dafür verantwortlich. Lieber, lieber Vater, dies ist kein Grund zur Beunruhigung. Er ist nur eine Irritation, wenn man mich damit das erste Mal sieht. Mein geliebter Mann und alle anderen, die mich in Theben umgeben, haben sich schon daran gewöhnt. Vielmehr beunruhigt mich Dein Zustand und ich hoffe sehr, dass Chons auch Dir helfen kann, so wie er mir geholfen hat."

Imara küsste ehrerbietig die Hand ihres Vaters und plötzlich fühlte sie es, tief in ihrem Herzen, warum ihre Mutter diesen Mann liebte.

Er strahlte selbst in seiner Krankheit eine Güte und Ruhe aus, die sie fesselten. Zugleich war er von einer Liebenswürdigkeit, der sich auch Imara nicht entziehen konnte.

Sie schämte sich für ihr ungebührliches Entsetzen, als Kebos ihr damals gesagt hatte, ihr Vater sei ein Zwerg.

Chons bedeutete Imara, das Krankenzimmer zu verlassen. Und so ging sie mit Baina, die vor der Türe auf sie gewartet hatte, in den Garten.

Chons blieb mit Selket und Kebos allein, um Eje zu untersuchen. Kebos blieb allerdings im Hintergrund, während Selket in ihrer Eigenschaft als Ärztin ihrem berühmten Kollegen aus Theben zur Seite stand.

Alle drei hatten sich nochmals sorgfältig gereinigt, so wie das unter den Ärzten Ägyptens Gebot war, bevor man sich einem Kranken näherte.

Chons untersuchte den Körper des Priesters und wie er schon geahnt hatte, entdeckte er, verborgen in der Achselhöhle, einen winzigen Einstich. Er sah aus wie der Stich jener Mücke, der bei einem seiner Patienten in Theben ein hohes Fieber ausgelöst hatte. Erst wenn er mit dem Kristall aus seinem Arztschrank den Einstich etwas vergrößert sehen konnte, würde er sich Gewissheit verschaffen.

Der Arztschrank wurde geholt und Chons Vermutung bestätigte sich. Es war die gleiche Krankheit, die er schon einmal diagnostiziert hatte, und er wusste, was zu tun war. Er benötigte die Rinde und die Blätter einer Weide, um daraus ein Getränk zuzubereiten, das Eje zu sich nehmen musste.

Er schickte Kebos sogleich in den Garten, um nach einem Baum dieser Art zu suchen. Und Gott Amun stand ihm zur Seite, denn nach kurzer Zeit kam Kebos mit der Rinde und den Blättern einer Weide zurück.

Sofort machte sich Chons zusammen mit Kebos an die Arbeit. Blätter und Rinde wurden sorgfältig zerstampft und dann wurde heißes Wasser darübergegossen.

Eje musste nun langsam Schluck für Schluck des bitteren Getränks zu sich nehmen. Ein wenig Honig sollte ihm die Einnahme erleichtern und würde ihn außerdem kräftigen. Selket war an Ejes Seite und half ihm dabei. Er war zu schwach, um das schwere Tongefäß mit der heißen Flüssigkeit allein zu halten.

Es dauerte lange, bis er alles getrunken hatte, und danach fiel Eje in einen tiefen Schlaf. Chons hoffte, es war der Schlaf eines Genesenden.

Er bat Selket, sich zusammen mit Kebos und Imara ins Gästehaus zurückziehen zu dürfen. Sie alle waren nach der langen Reise und der Anspannung des Tages völlig erschöpft.

Der nächste Tag sah Jubel und Freude in Imaras Elternhaus in Memphis. Chons Arznei hatte ihre Wirkung nicht verfehlt, Ejes Fieber war gewichen und Eje fühlte sich wie neugeboren. Er war noch sehr schwach, denn das wochenlange Fieber hatte ihn seiner Kräfte beraubt, aber durch stärkende Speisen würde bald seine gewohnte Lebensenergie zurückkehren, dafür würde seine Frau schon sorgen.

Imara und Kebos waren hocherfreut über den Erfolg der Reise und Ejes gesamte Dienerschaft war erleichtert, dass ihr Herr noch nicht ins ewige Leben einkehren musste.

Imara saß auf einer Bank im Garten unter einem Baum und hing ihren Gedanken nach, während ihr Mann und Chons bei ihrem Vater weilten. Sie wagte es nicht, sich nochmals im Haus umzusehen, denn obwohl es ihr Elternhaus war, konnte sie sich an nichts erinnern.

Sie erkannte keinen der Diener, keines der Zimmer, ja sogar ihre eigenen Räume, in denen sie als Kind gespielt und geschlafen hatte, waren ihr nicht vertraut. Dass aber ihre wunderbare Mutter und ihr liebenswerter Vater Fremde für sie waren, das bereitete Imara den größten Schmerz! Einmal mehr seit ihrem Fieber war Imara zutiefst verzweifelt.

Selket spürte die Veränderung ihrer sonst so temperamentvollen Tochter.

Da Chons und Kebos noch immer bei Eje weilten, schien ihr der Augenblick günstig für ein Gespräch allein mit ihrer Tochter. Sie setzte sich neben Imara und nahm deren Hand in die ihre.

„Mein liebes Kind, ich bin so froh und glücklich, dass es Deinem Vater wieder besser geht. Chons ist ein wunderbarer Arzt und sein Ruf, der beste Arzt Ägyptens zu sein, ist mehr als berechtigt. Aber etwas trübt ein wenig meine Erleichterung und meine Freude über Ejes Genesung. Ich spüre, dass mit Dir etwas geschehen ist, das ich nicht erklären und deuten kann. Vielleicht hilfst Du mir dabei, Licht in dieses Dunkel zu bringen. Was auch immer es ist, vergiss nicht, ich bin Deine Mutter, ich habe Dich unter meinem Herzen getragen. Du bist mein Fleisch und Blut und nichts auf Gott Amuns Erde kann mich gegen Dich wahrhaft aufbringen! Ich bitte Dich, meine geliebte Tochter, teile Dich mir mit, ich fühle, dass es etwas gibt, das Dich sehr belastet! Jetzt, wo ich der Sorge um Eje ledig bin, möchte ich mich gerne Dir zuwenden und Dir meine Hilfe anbieten, solltest Du sie verlangen."

Imaras Gesicht überzog sich mit einer sanften Röte.

Sie wusste jetzt, dass sie niemals vor ihrer Mutter ihr Geheimnis hätte verbergen können, und wunderte sich über sich selbst, dass sie auch nur einen Gedanken daran verschwendet hatte, ihr die Wahrheit vorzuenthalten.

Und so antwortete sie wahrhaft und aufrichtig: „Liebste Mutter! Du hast recht und ich erkenne, dass ich vor Dir nichts verbergen kann, und ich bin sehr froh darüber. Es ist für mich eine große Erleichterung, Dir mein Herz ohne Bedenken ausschütten zu dürfen.

Und nun höre, Du, meine schöne Mutter: Das große Fieber von Theben hat auch vor mir nicht haltgemacht und ich selbst weiß nicht, wie lange ich darunter gelitten habe. Kebos spricht von zehn Tagen, in denen ich nicht bei Sinnen war. Durch Chons' medizinische Kunst habe ich das Fieber überstanden, aber als ich aufwachte, konnte ich mich an nichts mehr erinnern. Ich wusste nicht, wer oder wo ich war, ich erkannte nichts und niemand, ich hatte mein Gedächtnis verloren! Und um alles noch schlimmer zu machen, hatte sich auch mein Aussehen verändert. Ich hatte plötzlich die blauen Augen, die Dich jetzt ansehen. Kebos war für mich ein Fremder, ebenso Chons und alle anderen. Aber durch Gott Amuns Fügung habe ich mich in Kebos verliebt. Ich liebe ihn von ganzem Herzen!

Aber das Traurigste werde ich Dir jetzt erzählen, denn ich will Dir nichts vorenthalten. Es ist so unendlich schmerzvoll und ich bin sehr betrübt darüber. Ich habe meine Erinnerungen bis jetzt nicht wiedererlangt! Liebste Mutter, die Wahrheit ist: Ich sehe Dich und meinen Vater wie zum ersten Mal. Ich kann mich weder an dieses Haus noch an die Stadt oder gar an meine Freunde hier erinnern. Es ist, als wäre ich noch nie hier gewesen. Alles, was mein Leben vor dem Fieber ausgemacht hat, existiert in meinem Kopf nicht mehr. Ich habe das Gefühl, als wäre ich erst nach dem Fieber geboren worden. Es ist entsetzlich! Und dennoch: Ganz tief drinnen in meinem Herzen spüre ich eine Liebe für Dich und Vater, die ich nicht erklären kann. Sie sitzt dort, wo mein Bewusstsein sich nicht hinwagt.

Ich verstehe das alles nicht! Treiben denn die Götter ihre Spiele mit mir? Werde ich jemals wieder in diesem Leben alles über mich, durch mich selbst, erfahren? Ich weiß es nicht, aber ich bin froh darüber, ja glücklich, dass ich Dir das alles endlich erzählen kann."

Als Imara mit ihrer Geschichte zu Ende war, rannen Tränen über ihr Gesicht, und auch Selket hatte feuchte Augen.

Sie nahm ihre Tochter in die Arme, küsste sie innig und sagte: „Ich danke Dir Liebes, dass Du Dich mir geöffnet hast. Ich kann fühlen, was das für Dich bedeutet. Aber glaube mir, meine geliebte Imara, auch wenn die Götter ihre grausamen Spiele mit Dir treiben, Du bist mir so nah und so wert wie am Tag Deiner Geburt. Ich weiß, dass Deine Liebe zu mir in Dir ruht, und das genügt mir. Ich werde Dir beistehen, so gut ich es vermag, vielleicht lösen sich die Schleier über Deiner Vergangenheit mit meiner Hilfe. Ich liebe Dich, mein Kind!

Aber, und das wirst Du verstehen: Ich habe eine große Bitte an Dich! Jetzt, wo Dein Vater wieder auf dem Weg der Genesung, aber noch schwach ist, möchte ich ihm keine Sorge um Dich aufbürden. So wie ich ihn kenne, würde er als Priester sofort in den Tempel eilen wollen, um die Götter umzustimmen, um ihnen zu opfern, damit sie den Bann von Dir nehmen. Lass uns damit warten, bis er seine Kräfte wiedererlangt hat, um ihn von Deiner Geschichte zu unterrichten. Ich denke, das ist auch in Deinem Sinn!“

Imara nickte erleichtert, denn sie hatte sich schon große Sorgen darüber gemacht, wie sie ihrem genesenden Vater die Wahrheit sagen sollte.

Gemeinsam verließen Selket und Imara den Garten, um Eje in seinem Zimmer aufzusuchen.

Imara war beschwingt und erleichtert. Das Gespräch mit ihrer Mutter war ihr eine große Hilfe. Sie wusste sich geliebt und beschützt und das war ein wunderbares Gefühl!

Allein die Angst um Kebos und das Wissen um die Geschichte seiner Mutter, das konnte und wollte sie nicht auch noch ihrer Mutter aufbürden. Sie durfte Selket nicht noch mehr beunruhigen. Imara würde das ihr Leben lang für sich behalten.

Es waren ruhige und heitere Tage, die Imara und Kebos in Memphis verbrachten. Das Paar gab sich jeden Abend seiner Lust und Liebe hin und auch so mancher Morgen sah beide glücklich ineinander versunken.

Eje hatte sich gut erholt und konnte bereits das Krankenzimmer verlassen. Aber noch war er nicht kräftig genug, um in den Tempel zu gehen. So verbrachte er manche Stunde mit Imara und Kebos im Garten und erfreute sich an seinen Kindern. Imaras

Gefühle für ihren Vater waren tief und echt, sein sanftes Wesen und die Weisheit, die er ausstrahlte, hatten sie in ihren Bann gezogen.

Imara war sich nicht sicher, ob Eje, in all seiner Weisheit, ihren Zustand nicht schon längst durchschaut hatte. Vielleicht ließ ihn die Liebe zu seiner Tochter darüber schweigen. Vielleicht wollte er in seiner Güte Imara Zeit lassen, bis sie sich ihm anvertrauen konnte.

Imara selbst blieb dem Versprechen treu, das sie ihrer Mutter Selket gegeben hatte. Kein Wort über ihren Gedächtnisverlust kam in Gegenwart Ejes über ihre Lippen und auch Kebos und Chons erwähnten die traurige Tatsache mit keinem Wort.

Chons zog sich immer wieder mit Selket in deren Studierzimmer zurück, um medizinischen Gedankenaustausch zu pflegen. Er wusste, dass Imara sich ihrer Mutter anvertraut hatte, und sowohl Selket als auch er studierten Möglichkeiten und Therapien, um Imara zu helfen. Doch immer wieder kamen beide zu dem Schluss, dass die Götter den größten Anteil an dem mysteriösen Gedächtnisverlust Imaras hatten. Insgeheim nahm Chons an, doch das verschwieg er Selket, dass vor allem Gott Re seine Hand im Spiel hatte, war er doch für die blauen Augen Imaras verantwortlich, das wusste Chons. Aber ob der Schleier über ihren Erinnerungen ebenfalls ein Ausdruck seines Ärgers über Nefertari war, das konnte Chons nicht beweisen. All diese Gedanken behielt der Arzt aus Theben für sich. Auch er wollte Selket nicht mit der traurigen Geschichte seines Lebens belasten.

Die Diener aus Theben hatten freundliche Aufnahme bei der Dienerschaft in Memphis gefunden. Sie erzählten einander vom Leben in ihren so unterschiedlichen Städten. Eines war ihnen allen aber gemein: Sie hatten es als Diener gut getroffen, wurden nicht wie Sklaven behandelt und dankten Gott Amun für ihr Schicksal.

So glücklich der Besuch bei Imaras Eltern in Memphis auch verlief, über allem schwebten die wehmütigen Gedanken an den nahenden Abschied. Und so begannen die Gäste aus dem fernen Theben, ihre Reisevorbereitungen zu treffen.

Imara hatte sich noch einmal mit ihrer Mutter zurückgezogen.

„Liebste Mutter, ich folge meinem Mann wieder nach Theben, aber ich bete zu Gott Amun, dass er uns bald ein Wiedersehen beschert. Ich weiß, Dein Platz ist hier an Ejes Seite. Deine und die Arbeit meines Vaters gehören den Menschen von Memphis. Aber vielleicht bringt euch beide das große Schiff einmal zu mir nach Theben und in unser Haus, damit ich Dich und Vater so verwöhnen kann, wie ihr beide mich und Kebos mit eurer Liebe umsorgt habt.

Und – liebste Mutter, bitte bete für mich zu Gott Amun, dass das Dunkel über meinen Erinnerungen sich auflösen möge und das Licht des Erkennens wieder in mir zu strahlen beginnt. Ich liebe Dich, Mutter, und ich danke Dir für mein Leben und für Deine Liebe."

Imara umarmte Selket und hatte dabei große Mühe, ihre Tränen zurückzuhalten, aber sie wollte ihrer Mutter ein strahlendes und fröhliches Bild von sich hinterlassen.

Selket empfand wohl Ähnliches, denn auch sie hielt an sich, um nicht ihre Traurigkeit über den Abschied von ihrer Tochter zu zeigen. Sie lächelte Imara an und sagte: „Ich freue mich, Dich nach so langer Zeit wiedergesehen zu haben, und ich bin glücklich über Dein Glück. Ich wünsche Dir und Kebos ein gutes Leben und eine sichere Heimkehr. Ich bete zu Gott Amun für euch. Ich liebe Dich, meine Tochter."

Der Abschied von Eje, ihrem Vater, fiel Imara nicht minder schwer und Eje war insgeheim sehr betrübt darüber, seine Tochter wieder abreisen zu sehen.

Er hatte geträumt, dass er sie erst wieder im Totenreich, im ewigen Leben, treffen würde und dieser Traum hatte ihn zutiefst beunruhigt. Allein, Imara gegenüber, und auch gegenüber seiner Frau, verlor er kein Wort darüber. Er hatte vor, so bald es sein Zustand erlaubte, im Tempel des Ptah ein großes

Opfer darzubringen und mit dem Gott Zwiesprache zu halten.

Ejes großes Schiff wartete bereits im Hafen von Memphis, um Chons, Kebos und Imara mit ihren Bediensteten nach Theben zurückzubringen.

Der Kapitän war guter Dinge, was das Wetter betraf. Er hatte den Himmel die letzten Tage genau beobachtet und war damit zufrieden. Auch der Wasserstand des Nils gab keinen Anlass zur Beunruhigung. Eine angenehme und ruhige Reise schien gesichert.

Als alle an Bord und sämtliche Gepäckstücke verstaut waren, vor allem Chons' kostbarer Arztschrank einen sicheren Platz hatte, ließ der Kapitän das Segel hissen und das Schiff verließ den Hafen mit seinem lauten und bunten Treiben. Imaras Eltern waren in ihrem Haus geblieben, nur ihre Diener, die geholfen hatten, das Gepäck zum Hafen zu bringen, standen am Ufer und winkten dem Schiff, das langsam im Dunst des Tages verschwand, nach.

Der Kapitän sollte recht behalten: Das Boot glitt mühelos über das Wasser des heiligen Nils. Der Nordwind, der sich vom Meer her im Segel verfangen hatte, ließ eine gute Reisegeschwindigkeit gegen den Strom zu, und vielleicht war die Mannschaft dadurch sogar vom Rudern befreit. Der Kapitän behielt diese Annahme für sich, denn er war ein abergläubischer Mann und wollte die Götter nicht erzürnen. Es lag ohnehin alles in ihrer Hand.

Imara, Kebos und Chons hatten sich in der Kajüte, die ihnen ja schon vertraut war, gut eingerichtet und Baina, Bes und Nitokris fanden sich ebenfalls an ihren gewohnten Plätzen wieder. Um den Rest der Dienerschaft kümmerte sich Kebos' Koch, der in diesen Dingen geübt war.

Die Ufer des Nils mit ihren Menschen, Tieren und Papyrusstauden zogen scheinbar vorbei, während es das Schiff selbst war, das sich flussaufwärts bewegte. Die gleiche Geschäftigkeit, das gleiche bunte Treiben, derselbe dichte Verkehr an Flößen, kleineren und größeren Schiffen wie schon auf dem Weg nach Memphis boten sich den Reisenden auch auf dem Rückweg nach Theben dar.

Die Nächte verbrachten die Gäste wieder in kleinen Buchten des Nils, denn obwohl die Götter dem Kapitän geneigt schienen, wagte er es nicht, des Nachts den Fluss zu befahren. Und so näherte sich das Schiff langsam und ohne Zwischenfälle der alten Stadt Theben.

Es war noch früh am Morgen und der Himmel hatte sich verdüstert. Dicke Wolken hatten sich aufgetürmt und der Wind war stärker geworden. Auch das Wasser des Nils hatte seinen Gleichmut verloren und starke Wellen schlugen gegen die Bordwand des Schiffes.

Keiner der Reisenden, und auch nicht der Kapitän, zeigte sich beunruhigt, hatten sie doch alle schon einen wesentlich stärkeren und gefährlicheren Sturm auf dem Weg nach Memphis erlebt. Und so konnte jeder, wie er wollte, auch an Bord bleiben, um das Schauspiel der wechselnden Wasser des Nils zu beobachten. Der Kapitän hatte diesmal kein Verbot verhängt.

Vor allem Kebos war fasziniert vom Tosen der Wellen, vom Geruch nach Salzwasser, den der Nordwind vom Meer mitbrachte, vom sich ständig verändernden Himmel mit all den Schattierungen zwischen den Farben Grau und Schwarz.

Imara war an seiner Seite, innerlich angespannt und Kebos beobachtend, wie er aufgeregt und begeistert das Schauspiel der Natur verfolgte.

Chons war ebenfalls in der Nähe und ebenso besorgt wie Imara.

Er wusste um die Begeisterungsfähigkeit seines Sohnes, die ihn so manche Gefahr vergessen ließ, und behielt Kebos im Auge.

Und dann geschah es: Es dauerte keinen Lidschlag lang und eine riesige Welle erfasste Kebos, der sich soeben über die Reling gebeugt hatte, und nahm ihn mit sich, in das dunkle Wasser.

Alle schrien auf!

Es schien, als wäre die Welle nur für ihn bestimmt gewesen.

Chons rannte zusammen mit Imara an die Reling, seine verzweifelte Schwiegertochter fest an der Hand haltend.

Chons, der selbst vollkommen außer sich war, versuchte Imara davon abzuhalten, ins Wasser zu springen. Sie schien wie von Sinnen.

Tränenüberströmt, zitternd und schreiend starrte sie auf das zischende Wasser. Sie klammerte sich an die Reling, sie schrie den Namen ihres Mannes mehrmals in den Wind und dann sah sie es: Ein Krokodil entfernte sich langsam vom Boot und verschwand in den Tiefen des Nils. Der Fluch des Krokodilgottes hatte sich erfüllt.

Es traf Imara wie ein Dolchstoß mitten ins Herz, der Schmerz überwältigte sie. Ihr wurde schwarz vor den Augen und sie verlor das Bewusstsein.

Ich öffnete langsam die Augen und sah sehr verschwommen das Gesicht einer Frau dicht über meinem. Sie kam mir irgendwie bekannt vor, aber ich wusste im Moment nicht, woher.

„Anna, Anna, so wach doch auf!" Und dabei tätschelte die Frau andauernd meine Wange.

Dann stieß sie, offenbar erleichtert, einen Schrei aus: „Na, Gott sei Dank, Anna! Ich dachte schon, du würdest nie mehr aus deiner Ohnmacht erwachen. Du hast uns ja vielleicht einen Schrecken eingejagt! Sag mal, wie bist du nur auf die Idee gekommen, in der Lagune schwimmen zu gehen? Bist schon ein verrücktes Huhn! Geht mit Krokodilen baden! Also, weißt du!"

Und jetzt mischte sich auch noch eine Männerstimme ein: „Ist schon gut, Fabienne, lass sie. Wir sind alle sehr froh, dass dir nichts passiert ist, Anna. Zum Glück hat dich das Krokodil nicht erwischt. Das darfst du nie wieder tun!"

Ich drehte den Kopf ein wenig nach rechts, um zu sehen, wer mich so ansprach. Es schmerzte, mein Kopf brummte. Ich versuchte den Mann zu erkennen, aber auch sein Bild verschwamm vor meinen Augen. Aber seine Stimme, die Stimme, sie kam mir bekannt vor. Wer war er? Und die vielen Menschen neben ihm, wer waren sie? Was war hier eigentlich los? Wieso lag ich klatschnass auf einem Sonnenbett, irgendwo, mitten unter diesen Menschen, die offenbar nichts anderes zu tun hatten, als mich anzustarren?

Und wieso Anna? Und wo waren Kebos und Baina? Und wo war ich? Und Chons?

Alles um mich herum sah so fremd aus!

War ich denn nicht in Ägypten? Ich war doch in Ägypten!? Ja, natürlich! Mein Herz begann zu rasen! Ich erinnerte mich: Ich hatte meinen geliebten Kebos verloren, an den Krokodilgott Sobek! Auf dem Schiff, auf dem Nil! Wo war das Schiff? War es gekentert? Wo waren die anderen? Ich begann haltlos zu weinen.

Da nahm mich die Frau, die mir das Gesicht noch immer tätschelte, in die Arme und sagte zu den anderen: „Es ist besser, wenn ihr jetzt alle geht. Vielen Dank für die Hilfe. Aber Anna steht offenbar unter Schock. Ich möchte jetzt mit ihr allein bleiben. Ich bin mit ihr befreundet."

Ich war so benommen, dass ich nicht begriff, was das alles zu bedeuten hatte. Die Frau redete auf mich ein, ganz leise: „Beruhige dich, Anna. Du hattest gerade ein schlimmes Erlebnis. Wein dich aus, dann geht es dir gleich besser."

Unter Tränen fragte ich die Frau: „Wer sind Sie? Und wo bin ich? Ich kenne Sie, glaube ich, aber ich weiß im Moment nicht, woher!"

„Anna, ich bin's, Fabienne! Erinnerst du dich nicht an mich? Wir haben miteinander in Brüssel fotografiert! Das kannst du doch nicht vergessen haben! Wir sind in Mexiko, in einem Clubdorf, und du hattest einen Unfall!"

Mexiko? Unfall? Und was war mit Ägypten, mit all den Menschen, die ich liebte? Ich versuchte krampfhaft, meine Gedanken zu ordnen. Aber es gelang mir nicht, ich konnte nicht klar denken.

Jemand drückte mir ein Glas Wasser in die Hand. Ich trank es zitternd aus. Eine Männerstimme rief: „Na, holt doch einen Arzt! Einen Arzt! Vielleicht hat sie eine Gehirnerschütterung durch den Sturz!"

„Nein, keinen Arzt, bitte! Es geht schon!", hörte ich mich sagen.

Und zu der Frau, die mich noch immer hielt: „Mexiko? Wieso Mexiko? Sind wir denn nicht in Ägypten? Und wo ist das Schiff?"

„Aber Anna! Wir sind nicht in Ägypten! Wir sind in Mexiko! Und hier ist kein Schiff! Du musst geträumt haben! Erinnerst du dich denn nicht? Du bist in der Lagune geschwommen und ein Krokodil hat dich fast erwischt! Du bist auf den Stufen ausgerutscht und hast dir den Kopf angeschlagen. Und dann bist du ohnmächtig geworden. Na, Gott sei Dank, das ist jetzt vorbei. Soll ich nicht doch einen Arzt holen?"

Die Frau hieß also Fabienne?

Ich atmete tief durch, und noch einmal und noch einmal.

Und plötzlich fiel mir alles wieder ein. Ich konnte wieder klar denken!

Ja, natürlich, das war Fabienne, die belgische Fotografin, und ich war Anna, Anna, das Model aus Paris!

Fabienne hatte den magischen Satz ausgesprochen, der mich in die Gegenwart zurückholte: „Du musst geträumt haben!“

Ja, ich hatte offenbar geträumt, einen wunderbaren, sehr intensiven Traum, der mich auch im Wachzustand noch in seinem Bann hielt! Was für ein Traum! Unglaublich! So realistisch, so zum Greifen, Spüren und Fühlen nah! Das war mir noch nie passiert! Noch immer hatte ich alles klar vor Augen. Aber jetzt wusste ich: Es war eben nur ein Traum!

Ich war heilfroh, dass ich wieder zu mir gefunden hatte! Gott sei Dank!

Die Geschichte mit der Lagune und dem Krokodil hätte für mich schlimm ausgehen können!

So hatte ich bloß eine Beule auf der Stirn, aber die würde vergehen.

Die Menschen rund um mich herum hatten sich wieder beruhigt und sich zurückgezogen. Einige waren zu ihren Liegen zurückgegangen, um unter dem Sonnenschirm in einem Buch oder in einer Zeitung dort weiterzulesen, wo sie aufgehört hatten, als sie zu mir geeilt waren. Andere standen an der Bar und sprachen offenbar noch über mich, denn immer wieder wanderte der eine oder andere Blick in meine Richtung.

Die Sonne strahlte vom wolkenlosen Himmel auf uns alle herab, die Luft flimmerte knapp über dem Boden, es war glühend heiß. Trotzdem zitterte ich immer noch ein wenig und hatte eine Gänsehaut. Das waren wohl noch die Nachwirkungen des Schocks.

Fabienne, die immer noch neben mir stand, fiel offenbar ein Stein vom Herzen: „Du kannst dir gar nicht vorstellen, Anna, wie froh ich bin, dass das alles so glimpflich abgelaufen ist. Mein Gott, ich hätte mir das nie verziehen, wenn dir etwas passiert wäre. Ich wusste ja, dass in der Lagune Krokodile sind, und ich hätte dir das sagen müssen. Aber ich hatte ja keine Ahnung, dass du vorhattest, dort zu schwimmen! Um ein Haar hätte dich das Krokodil erwischt! Was für ein Glück, dass Geert dich noch in letzter Minute von den Stufen weggezogen hat! Na ja, jetzt ist alles vorüber und ich kann auch aufatmen. Ich sage dir Anna, auch ich bin völlig fertig!"

Meine arme Fabienne! Es traf sie nicht die geringste Schuld! Schließlich war ich erwachsen und sie nicht mein Kindermädchen.

„Fabienne, meine Liebe! Beruhige dich. Dich trifft keine Schuld. Das war schon allein mein Ding. Ich hätte ja sagen können, was ich vorhatte. Es war meine Entscheidung und meine Blödheit! Also, lass dir keine grauen Haare wachsen, du gefällst mir blond viel besser!"

Ich versuchte zu grinsen. Ich konnte bereits wieder meine Scherze treiben, meine Lebensgeister waren zurückgekehrt.

„So und jetzt, Fabienne, muss ich auf mein Zimmer und mein nasses Zeug loswerden. Vielleicht lege ich mich kurz hin, ich bin schon etwas erschöpft. Ich komm dann nachher wieder an den Pool. Ich weiß gar nicht, wie ich dir und Geert für alles danken soll!"

Ich stand auf, noch ein ganz klein wenig schwindlig, und umarmte Fabienne. Auch sie legte ihre Arme um mich: „Ja, was für eine unglaubliche Geschichte! Bin sicher, wir werden noch oft darüber reden! Also, okay Anna, geh nur! Bis gleich!"

Als ich in meinem Zimmer ankam, war mein erster Weg auf den Balkon. Ich schaute auf die Lagune, in der sich die Sonne, mich ein wenig blendend, spiegelte. Weit und breit war kein Krokodil zu sehen.

Ich ging ins Bad und zog meinen nassen Bikini aus und freute mich auf eine lange, warme Dusche.

Der Badezimmerspiegel zeigte mir mein müdes Gesicht, meine zerzausten Haare und die Beule auf meiner Stirn, die mir rot entgegenleuchtete.

Da fiel mein Blick auf meine rechte Brust. Seltsam, was war das? Ich schaute genauer hin und dann sah ich etwas, das ich vorher noch nie gesehen hatte: Auf meiner Brust glänzte silbrig-weiß – eine herzförmige Narbe!

Anhang:

Götternamen in dieser Geschichte:

Amun:
Mann mit hoher Federkrone. Der Verborgene; ursprünglich ein Windgott, der aber in Theben zu einer mächtigen Gottheit aufstieg.

Atum:
Mann mit der Doppelkrone Ägyptens. Schöpfergott; er erschuf sich selbst und stieg aus dem Urgewässer Nun auf. Wird auch als Abendsonne bezeichnet.

Bastet:
Frau mit Katzenkopf oder Katze. Wird als schützende und gutmütige Göttin verehrt.

Bes:
Gott in Koboldgestalt. War besonders beim einfachen Volk sehr beliebt. Schutzgeist des Hauses, der dafür sorgen sollte, dass keine Schlangen oder böse Dämonen in das Haus eindringen. Durch Tanz und Musik sollte er die bösen Geister bei Geburten vertreiben.

CHEPRE:
Skarabäus oder Mann mit einem Skarabäus als Kopf. Gott der Morgensonne, der Schöpfung und der Wiedergeburt.

CHONS:
Mann mit Falkenkopf und Mondsichel oder Sonnenscheibe. Sohn von Amun und Mut. Mond- und Orakelgott. Beschützer vor Krankheiten und wilden Tieren.

MAAT:
Frau mit Straußenfeder auf dem Kopf. Göttin der Wahrheit und Gerechtigkeit.

MIN:
Mann mit erigiertem Glied. Gott der Zeugungskraft und männlichen Fruchtbarkeit, Acker- und Fruchtbarkeitsgott.

PTAH:
Mann in Gestalt einer Mumie mit engem Gewand und Kappe. Schöpfergott und Schutzpatron der Handwerker und Künstler.

Re:
Er ist die Sonne selbst, die alles am Leben erhält. Er wurde besonders zur Zeit der Pyramiden verehrt. Mit Amun vereinigt er sich zu einer Gottheit (Amun-Re) und wird als höchster Gott verehrt.

Renpet:
ägyptische Göttin der Jugend und des Frühjahrs.

Selket:
Frau mit einem Skorpion auf dem Kopf oder in Gestalt eines Skorpions. Heilerin und Magierin.

Seth:
Gott des Bösen, der Wüste, der Stürme und der Vernichtung. Er tötete seinen Bruder Osiris.

Sobek:
Mann mit Krokodilskopf oder in Gestalt eines Krokodils. Die Menschen glaubten, dass aus seinem Schweiß der Nil hervorgeht.

Weitere Namen:

Baina: afrikanisch für sprudelnd
Baruti: afrikanisch für Lehrer
Eje: Name eines altägyptischen Königs
Imara: afrikanisch für fester Wille
Nitokris: wird in verschiedenen späten Quellen als letzte Königin der 6. Dynastie erwähnt
Teti: König Teti, der Begründer der 6. Dynastie

Ramses II., auch der Große genannt
Er ist der dritte altägyptische König aus der 19. Dynastie des Neuen Reichs. Er regierte von 1290 bis 1224 v. Chr., also 66 Jahre lang, und war einer der bedeutendsten Herrscher des Alten Ägypten. Er ging als Baumogul in die Geschichte ein. Zu seinen berühmtesten Denkmälern gehört Abu Simbel. Während seiner Regierungszeit erreichte Ägypten seine wirtschaftliche und kulturelle Blüte, die von keinem anderen Pharao mehr übertroffen wurde. Durch sein diplomatisches Handeln gelang es ihm, einen fast fünfzigjährigen Frieden mit seinen Nachbarvölkern, darunter auch mit den Hethitern, zu halten.

Die Hethiter:

Ihr Reich erstreckte sich damals über die heutigen Gebiete von Syrien, der Türkei und des Iraks. Immer wieder kam es zu kriegerischen Auseinandersetzungen zwischen Ägyptern und Hethitern.

Erst unter Ramses II. sollte Frieden zwischen den Völkern herrschen.

Im einundzwanzigsten Regierungsjahr von Ramses II. unterzeichneten beide Völker einen Friedensvertrag, der einen Nichtangriffspakt und gegenseitige Hilfe beinhaltete: den Vertrag von Kadesch. Er ist der älteste erhaltene Friedensvertrag der Welt und befindet sich heute im UNO-Gebäude in New York.